겔리시온 II

- 피로 세운 탑 -

GALYXION
겔리시온

피로 세운 탑

차례

EPISODE II.

피로 세운 탑

1장

❴ 그렇게 모든 것이 뒤바뀌다 ❵

"쿠르르릉 쾅!"

번개가 번쩍이는 사이로 천둥이 몰아친다. 거대한 파도를 맞으며 어둠 속을 항해하는 배 한 척에서 흔들리는 등불들이 위태롭게 깜박인다. 비바람이 쏟아지는 갑판 위에는 비에 흠뻑 젖은 선장들과 선원 몇이 나와 있다.

"앞에 뭐라도 좀 보이는가?"

바얀 최고 선장의 목소리가 매섭게 내리는 비를 뚫고 들려온다. 저 앞쪽 뱃머리에 있는 선원 하나가 고개를 젓는다. 세찬 빗줄기가 얼굴을 때리며 입속까지 들어오는 바람에 그는 물을 뿜으며 말한다.

"경로는 얼추 맞는 것 같은데, 아직 중앙 섬은 안 보입니다. 에푹푸⋯."

선원의 대답에 바얀 옆에 서 있던 스루딘이 투덜거린다.

"에라잇, 이놈의 비. 이게 뭐하는 짓인지 모르겠군. 가까스로 정찰에서 살아 돌아왔더니 내 배도 뺏겨, 내 집도 뺏겨. 이런 고생이 또 있나 싶네."

바얀은 스루딘의 어깨에 손을 얹고 그를 달랜다.

"조금만 더 가면 배도 새로 받을 것이고 집도 새로 받을 건데, 뭘. 아누다르가야로 간다고 하면 모두 대단한 영광으로 생각하잖나. 그러니 그만 얼굴 좀 펴게. 포상 진급이려니 생각하자고."

스루딘은 얼굴의 빗물을 쓸어내리며 팔짱을 낀다.

"자넨 참 순진해. 이게 어떻게 포상인가? 엄연한 착취라고. 우리가 언제 중앙 섬으로 이사를 가고 싶다고 했나, 아니면 진급을 시켜달라고 했나? 그런데 우리 의견이야 어떻든 모든 걸 다 두고 달랑 짐 몇 개만 챙겨서 오라는 게 말이 돼? 그 배와 선원들과 함께한 세월이 벌써 몇 년인데!"

"휴우…. 그래. 아마 게라트 씨도 이런 마음으로 서쪽 호수를 떠나야 했을 걸세. 우린 다행히 투르 씨한테 몇 번 언질이라도 받았지만, 예전에 갑자기 떠나야 했던 게라트 씨는 얼마나 난감했겠는가."

"그래, 말 잘 꺼냈네. 그래서 그 게라트 씨는 어떻게 됐지? 게라트 호는 어떻게 됐고? 자네가 그때 잘리사야 섬에서 그 괴물한테 원수를 갚았으니 망정이지, 안 그랬음 자네도 여기 없었다고. 그리고 한번 잘 생각해 보게. 뱃사람 중에 아누다르가야로 갔다가 고향으로 다시 돌아온 자를 한 명이라도 봤는가?"

"……."

바얀이 아무 말 없자 스루딘이 그의 손을 부여잡으며 당부한다.

"이 친구야, 잊지 말아야 해. 진짜로 우리 목숨을 쥐고 있는 건 아누다르가야에 있는 놈들이야. 저 물속의 괴물들이 아니라."

바얀은 고개를 끄덕이며 스루딘의 어깨를 툭툭 치고 씁쓸한 웃음을 짓는다.

"그래. 어쨌든 자네와 함께 그 속으로 들어가고 있으니, 마음만은 그나마 든든하군."

스루딘은 한숨을 푹 내쉬고 고개를 절레절레 흔든다. 그러다가 선실이 있는 배 아래쪽을 가리킨다.

"애들은 이런 것도 모르고 마냥 신이 나 있겠지. 아까도 지도를 펼쳐 보고 있던데."

"아마 그렇겠지. 보리얀은 예전부터 중앙 섬에 가고 싶어 했네. 루딘은 어 땠는지 모르겠지만."

"에휴. 그 못 말리는 녀석이야 자기 친구가 있는 데라면 또 밀항이라도 해 서 따라가겠지. 날 닮았지 뭔가. 나도 이렇게 자네만 쫓아다니고 있으니."

"하하하, 정말 그런가 보군."

바얀과 스루딘의 웃음소리가 갑판 위의 어둠에 묻힌다.

갑판 아래의 선장실에서는 뱃멀미로 고통스러워하다가 가까스로 선잠이 든 샬리타가 누워있다. 교대를 마친 루딘과 보리얀은 화물칸 겸 선실에서 아 누다르가야의 지도를 들여다보고 있다. 보리얀의 무릎에 앉아 있는 웁실론 도 흥미롭다는 듯이 더듬이를 휘적거린다.

중앙 섬, 아누다르가야

보리얀이 눈을 반짝이며 속삭인다.

"여기, 우린 중앙 호수의 서쪽에 있는 자라트라 요새에 가게 될 거랬어. 여기는 병사들만 있는 곳이라는데. 바로 옆에는 조선소 겸 무기소가 있네. 배와 화약 같은 것은 여기서 공급받을 건가 보다."

루딘이 지도 한가운데를 가리킨다.

"바르벨루스. 여기가 무니안과 슈라문들이 사는 도시구나. 중앙 도서관이 있는 탑과 모크샤 신전이 있는 곳이라는데, 그 오래된 비밀의 책도 아마 여기서 왔겠지? 어떻게 해야 여길 갈 수 있을까?"

"글쎄…. 무니안이나 슈라문이 아니면 중앙 도서관에 들어가는 것은 어려울 텐데."

"어떻게든 방법을 찾아봐야지. 흠, 여기 북쪽에 있는 도시는 뭐지? 케파르카? 수행자들의 도시구나."

"엄마한테 들었던 얘긴데 수행자들의 도시는 좀 특이한 곳 같아. 거기는 옛날서부터 무니안들의 친척이나 슈라문이었던 이들이 주로 살았대. 수행을 통해서 창조의 신을 다시 만나려고 한다나, 뭐라나…."

"창조의 신? 에르는 아주 오래전에 우리를 떠났잖아?"

루딘의 물음에 보리얀은 알 수 없다는 듯 어깨를 으쓱한다.

"그러니까 말이야. 나도 모르겠어. 아무튼 난 거기보다는 동쪽 도시에 더 관심이 가. 여기 보면 거대한 궁전이 하나 있잖아, '미다스 궁'. 여기는 다 황금으로 치장이 되어 있대. 공예품, 천, 가구, 향신료와 요리법이 가장 많이 발달해 있다던데. 너도 아누다르가야 동쪽에 대해 들어봤지?"

"그럼. 아버지가 항상 말씀하셨거든. 아누다르가야 최고 장인들이 거기 다 모여 있다고. 근데 난 옛날부터 그 너머에 있는 동쪽 호수가 궁금했어. 동쪽 호수에 대해서는 알려진 게 거의 없잖아. 우리가 잘리사야 섬에 있을 때 여관에서 들은 건데 거기에 '세상에서 가장 귀한 진주'가 있대."

보리얀은 루딘을 조금 한심스러운 눈빛으로 쳐다본다.

"어휴. 넌 여관에서 들은 얘기를 믿니?"

그러자 루딘이 보리얀의 어깨를 슬쩍 밀친다.

"야, 그런 눈으로 보지 마라. 소문에는 알게 모르게 진실이 숨겨져 있는 경우가 많다고."

"하여간 우리가 가게 될 곳은 해상 전투력으로 가장 유명한 서쪽의 자라트라 요새니까, 동쪽 호수까지 갈 일이 있을까 모르겠다. 얼마 전에 아누다르가야 발령 통보문을 전하러 온 투르 씨가 그러시더라. 자라트라 요새에서 사는 건, 지금까지 우리가 서쪽 호수에서 살던 방식과는 전혀 다를 거래. 어떻게 다른지를 알아야 마음의 준비라도 할 텐데….”

그 말을 들은 루딘은 고개를 갸웃한다.

“난 그게 제일 이상해. 왜 우리는 다 모르고 살지? 분명히 한 세상 안에 있는데, 꼭꼭 숨겨진 사실들이 너무 많아. 중앙 섬만 해도 그래. 저 섬 하나가 일곱 지역의 연맹으로 이루어져서 표준어는 있지만 쓰는 말투도 다 다르다며? 신성한 도시 바르벨루스, 남쪽의 부촌 차루타스, 동쪽의 미다스 궁, 서쪽의 자라트라 요새, 그 옆의 무기소 네카루트, 북쪽 수행자들의 도시 케파르카, 그리고 신성한 숲 시타라. 이렇게 일곱 지역인데, 이 지도 뒷부분에 적힌 걸 보면 그중에서도 특히 시타라는 사람들이 살지 않는 미지의 장소라잖아. 지도에 나오지 않은 나머지 땅은 다 황량한 사막과 산맥이라고 하고. 난 이렇게 자세히 나와 있는 지도는 처음 봐. 이런 걸 중앙 섬에서 허가를 내준 사람들만 볼 수 있다는 게 수상하지 않아?”

보리얀은 미심쩍다는 표정으로 고개를 끄덕인다.

“그러게 말이야. 뭐, 아무래도 큰 호수들을 사이에 두고 있다 보니까 바로 옆 동네처럼 알기 쉽지는 않겠지. 그래도 중앙 섬은 다들 명예롭게 생각하는 곳이잖아. 이제 우리도 그곳을 알게 될 거야.”

“그래, 뭐가 되었던 곧 알게 되겠지.”

폭풍우를 뚫고 나아가는 배 앞으로 거센 파도가 넘실거린다. 선원들의 눈에는 보이지 않으나 커다란 물수리 대여섯 마리가 배의 주변에서 함께 날고 있다. 배는 최대한 안전한 항로로 빠르게 중앙 섬에 접근하고 있지만, 눈에 띄지 않는 곳에서 꾸준히 배를 공격하려 드는 괴물들이 있다. 그럴 때마다 물수리들은 그것들을 공격해 내쫓지만 너무 큰 것들은 보리얀에게 알린다. 그러면 보리얀은 아무 말 없이 작살을 들고 갑판으로 향하고 루딘은 알아서 그 뒤를 따른다. 다른 선원들은 그저 보초를 서러 가나 보다 하고, 둘에게 별 관심이 없다.

보리얀은 자신을 도와주고 있는 동물 형제들에게 마음속으로 고마움을 전한다. 그 모든 것을 가만히 듣고서 웝실론은 생각한다.

'에휴. 어디를 가던 모든 것들이 우리 자기를 보고 들으니, 괴롭히려는 애들도 몰려들고 지켜주려는 애들도 몰려드는구나. 양쪽으로 참 피곤하겠네, 보리얀 자기는.'

그렇게 얼마를 더 항해했을까? 드디어 숨이 막힐 듯한 어둠을 뚫고 밝은 불빛들이 하나둘 드러난다. 빗줄기 사이로 중앙 섬 아누다르가야의 서쪽, 자라트라 요새의 항구가 눈에 들어온다. 구멍이 숭숭 뚫려 있는 거대한 검은 암초들 너머로 수많은 배가 크기별로 빼곡하게 정박되어 있다. 울퉁불퉁 솟아 있는 거대한 검은 암벽들 안쪽에서 햇불 빛이 새어 나오는데, 자세히 보니 빛이 나오는 모든 구멍이 동굴의 입구다.

번개가 번쩍이며 내리칠 때마다 요새 꼭대기에 세워진 성채가 번득인다. 그 주변으로는 동굴들의 입구까지 닿아 있는 계단이 나 있다. 그것들은 마치 문어의 다리처럼, 혹은 녹아내리는 양초의 촛농처럼 층층이 온 요새를 감싸고 있다. 아래에 있는 동굴에서 새어 나오는 횃불이 그 복잡한 갈래의 계단을 비추며 음침한 분위기를 자아낸다.

이어서 보리얀 일행을 태운 배는 검은 자갈 해변에 닿는다. 후덥지근한 빗줄기 속에서 배가 멈추어 서자, 어디선가 병사들이 달려와서 일사불란하게 배를 묶는다. 그들은 모두 촘촘한 그물로 만든 갑옷을 입고 있으며 양팔과 정강이에 널찍한 보호대를 차고 있다. 허벅지 반까지 오는 짧은 하의는 빳빳한 흰색 천으로 만들어져 있다. 보리얀과 루딘은 처음 보는 그 모습에 조금 놀란다. 온갖 종류의 사람들이 모여 있는 잘리사야 섬에서도 그런 차림은 보지 못했기 때문이다.

보리얀 일행이 배에서 내리자마자 병사들이 척, 소리가 날 정도로 한쪽 무릎을 꿇고 한 손을 떠받들듯 올리며 경례를 하더니 배의 화물칸에서 짐들을 내리고 보리얀 일행을 점검한다. 지휘관으로 보이는 이가 낯선 방식으로 말한다.

"병사장 지오투스, 새로운 책임 선장님들 및 일행 여러분을 환영합니다. 여기서 민간인은 한 분인 것으로 아는데 '샬리타' 님이 누구십니까?"

"…저예요."

비에 젖어서 조금 떨고 있는 샬리타가 앞으로 나선다. 그러자 두 명의 사내가 그녀의 옆으로 가서 정중히 인사를 올린다. 병사장 지오투스라는 자는 격식을 갖춘 어투로 공손하게 말한다.

"먼 길에 피곤하셨을 겁니다. 병사들이 먼저 숙소로 인도해 드릴 겁니다. 따라가 주시지요."

보리얀과 루딘은 민간인, 병사 등 생소한 단어에 조금 어리둥절한 표정으로 서 있다. 나머지 사람들을 둘러보던 병사장이 다시 묻는다.

"병사장 지오투스, 다른 질문이 있습니다. 명예로운 책임 선장들이 되실 바얀 님, 스루딘 님은 누구십니까?"

"우리 둘이오만…."

바얀의 말을 들은 지오투스는 깍듯하게 인사를 올린다.

"먼 길에 고생 많으셨습니다. 저를 따라오시지요."

병사장 지오투스는 샬리타에게 했던 것처럼 기계적인 말과 함께, 예의를 갖춘 후 바얀과 스루딘을 데리고 어딘가로 향한다.

"아니, 다들 뿔뿔이 나눠서 어디로 데리고 가는 겁니까?"

스루딘이 묻자 지오투스가 공손히 답한다.

"민간인 분은 여성들이 묵는 숙소로 모셔다드렸습니다. 선원들은 규칙 설명을 들은 후, 바로 입실 배정을 받을 것입니다. 하지만 선장님들께서는 먼저 카슘 관리 장교님을 만나셔야 합니다. 앞으로 직속 상관이 되실 분이지요."

바얀과 스루딘은 뭔가 찜찜한 기분으로 지오투스를 따라가고, 나머지 선원들은 빗속에 우두커니 서 있다. 몇 명의 병사가 보리얀을 훑어보더니 알게 모르게 음침한 웃음을 흘린다. 그중 빗속에서도 꺼지지 않는 커다란 횃불을 든 한 병사가 선원들에게 명령한다.

"모두 따라와라."

조금 주눅이 든 듯 보이는 선원들이 횃불을 든 병사를 따른다. 루딘은 보리얀을 훑는 기분 나쁜 시선들에, 이곳이 안전하지 않을 것임을 직감한다.

불편한 표정으로 발걸음을 옮기며 들어선 동굴은 생각보다 층고도 꽤 높으며 매우 널찍하고, 곳곳에 횃불이 걸려 있어서 환하다. 구멍이 송송 뚫린 검은 암석으로 이루어진 벽은 울퉁불퉁하지만 바닥은 닳고 닳아서 반질반질하다. 복도를 따라가니 곧이어 세 갈래 길이 나오는데, 각 통로의 입구마다 작은 금속판으로 만든 이정표가 박혀 있다. 각각 '취침', '물품', '청결'이라고 새겨져 있는 그 이정표들 앞에서 횃불을 든 병사가 멈추어 선다.

"두 명씩 일렬로 선다."

병사가 명령하자 루딘은 얼른 보리얀을 자기 옆에 세운다. 다른 선원들도 엉겁결에 두 명씩 서는데, 그들은 바얀 호에 승선하던 낯익은 사람들이다. 굳이 존경하는 선장을 따라오겠다고 나선 이들이었기에 바얀이 서류상 가족으로 등록하여 데려온 것이다. 병사는 두 명씩 선 일행을 주욱 훑어본다.

"지금부터 개인 물품을 지급할 것이다. 부여되는 물품에 문제가 생기면 모두 사비로 충당해야 하니 각별히 주의하길 바란다."

일행은 모두 횃불을 든 병사를 따라 '물품'이라고 적혀 있는 통로로 향한다. 벽을 파내서 만든 선반들 위에 각종 물건의 종류가 질서정연하게 정리되어 있다. 선원들은 각각 눈가에 바르는 검은 안료, 팔과 다리에 차는 금속 보호대와 그물 갑옷, 흰색 천과 튼튼한 허리띠, 그리고 생활 수칙이 담긴 작은 수첩 하나를 지급받는다.

이후 각종 주의사항을 전달받은 일행은 '청결'이라고 표시된 곳으로 향한다. 미끄러운 바닥을 따라 조심조심 내려가다 보니 습한 공기와 안개가 자욱하게 올라온다. 희부연 수증기 때문에 모든 것이 흐릿해 보이지만, 불빛이 어른거리며 반사되는 거대한 온천들에서 김이 모락모락 올라온다. 횃불을 든 병사의 목소리가 동굴 벽에 메아리친다.

"잘 들어라. 매일 저녁, 훈련이 끝나면 각 호실의 인원은 정해진 시간에 호출을 받아서 이 온천에서 청결을 유지한다. 예비병 피샤트, 취침 호실을 부여하라."

그러자 병사 중 맨 끝에 서 있던 청년 하나가 앞으로 나와 선다.

"예, 병사 바카르사 님. 바얀 호 선원 분은 서쪽 호수의 영웅이니 특별히 예비 병사가 아닌 일반 병사의 숙소에 배정하라는 명령이 있었습니다. 등급 평가가 이루어지기 전까지, 지금부터 여러분은 모두 일반 병사입니다. 그럼 저를 따라오십시오."

앳되어 보이는 예비 병사가 길을 안내하자 보리얀은 숙소라고 불리는 어두침침한 곳을 보고 소름이 돋는다. '취침'이라고 쓰여 있는 통로의 길을 따라 큼직한 방들이 서로 마주 보며 두 열로 자리 잡고 있다. 각 방에는 문이 없는 대신 입구에 기다란 반투명한 천이 설치되어 있어서 방의 모습이 어렴풋이 들여다보인다.

"이제부터 취침 호실을 나누겠습니다."

예비 병사는 빈 공간이 있는 취침 호실에 선원들을 들여보낸다. 각 방에는 여섯 명의 병사가 취침을 할 수 있는 공간이 마련되어 있는데, 완벽하게 빈방은 없는 것 같다. 루딘은 눈치껏 보리얀과 같은 방을 쓸 수 있도록 자리를 선다. 선원들이 모두 흩어지고 난 후 루딘은 보리얀과 지정받은 방에 들어가기 전 횃불을 든 병사에게 묻는다.

"…저기, 질문 하나 해도 되겠습니까?"

그러자 병사는 루딘을 쳐다보며 무뚝뚝하게 답한다.

"나, 병사 바카르사는 너와 같은 계급이다. 그러니 나에게 존대하지 말고 용건이 있을 때는 이름을 먼저 밝혀라."

"아, 알겠다. 나는 루딘인데 질문이 있다. 여기는 청결 공간이나 취침 공간이 성별에 따라 분리되어 있지 않은가?"

루딘의 말을 들은 바카르사는 코웃음을 친다.

"너희들은 더 이상 변두리 호수의 미개한 어부들이 아니다. 여기 있는 모두는 아누다르가야와 신성한 모크샤의 알을 지키기 위해 모집된 명예로운 병사들이다. 그리고 병사들은 성별을 구분하지 않는다. 적응하지 못하는 자는 언제든 낙오해도 좋다. 다만 평생의 오명을 쓴 채 민간인들과 함께 생활하게 될 것이다."

그 말을 끝으로 병사 바카르사는 걸음을 옮기고 예비 병사 피샤트가 그 뒤를 종종거리며 따라간다. 그렇게 루딘과 보리얀은 어두운 방 앞에 덩그러니 남겨진다. 잠시 불안한 표정으로 서로를 바라보던 둘은 조심스럽게 반투명한 천을 젖히고 방안을 살핀다. 네모반듯한 방의 양쪽 돌벽에는 각각 삼 층짜리 침실 공간이 나 있다. 공간은 장정 한 명이 적당히 누울 수 있을 정도의 길이와 깊이로 파여 있으며, 각 침실 앞은 얇은 천으로 가려져 있다. 방의 입구와 마주 보고 있는 외벽의 창문에서는 을씨년스러운 달빛이 들어온다.

루딘과 보리얀이 방 안으로 들어서자, 네 명의 건장한 사내가 기다렸다는 듯 침실 공간의 천을 젖히고 나온다. 그들 중 검은 머리를 여러 갈래로 길게 땋아 내린 사내 하나가 하품을 쩌억 하더니 기분 나쁜 웃음을 흘린다.

"뭐야. 순 애송이들이 들어왔군. 오호, 계집애도 있네?"

사내들은 천천히 그들을 에워싼다. 루딘은 무의식적으로 보리얀을 자기 뒤로 숨기려 한다. 보리얀은 긴장한 표정으로 그들을 살핀다. 모두 온몸이 흉터투성이다. 은색 머리 에실린이 둘, 검은 머리 루에린이 하나, 청록빛 머리 유피린이 하나인데 그중 가장 험악해 보이는 자는 루에린 사내다. 풍채를 놓고 보아도 그렇지만 분위기상 그자는 이 방에서 가장 힘이 세어 보인다.

사내들은 보리얀을 훑어보며 킬킬거리고 이런저런 음담패설을 늘어놓는다. 한 번도 들어보지 못했던 말들에 보리얀은 당황한다. 루딘은 화가 머리 꼭대기까지 차오르는 것을 느끼지만 싸우기에는 불리하다는 것을 직감한다. 그는 짐짓 태연한 척하며 검은 머리 사내에게 말한다.

"아, 서쪽 호수의 바얀 최고 선장님이라고 들어봤을 텐데? 여기서는 이제 책임 선장님이라나 뭐라나…. 암튼 얘는 그분의 딸이야. 얘 아버지가 차별 심하기로 소문난 그 동네에서 가장 높은 자리까지 올라간 데에는 다 이유가 있지. 루에린들 성질 무서운 거, 그쪽도 잘 알지?"

바얀의 이름이 들리자 사내들은 조금 멈칫한다. 거의 민머리처럼 보일 정도로 새하얀 은색 머리를 짧게 깎은 에실린 사내의 눈이 조금 커진다.

"바얀? 그 잘리사야 섬에서 가장 큰 괴물을 죽였다는 사람?"

그러자 루딘이 보리얀을 사내들 사이에서 빼내며 대답한다.

"그래. 얘, 자기 아버지 닮아서 성깔이 장난 아니야. 그럼 통성명이야 뭐 차차 하면 되니까 여기까지 하자고. 침대는 저기 쓰면 되나?"

루딘은 능청스럽게 말하며 눈치껏 봐둔 가장 윗 층의 빈 침대들을 가리킨다. 이어서 그가 보리얀에게 살짝 눈짓을 보내자 보리얀은 재빠르게 그중 하나로 올라간다. 그러나 침실의 상태를 확인한 순간 그녀는 소리를 지르려다가 입을 막는다. 마치 누가 일부러 가져다 놓은 듯 전갈과 징그럽게 생긴 각종 벌레가 꾸물대고 있다. 보리얀이 머뭇거리자 검은 머리 사내가 음흉하게 웃더니 사다리 밑으로 다가온다. 그리고 사다리에 걸쳐 있는 보리얀의 다리로 손을 뻗는다.

"왜, 새 침대가 마음에 안 들어? 나랑 같이 쓸래?"

사내의 손길이 닿자 보리얀은 자기도 모르게 그의 얼굴로 힘껏 발차기를 날린다.

"억!"

사내의 소리와 함께 순간 정적이 흐른다. 검은 머리 사내가 코를 쓱 닦자, 피가 묻어 나온다. 보리얀은 잠깐 머뭇거리다가 얼버무린다.

"미…미끄러진 거야."

검은 머리 사내는 어이가 없다는 듯 피식 웃는다. 그 틈에 보리얀은 냉큼 침실 안으로 들어간다. 신기하게도 벌레들은 그녀를 알아보는 것처럼 차르르 소리를 내며 사방으로 물러간다. 그것을 알 리 없는 검은 머리 사내의 목소리가 아래에서 들린다.

"하, 계집애가 배짱 한번 대단하네. 이봐 겐다스, 저기에 환영 선물 제대로 준비해 놓은 거 맞냐?"

청록색 머리의 유피린 사내가 긴장한 듯 고개를 끄덕인다.

"시, 시킨 대로 맨 위 두 자리에 모두 풀어놨어, 사타니크. 정말이야."

루딘은 걱정스러운 얼굴로 재빨리 보리얀의 침대 쪽을 쳐다본다. 그런데 그때, 새하얀 은색 머리를 빡빡 깎은 사내가 그의 얼굴을 손가락으로 훑으며 얼굴을 들이민다.

"사타니크, 네 취향은 어떤지 모르겠는데 난 애가 이쁘장하니 좋네."

그 빡빡이 사내가 루딘을 흐뭇한 눈으로 바라보자, 루딘은 미처 예상하지 못한 전개에 조금 당황한다. 하지만 곧 표정을 숨기고 애써 웃는다.

"그, 그래? 근데 어떡하나. 안타깝게도 내 취향은 다른 쪽이어서. 난 검은 머리를 좋아하거든."

루딘은 은색 머리 사내를 스윽 피하고서, 사타니크라는 자의 어깨를 툭툭 두들기고 빙긋 웃는다.

"어이, 멋있는 형씨. 잘 지내보자고. 그럼, 다들 잘 자."

루딘은 후다닥 침실 공간으로 올라간다. 그러자 그 검은 머리 사내는 보리얀에게서 시선을 떼고, 괴상쩍다는 표정으로 루딘을 바라보며 중얼거린다.

"서쪽 호수 애들은 다 돌았나?"

다행히 루딘의 자리에 있던 벌레들도 깨끗하게 물러가 있다. 보리얀이 미리 마음속으로 지시를 내린 것이다. 그녀는 취침 공간 아래에 서 있는 사내들을 바라본다. 그리고 벌레들에게 마음으로 부탁한다.

'나의 형제들아, 부디 나와 루딘을 지켜줘. 저자들이 밤새 우리에게 접근할 수 없도록.'

한편, 바얀과 스루딘은 정반대의 공간에서 다른 종류의 곤욕을 치르고 있다. 그들은 동굴 속이 아니라 그 위에 자리한 성채의 가장 꼭대기에 와 있다. 관리 장교 '카슘'의 방에는 커다란 창문 옆으로 화려하게 수놓아진 각종 휘장이 걸려 있다. 왜소한 체격에 얼굴이 길쭉한 카슘은 마치 생쥐가 사람으로 둔갑한 것 같이 생겼다. 그는 입이 튀어나온 탓에 계속 앞니에 침을 묻히는 습관이 있는데, 금으로 만든 값비싼 머리띠와 콧수염에 다는 구슬 장식으로 한껏 멋을 부렸다. 가식적인 눈웃음을 짓는 그의 눈가에는 각종 안료가 공들여 칠해져 있다.

거센 비바람이 몰아치며 창문이 덜컹거린다. 뜨악한 표정으로 카슘 앞에 앉아 있는 바얀과 스루딘의 침묵이 한층 더 분위기를 무겁게 만든다. 카슘은 군사 관계도를 그들에게 보여주며 나긋나긋한 목소리로 말한다.

"자, 그럼 자네들도 다 이해했을 거라 생각하네. 보다시피 자라트라 요새의 병사들은 단순한 어부들이 아니야. 명예로운 이들이지. 그러니 우리의 체계가 변두리 호수들과는 전혀 다른 계급으로 운영된다는 걸 알았으면 한다네. 그대들은 내가 관리하는 부대의 새로운 책임 선장들이고, 나는 상관으로서 그대들과 같은 영웅을 지휘하게 되어 매우 기쁘게 생각하는 바이지."

바얀은 군사 계급도를 들여다본다. 삼각형으로 표시되어 있는 계급도의 가장 넓은 곳에서부터 예비 병사, 일반 병사, 병사장, 책임 선장, 관리 장교 및 파견사, 그리고 슈라문이라고 적혀 있다. 그런데 병사장과 책임 선장이라고 적힌 사이에 '특수병대'라고 적힌 명칭이 보인다. 바얀은 조금 머뭇거리다가 입을 연다.

"저…. 책임 선장 바얀, 관리 장교님께 질문이 있습니다."

"역시 여기에서 말하는 법을 금방 익히는군. 질문하는 것을 허락하겠네, 바얀 책임 선장."

"여기 있는 특수병대라는 것은 무엇입니까?"

"음, 특수병대는 비상시에 자네 같은 책임 선장이 꾸릴 수 있는 전담 부대지. 가장 악명높은 괴물들하고 싸워야 하기에 일반 병사와 병사장 중에서 자네들이 직접 뽑아 쓸 수 있어."

"네, 알겠습니다."

바얀을 쓰윽 훑어보고, 카슙은 콧수염에 달린 구슬을 매만지며 거만한 표정을 짓는다.

"난 자네들이 썩 마음에 드는군. 그 전에 여길 오는 자들은 미개하기 짝이 없었거든. 게라트였나? 그자는 정말 별로였지. 가족을 보게 해달라, 서쪽 호수로 돌아가게 해달라 등등 짜증 나게 징징댔거든. 그래서 외곽으로 정찰 명령을 내리니까 바로 배를 잃고 죽어버리더라고. 약해 빠진 변방의 습성을 버리지 못하면 아누다르가야에서는 살아남을 수 없다는 걸 명심하게, 쯧쯧."

"그럼 이제부터 가족을 아예 보지 못한다는 말씀입니까?"

놀란듯한 바얀의 표정에 카슙은 당연하다는 듯한 표정으로 눈썹을 올린다.

"자네들은 이미 아누다르가야의 명예로운 책임 선장들일세. 사사로운 관계인 민간인들을 만나서 뭐 하려고? 이젠 괴물들을 어떻게 없앨까만 고민해야지. 내일부터 일정이 잡힐 테니 오늘 밤은 푹 쉬게. 궁금한 것 있으면 언제든지 얘기하고."

스루딘이 뭔가 물으려고 하자 카슘은 손뼉을 짝짝 친다. 그러자 바얀과 스루딘을 데리고 왔던 지오투스 병사장이 절도 있게 들어온다. 카슘은 스루딘을 쳐다보지도 않고 병사장에게 명령을 내린다.

"앞으로 네 부대를 맡으실 바얀 책임 선장이시다. 어서 물품을 지급해 드리고 침소로 모시고 가라."

"네, 카슘 관리 장교님."

바얀이 엉겁결에 밖으로 나가게 되자 카슘은 스루딘 근처로 의자를 바짝 끌어당기며 앉는다. 스루딘은 떨떠름한 표정으로 쥐새끼 같은 사내를 쳐다본다. 카슘이 음흉한 목소리로 말을 건다.

"스루딘 선장. 자네가 해협 쪽에서 아주 대단한 활약을 세웠다고 들었네만?"

"활약이라뇨. 그저 살아남았습니다."

"괴물을 죽이고 살아남았다면 그게 대단한 활약이지. 자네 같은 훌륭한 선장이 있어서 참 다행이야. 그런데 자네, 바얀 책임 선장과는 어떻게 아는 사이인가?"

스루딘은 께름칙한 얼굴로 대답한다.

"아실 텐데요. 서쪽 호수에서 제 상관이었습니다."

"그래?"

카슘은 천천히 스루딘을 뜯어보더니 갑자기 의자에서 벌떡 일어나, 그의 앞을 왔다 갔다 하며 줄줄 말을 내뱉는다.

"이보게, 친애하는 스루딘. 자네가 살던 서쪽의 변방에서는 어쨌는지 모르겠으나, 신성한 전통의 땅 아누다르가야에서는 거짓을 말하는 것을 죄악으로 여긴다네. 사실을 모두 얘기하지 않는 것도 마찬가지고. 그래서 나는 그대에게 다시 한번 묻겠네. 자네를 위해, 이번에는 질문을 바꾸어 보도록 하지."

카슘은 다시 스루딘의 앞에 앉고 묻는다.

"바얀과는 언제부터 그렇게 친한 사이였나, 응?"

"좀 됐습니다."

스루딘이 부루퉁한 표정으로 얘기하며 카슘을 못마땅하다는 듯 쳐다본다. 그는 아까 물으려던 말을 내뱉는다.

"그런데 왜 우리를 다 뿔뿔이 찢어놓는 겁니까? 선원들은 지금 어딨습니까?"

카슘은 팔짱을 끼며 스루딘을 관찰하듯 쳐다보다가 입을 연다.

"흠. 아누다르가야의 병사들은 지휘고하를 막론하고 같은 목적을 향해 움직여야 하지. 진정한 병사라면 고결한 대의를 위해서 목숨을 아끼지 말아야 하는 법이야. 그 목숨들이 최대한 아깝지 않게 쓰이려면, 상부의 명령을 전적으로 믿고 복종하는 게 가장 중요하다는 건 잘 알겠지? 같은 이유로 선원들은 지금 그들에게 가장 적합한 곳에 있다네. 자네도, 바얀도, 모든 이들은 자신이 있어야 할 곳에 배정될 것이니 걱정하지 말게."

스루딘이 어이가 없다는 듯 피식 웃는다.

"그런 식으로 말씀하는 것도 참 재주로군요. 여기 있다 보면 상대방이 원하는 정보만 쏙쏙 빼놓고 청산유수로 대답하는 법도 배웁니까? 저는 현재 우리 선원들이 있는 지리적 위치를 물은 겁니다."

카슘은 스루딘을 보고 껄껄 웃더니 인자한 표정을 걸치고 대답한다.

"이런 이런…. 자네 참 재밌군. 그런데 내 정신 좀 보게, 먼 곳에서 온 사람을 두고 이렇게 시간을 많이 지체하다니. 많이 피곤해 보이는군, 스루딘. 그대가 이곳의 규율에 대해 궁금증을 갖는 것은 당연하네. 그런 사소한 것들은 이제 차차 알게 되겠지. 밤이 늦었으니 물러가는 것을 허락하겠네. 또 의문이 드는 사항이 있으면 언제든지 물어보고."

카슘은 다시 손뼉을 치고 밖에서는 기다렸다는 듯 병사 하나가 들어온다. 카슘이 나가라는 손짓을 하자, 스루딘은 어처구니없다는 얼굴로 자리에서 일어난다. 가려는 스루딘의 뒤에 대고 카슘이 말한다.

"아 맞다. 스루딘 책임 선장, 자네의 아들도 이번에 함께 왔지? 어쨌거나 루딘은 이미 장성한 병사가 아닌가. 이 문을 나서는 순간부터 모든 사사로운 감정은 잊게."

루딘의 이름이 들리자 스루딘은 잠시 걸음을 멈춘다. 그러나 곧 아무 대답 없이 불쾌한 표정으로 방에서 나가며 미간을 찌푸린다.

'재수 없는 놈. 뭔 헛소리야.'

같은 시간, 아누다르가야 중앙부의 바르벨루스에도 장대비가 쏟아지고 있다. 한밤중의 빗줄기 사이로 고대 에린들의 보금자리를 그대로 고증한 것 같은 널찍한 길과 고풍스러운 건물들이 눈에 들어온다.

그중에서도 저 멀리 가장 높은 지대에 있는 한 거대한 저택에서 훤칠한 키의 사내가 뚜벅뚜벅 걸어 나온다. 그는 쏟아지는 비가 못마땅하다는 듯 긴 망토를 여민다. 그의 뒤로 투르가 급하게 쫓아 나온다. 투르는 믿기지 않는다는 표정으로 묻는다.

"훌라르 님, 왜 바얀 선장 일행을 굳이 카슘의 밑으로 보내신 겁니까? 선장들도 그렇지만, 함께 따라온 선원들은 더욱 버티기 힘들 텐데요?"

"음…. 떨어트려 놓을 애가 하나 있어서."

"그게 무슨 말씀입니까?"

훌라르는 대답 대신 알 수 없는 미소를 짓는다.

"자넨 알 거 없어. 샬리타라고 했나, 바얀의 부인이?"

"네."

"어쨌든 그 사람이 제일 불쌍하게 됐군. 사과하러 가야겠어."

투르는 황당하다는 얼굴로 훌라르를 쳐다본다. 하지만 훌라르는 아무 일도 아니라는 듯 장갑을 고쳐 끼고, 목에 걸려 있는 금색 호각을 꺼내 들며 덧붙인다.

"이제 바로 차루타스 남쪽 항구로 내려가게, 투르. 아, 그리고 자네가 당분간 자라트라 요새에 갈 일은 없을 거야. 그쪽으로 가는 서신도 다른 파견사가 맡게 될 테니까 혹시나 바얀에게 뭔가 말을 전할 생각은 꿈도 꾸지 말고. 그럼 우린 다음에 보지."

투르는 무어라 말을 하려고 하나 훌라르는 빗속에서 호각을 분다. 귀가 찢어질 것 같은 크고 날카로운 소리에 투르는 그만 입을 다물고 양손으로 귀를 틀어막는다. 잠시 후, 저 멀리서 무언가 펄럭거리며 바람을 가르는 소리가 점점 가까이 들려온다. 투르는 그 소리에 주춤거리며 비가 쏟아지는 하늘을 살피더니 곧이어 자신의 위로 날아오고 있는 거대한 날개의 그림자를 보고 즉각 몸을 숙인다.

"카아아악!"

깊은 울음소리를 내뱉으며 거대한 새가 드넓은 정원 한복판에 내려앉는다. 검고 예리한 부리가 빗물에 번들거리고, 그와 같은 색깔로 빛나는 칠흑 같은 바깥 깃털은 윤기가 자르르 흐른다. 그 아래로는 세 개의 튼튼한 다리와 날카로운 발톱이 돋보인다. 새는 그중 가장 앞쪽에 있는 다리를 하나 접어서 몸을 낮추더니, 훌라르를 향해 타라는 듯이 고개를 숙인다. 그러자 훌라르는 능숙하게 그 위에 훌쩍 올라타서 새의 등 쪽에 자리를 잡는다. 새는 날개를 펄럭거리며 날아오를 준비를 시작한다.

"가자!"

훌라르의 말에 새가 땅을 박차고 무서운 속도로 비상한다. 날개에서 일으키는 바람이 너무 강한 탓에 그만 투르는 바닥에 나동그라진다. 아래에서 올려다보니 까만 겉과는 다르게 새의 속 깃털은 눈부시게 휘황찬란한 색깔과 신비스러운 무늬들로 가득 차 있다. 바닥에 엎어진 투르는 하늘 위로 멀어져 가는 훌라르와 다리 세 개 달린 새를 근심스러운 눈으로 쳐다본다. 둘은 곧 시야에서 사라져버린다.

"휘이익–"

거센 비바람이 몰아치는 창공을 가로지르며, 훌라르는 망토에 달린 모자를 머리에 뒤집어쓴다. 그리고 얼굴을 찡그리며 투덜댄다.

"젠장, 이미 다 젖어버렸군."

민간인들의 처소로 옮겨진 샬리타는 심란한 표정으로 창가를 내다보고 있다. 방에 깔려 있는 부드러운 융단 위에는 광택이 나는 천으로 만들어진 고급스러운 침구가 돋보인다. 검푸른 옥을 조각하여 만든 탁자에는 진귀한 과일들과 마실 것이 차려져 있지만 그녀의 눈에는 그런 것들이 들어오지도 않는다. 옆에서는 머리에 하얗고 반투명한 비단 천을 두른 한 여인이 안타까운 표정으로 서 있다. 멍하니 한 손으로 입가를 가리고 있는 샬리타는 볼을 쓸어내리더니, 조금 잠긴 목소리로 그 여인에게 묻는다.

"그러니까 제 가족을 일주일에 딱 한 번만 볼 수 있다는 거죠? 그것도 그들이 살아 있다면?"

흰색 천을 걸친 여인이 고개를 끄덕인다. 그것을 본 샬리타는 침묵을 지키다가 헛웃음을 짓는다. 그리고 작은 목소리로 읊조린다.

"어머니께서 늘 그런 말씀을 하셨어요. 중앙 섬에 대한 그 어떤 휘황찬란한 이야기도 믿지 말고, 궁금해하지도 말라고. 자신이 목숨을 걸고 도망쳐 나온 데에는 이유가 있다고 그러셨는데 이제 서서히 알 것 같네요."

샬리타를 바라보던 여인이 주위를 살피다가 조용히 입을 연다.

"게라트와 나는 당신들만큼은 절대 이곳에 오지 않기를 바랐어요. 여기는 정말 무서운 곳이니까요. 당장 이 건물에 있는 사람들부터 잘 보세요. 처음에는 모두가 가족과 떨어져 있는 것을 슬퍼하지만, 제공되는 각종 편의에 점점 그 슬픔은 무뎌지게 되죠. 선원들의 목숨을 대가로 명예와 재산을 받기 때문에 어떤 이들은 심지어 부고를 기다리기도 해요."

샬리타가 믿을 수 없다는 표정으로 쳐다보자 여인은 고개를 저으며 말을 잇는다.

"말도 안 된다, 그런 생각 들지요? 하지만 난 그 마음들이 어떻게 쉽게 변하는지 많이 봤어요. 게라트가 괴물들에게 당하고, 나는 그의 명예로운 미망인이 되어 바르벨루스보다 남쪽에 있는 차루타스에 집을 하사받았죠. 밤마다 울던 아이들은 이미 그곳에서 하루하루 그를 잊어가며 풍요롭게 살고 있는 걸요…. 만약 나도 원하기만 했다면 새로운 곳에서 하인들을 거느리고 살았을 테고 말이에요."

샬리타는 여인의 손을 조심스레 감싸 쥐고 묻는다.

"그런데 왜 가지 않으신 거죠? 왜 여기에 남으신 거예요, 아네트?"

아네트라는 여인은 샬리타를 물끄러미 보더니 조용히 대답한다.

"화가 났거든요. 그들이 내 남편의 목숨값으로 내린 그 사치스러운 삶을 차마 살아낼 수가 없었어요. 게라트가 죽었다는 소식과 함께 이 아름다운 흰 천을 받았을 때, 사실 나는 보란 듯이 목을 매려고 했어요. 슬픔이 아니라 분노 때문에요. 하지만 샬리타, 그러면 안 돼요. 여기선 위에서 내린 부와 명예를 거부하면 반역자가 되거든요. 반역자의 식솔은 끔찍한 형벌을 받게 된다는 걸 꼭 명심해야 해요. 한 번의 감정적인 선택이 남은 이들의 운명을 좌우하게 된다고요. 그래서 결국 나도, 다른 민간인들도 입을 다물고 살아요. 이게 아누다르가야의 법이며 정당한 것이라고 합리화하면서 말이에요. 안 그러면 도저히 살 수가 없으니까."

"여기서 나갈 수 있는 방법은 없는 걸까요? 선원인지, 병사인지만 아니면 평범하게 살 수 있지 않을까요?"

아네트는 눈물이 고인 샬리타의 손을 쥐고 한숨을 쉰다.

"샬리타, 이 섬에 이방인들을 위한 자리는 없어요. 게라트, 바얀, 스루딘…. 모두가 그저 필요에 의해 쓰이는 대용품들일 뿐이에요. 그리고 우리 같은 나머지 가족은 그들의 족쇄죠. 우리의 안전을 위해 그들은 계속 임무를 수행할 거고, 또 그들을 위해 우리는 조용히 순응하고 살아야 하니까요. 내가 알기로는 이제 서쪽 호수로는 돌아갈 방법은 없어요. 예전에 당신의 어머니는 어떻게 나오셨는지 모르겠지만. 아마 신분이 좀 높으신 분이라 가능하지 않았을까요?"

"……."

샬리타가 넋이 나간 얼굴로 앉아 있다가 떨리는 눈빛으로 아네트를 바라보며 속삭인다.

"그, 그게 실은…."

그때 시녀 한 명이 문가에서 인기척을 낸다.

"죄송합니다, 샬리타 님. 이제 취침 시간이 다 되어서 아네트 님을 침소에 모셔다드려야겠습니다."

"벌써? 보통 취침 시간은 단속하지 않았잖니?"

아네트의 말에 시녀가 매우 미안하다는 듯 공손하게 대답한다.

"그러게요. 갑자기 감독관님께서 분부를…. 죄송합니다."

아네트는 방을 나서며 샬리타에게 말한다.

"당연히 눈물이 나오겠지만, 심하게 울지는 말아요. 눈이 너무 부어 있으면 다들 당신을 약하게 볼 거예요. 내일 아침부터는 모두 모이는 자리에서 함께 소일거리를 하게 될 테니까요."

"알겠어요. 고마워요, 아네트."

안타까운 표정으로 뒤를 돌아보는 아네트를 데리고 시녀가 물러간 후 샬리타는 완전히 혼자가 된다. 그녀는 두 눈을 감고 쓰러지듯 주저앉는다. 샬리타의 나지막한 한숨이 파르르 떨리는데, 어둠 속에서 한 남자의 부드럽고도 깊은 음성이 들린다.

"이런. 힘들어 보이시는군요."

샬리타는 눈을 번쩍 뜨고 문가를 살핀다. 전혀 인기척이 없었는데 망토를 두른 어떤 훤칠한 키의 사내가 빗물을 뚝뚝 떨기며 문가에 기대어 서 있다. 샬리타는 가슴이 덜컥 내려앉는 듯 놀란 채 그를 응시하며 주변에 있는 촛대를 움켜쥔다.

"하하. 제가 누군지 묻지도 않으시고 무기부터 챙기시네요. 보리얀이 누굴 닮았는지 알겠군요, 샬리타."

"…어떻게 우리 이름을 아는 겁니까?"

샬리타가 일어서며 애써 침착하게 묻는다. 하지만 목소리와는 다르게 손이 덜덜 떨린다. 사내는 여유로운 목소리로 천천히 대답한다.

"그러게 말입니다. 인연이란 참 신기하지요. 얼마 전까지만 해도, 저 또한 당신들의 이름이 나에게 이토록 중요해질 줄은 몰랐으니까요. 실례가 안 된다면 좀 가까이 가겠습니다."

사내는 망토의 모자를 벗으며 샬리타에게 다가간다. 짧게 자른 어두운 자주색 머리와 잘 정돈된 수염, 매끈한 콧날과 불타오르듯 빛나는 짙은 자주색 눈동자가 드러난다. 꽤 부유해 보이는 젊은 사내의 목에는 황금색 호각이 걸려 있다. 사뿐사뿐한 그의 발소리는 거의 들리지 않는다. 샬리타는 자신도 모르게 조금씩 뒷걸음친다. 사내는 예의를 갖추어 깍듯하게 인사를 한다.

"무례하게 찾아와서 놀라신 줄 압니다. 용서하시지요. 저는 당신과 당신의 가족을 보호하고자 온 사람입니다. 제 이름은 홀라르, 바르벨루스의 상급 슈라문입니다."

"슈…슈라문?"

샬리타의 얼굴이 하얗게 질린다. 그 모습을 보고 훌라르는 부드럽게 미소를 짓는다.

"당신의 어머니께서도 중앙 도서관의 하급 슈라문이셨다지요?"

"그걸 어떻게…."

"중요한 임무를 수행하려면 상대에 대한 조사는 기본이지요."

샬리타는 마치 꿈속에서 깨려는 듯 이마에 손을 얹고, 고개를 저으며 혼잣말처럼 중얼거린다.

"하아. 이건 꿈일 거야. 갑자기 이런 생지옥에 떨어진 것도 모자라, 이젠 슈라문까지…."

"꿈이라. 그럼 제 등장이 이 악몽을 바꿀 수 있는 기회가 되겠네요."

그는 샬리타가 아직 떨리는 손으로 잡고 있는 촛대를 가만히 탁자 위로 내려놓으며 말을 잇는다.

"하지만 안타깝게도 제가 상급 슈라문이라고 해서 모든 것을 마음대로 할 수 있는 건 아닙니다. 저는 그저 바르벨루스에서 가장 높은 분을 보좌하는 사람에 불과하거든요. 바얀 선장은 이곳에서도 이미 유명인사여서, 제가 멋대로 손을 쓰기 어렵습니다. 그러나 보리얀만큼은 꼭 그 끔찍한 곳에서 꺼내야 하지 않겠습니까?"

"그 애는 지금 어디 있는 거죠? 바얀과 함께 있나요?"

샬리타의 걱정스러운 표정을 보며 훌라르는 진지하게 대답한다.

"음…. 우선 이것부터 말씀드리죠. 자라트라 요새에는 네 명의 관리 장교가 있습니다. 그중에서도 카슘이란 자는 병사들을 험히 다루는 관리 장교로 아주 악명이 높아요. 바얀 선장과 보리얀은 지금 그의 휘하에 배정되어 있지요.

바얀 선장은 그나마 책임 선장의 직책이 있으니, 꽤 좋은 환경에 있을 겁니다. 하지만 문제는 보리얀이에요. 그 애는 생면부지인 일반 병사들과 축축한 동굴 속에서 함께 생활을 하며 엄청난 양의 맹훈련에 시달릴 겁니다. 그리고 아마도 거기에서는 유일한 여자일 테지요."

"아아…."

샬리타가 온 얼굴을 감싸 쥔다. 훌라르는 그 모습을 바라보며 옅은 한숨을 내쉰다.

"흐음. 누가 보더라도 참으로 위험한 상황이지요. 걱정이 많으시겠어요. 보리얀을 많이 사랑하실 테니까요. 그렇죠?"

샬리타는 눈물을 닦아내고 중얼거린다.

"아니요. 아니었던 것 같아요."

의외의 대답에 훌라르가 잠시 할 말을 잃자 샬리타는 자책하듯 고개를 젓는다.

"정말 보리얀을 사랑했다면 그 애를 그저 평범하게 키웠어야 했던 걸지도 몰라요. 그런데 나는 아무 생각 없이, 이렇게 세상이 보리얀을 삼킬 때까지 내버려 두었네요. 결국 내가 사랑하는 사람들 그 누구도 지키지 못하고 있잖아요. 너무도 무력하게…."

샬리타의 말을 듣자 무언가가 떠오르는지, 훌라르의 얼굴에서 지금까지 지켜오던 온화한 표정이 사라진다. 그는 어두워진 표정으로 마치 혼잣말처럼 읊조린다.

"…그러셨군요."

잠시 침묵이 흐르고 샬리타의 눈물 섞인 숨소리만이 정적을 메운다. 이내 숨을 가다듬은 샬리타가 훌라르를 쳐다보고 묻는다.

"우리를 돕고 싶어 하는 이유가 뭐죠?"

그러자 훌라르는 다시 미소를 짓는다.

"물론 이상하게 들릴 줄 압니다만, 저는 진심으로 보리얀을 그 지옥 같은 요새에서 꺼내오고 싶습니다. 그러려면 당신의 도움이 필요하지요."

"제 도움이요?"

훌라르는 샬리타 쪽으로 살짝 몸을 숙인다.

"이 위선적인 아누다르가야에서 선택할 수 있는 방법은 두 가지입니다. 영웅이라는 명색에 취해서 사람들의 꼭두각시가 되어 고매하게 죽는 방법, 남들에게 손가락질받더라도 명예 대신 목숨을 선택하는 방법. 신기하게도 자기가 대단하다고 생각하는 사람들은 전자를 선택해서 항상 귀한 생명을 잃더군요."

샬리타는 훌라르의 눈을 바라보며 나직하고 힘 있는 목소리로 말한다.

"아누다르가야 사람들은 항상 그렇게 빙빙 돌려서 말하던데, 전 서쪽 호수 사람이에요. 알아듣기 힘드니 바로 말씀해 주셨으면 해요. 제가 도울 일이 정확히 뭐라는 거죠?"

"하하. 그럼 바로 말씀드리죠."

훌라르는 샬리타의 태도가 마음에 든다는 듯 고개를 끄덕인다.

"보리얀을 살릴 방법은 하나입니다. 일주일에 한 번, 보리얀이나 바얀 중 한 명을 볼 수 있을 겁니다. 그때 당신이 보리얀에게 낙오병이 되라고 설득하세요."

"낙오라고요? 선원이 되길 포기해야 한다는 뜻이군요."

"그렇죠. 이미 높은 직책인 책임 선장으로 발령받은 바얀에게는 조금 어려운 일이겠지만, 일반 병사인 보리얀에게는 가능합니다."

고민스러운 얼굴로 생각에 잠긴 샬리타에게 훌라르가 당부한다.

"샬리타, 잘 들으세요. 애초에 자라트라 요새에 지원하는 예비 병사들은 거의 출신이 미천하여 목숨을 걸고 인생을 바꾸고자 하는 자들이 대부분입니다. 훈련이 고된 만큼, 그 사이에서 살아남는다면 진급하여 부와 명예를 획득할 수 있기 때문이죠. 보리얀은 처음부터 그보다 위 단계인 일반 병사로 지내게 되었지만 별 나을 것은 없습니다. 그들은 예비 병사 중 독하게 살아남은 자들이니까요."

"보리얀은 자존심이 강해요. 아마 절대 포기하지 않을 텐데…."

"이건 자존심 문제가 아닙니다. 일반 병사에서 병사장으로 진급하는 이들은 극히 드물어요. 그리고 병사 생활을 포기하기도 사실 이미 늦은 시기죠. 그렇지만 요새에서 나가는 방법이 아예 없는 것은 아닙니다. 나가고자 하는 이들을 위한 제도가 있거든요. 자라트라는 아누다르가야의 법에 따라 한 달에 한 번 자발적 낙오자를 걸러냅니다. 대신 낙오자들은 등에 커다란 불명예의 표식이 찍히게 되고, 다시는 배에 오르지 못합니다."

샬리타는 한숨을 내쉬며 고개를 젓는다.

"보리얀이나 바얀이나, 그걸 견딜 사람들이 아니에요."

"보리얀이나 바얀뿐 아니라, 대부분 사람들은 그런 것을 견디지 못합니다. 그러니까 두 가지의 선택이 있다고 말했잖습니까."

"……."

"아까 아이를 평범하게 키워야 했다, 이렇게 말씀하셨죠? 지금이 그걸 실현할 마지막 기회일 겁니다. 평범한 사람들은 목숨을 위해 많은 걸 내려놓요. 낙오자의 표식 따위야 가리고 살면 그만입니다. 샬리타, 더 이상 이 세상이 보리안을 삼키지 못하도록 막아야 하지 않겠습니까?"

근심스러운 표정으로 한동안 침묵을 지키던 샬리타는 훌라르를 똑바로 쳐다본다.

"나는 어머니에게 슈라문의 세상에 대해 들었어요. 그분이 왜 그곳에서 뛰쳐나오셨는지도 알고 있죠. 그런데 당신 같은 젊은 사람, 그것도 소수 종인 마에린이 상급 슈라문이라…. 그럼 당신은 지금껏 그 두 가지 방법 중 어느 쪽을 선택한 거죠?"

샬리타의 질문에 훌라르는 알 수 없는 미소를 짓는다.

"좋은 질문이군요. 보시다시피 나는 이렇게 살아 있습니다. 그러려면 나를 삶으로 이끄는 선택을 했겠지요. 사실 가끔 궁금해지기는 합니다만…. 과연 내가 정말 살아 있는 건지."

순간 훌라르의 깊은 자주색 눈동자가 불타오르는 마그마처럼 빛난다. 그의 눈을 들여다보던 샬리타는 문득 섬뜩한 느낌에 발밑을 쳐다본다. 어느새 그의 망토에서 흘러내린 빗물에 바닥이 젖어서 물기가 샬리타의 발끝까지 번져 있다. 연한 붉은색 융단이 마치 검붉은 피로 물드는 것처럼 점점 짙은 색으로 변한다. 샬리타의 발이 움찔하는 것을 보고, 훌라르는 씨익 웃으면서 미안하다는 투로 말한다.

"이런. 바닥이 다 젖고 말았네요. 늦은 시간에 실례가 많았습니다. 그럼 희망을 놓지 마세요. 저는 항상 주위에 있을 겁니다."

"……."

아무 말 없이 굳은 표정으로 서 있는 샬리타를 보고, 훌라르는 예의 바르게 인사를 한다. 그리고 발소리 하나 남기지 않으며 방에서 유유히 사라진다. 그가 완전히 사라지고 나서야 샬리타는 떨리는 숨을 내쉰다. 그리고 방금 자신에게 무슨 일이 일어났는지 천천히 되새긴다.

저 멀리, 커다란 새의 울음소리가 밤공기를 가른다. 샬리타는 그 소리를 따라 창문을 응시한다. 어느새 비가 그치고 달빛이 드러나는 하늘 위, 기괴하게 흩어지는 구름 사이로 세 발이 달린 거대한 새가 날아오르더니 순식간에 사라진다.

◈ 2장 ◈

❴ 모든 이들의 눈이 노리는 것 ❵

"육탄전 훈련을 시작한다!"

작열하는 태양 아래 지오투스 병사장의 목소리가 쩌렁쩌렁 울린다. 처음 겪어보는 고된 훈련에 만신창이가 된 보리얀은 가쁘게 숨을 고른다. 잠수 부대에 이름이 올라가 있는 루딘은 다른 훈련장에 가 있고, 이곳에는 그녀가 아는 이가 아무도 없다. 육지에서 이렇게까지 강렬한 태양에 견뎌 본 적이 없는 보리얀은 거의 쓰러질 지경이다.

'아이고…. 우리 보리얀 자기 이러다가 타 죽겠네, 타 죽겠어!'

지금껏 보리얀의 어깨에 숨어 있던 웹실론은 자신의 몸속에 담아뒀던 물을 보리얀에게 조금씩 풀어 놓는다. 덕분에 보리얀은 가까스로 버틴다. 일반 병사들의 훈련을 담당하는 병사장은 그런 보리얀을 내심 눈여겨본다. 그리고 기본 단련 훈련이 끝나자 그는 병사들을 둘러보며 외친다.

"그렇게 굼벵이처럼 느려서 어디 괴물을 잡겠나? 신입이 왔다고 해이해진 것 같은데, 대결 훈련을 추가한다! 각자 전투 위치로!"

"예, 병사장님!"

병사들이 찌푸려지는 표정을 숨기며 재빨리 두 명씩 짝지어 서로 마주 보는 대열을 갖춘다. 보리얀이 엉거주춤하는 사이 한 병사가 그녀 앞에 선다. 그런데 그는 하필이면 같은 방을 쓰고 있는 검은 머리 사내다. 보리얀은 숨을 고르며 그를 노려본다. 기분 나쁜 우연인지, 아니면 그가 일부러 보리얀에게 접근한 것인지는 알 수 없다. 그는 한쪽 입꼬리를 올리며 보리얀을 쳐다본다.

"대결 시작!"

보리얀은 대결이 무엇인지도 몰라서 어리둥절하게 서 있는데, 앞에서 남자의 발이 얼굴에 정통으로 날아온다.

"윽!"

보리얀은 얼굴을 감싸 쥐며 뒤로 나동그라진다.

"어이쿠, 아팠어요, 아가씨?"

사내가 비웃으며 보리얀 근처로 침을 찍 뱉는다. 보리얀은 재빨리 일어난다. 눈 아래가 감각이 없다. 사내는 킬킬대며 그녀에게 다가온다. 곁눈질로 옆을 보니 병사들이 나름의 방식으로 서로 치고받고 싸우고, 곧 훈련장의 바닥은 피투성이가 된다. 대결 훈련이 뭔지 대충 눈치를 채는 와중, 보리얀은 검은 머리 사내에게 목을 잡힌다. 숨이 막혀 캑캑대는 그녀는 가까이서 사내를 마주 본다. 머리를 길게 땋아 내린 그의 왼쪽 눈이 검은 안대로 덮여 있다.

"그러게, 어젯밤엔 상대를 보고 발차기를 날리셨어야지, 응?"

검은 머리 사내가 버둥거리는 보리얀에게 얼굴을 가까이 대고 말한다. 보리얀은 목을 감싸고 있던 손을 뻗어서 사내의 왼쪽 눈을 가리고 있는 안대를 벗겨버린다.

"이런?!"

사내는 보리얀의 손을 뿌리치고 그녀를 바닥에 내동댕이친다.

"크윽, 하아 하아⋯."

보리얀은 숨을 헐떡인다. 사내의 한쪽 눈이 있어야 하는 자리에는 시커먼 흉터 외에 아무것도 없다. 그녀는 사내가 조금 당황한 틈을 타서 그의 뒤에 매달린다. 하지만 이내 강한 팔꿈치가 보리얀의 옆구리를 내려찍는다.

"흐읍!"

심한 통증에 신음을 내뱉은 보리얀은 어떻게든 견뎌내며 사내의 머리통을 부여잡는다. 그리고 여러 갈래로 땋아 내린 그의 긴 머리채를 붙잡고, 재빨리 밧줄을 묶듯 그의 목에 둘러 꽉 조른다. 생각보다 보리얀의 손힘이 너무 강해서 검은 머리 사내는 숨이 막혀 얼굴이 빨개지며 주춤한다. 그리고 보리얀의 허벅지를 아래로 끌어당겨 바닥으로 내동댕이치려고 한다. 사내의 손톱이 그녀의 허벅지의 살갗을 파고들어, 정강이를 타고 피가 흐른다. 하지만 보리얀은 그를 놓지 않는다. 사내의 힘을 이기기엔 역부족이지만 보리얀은 미끄러지면서도 그의 목을 조른다. 결국 보리얀의 무게에 검은 머리 사내는 뒤로 넘어지고, 보리얀은 그에게 깔려 옴짝달싹할 수 없게 된다. 사내에게 깔린 보리얀은 일단 보이는 대로 그의 귀를 문다.

"으아아악!"

검은 머리 사내는 괴성을 지르다가 숨이 막혀서 컥컥댄다. 하지만 곧 괴력 같은 힘으로 일어나, 땅바닥에 내동댕이쳐진 보리얀의 두 어깨를 움켜쥔다. 그를 노려보는 보리얀의 얼굴에 핏방울이 떨어진다. 사내의 목에서 피가 나고 있다. 땋은 머리칼들이 그의 목을 조르며 살갗을 파고든 것이다.

"이 미친⋯."

분노에 사로잡힌 검은 머리 사내는 씨근거리며 보리얀에게 주먹을 날리려고 한다. 그러던 그는 보리얀의 눈동자를 보더니 순간 멈칫한다. 분노와 살기가 가득 담긴 두 검은 눈동자가 꿈쩍도 하지 않고 자신을 노려보고 있는데, 마치 먹잇감을 곧 옥죄어 죽일 것 같은 독사의 번뜩이는 눈과 같다. 그 느낌이 너무 오싹해서 소름이 돋을 지경이다. 문득, 사내는 발목에 차고 미끈한 무언가가 느껴져 반사적으로 자신의 다리 아래를 내려다보고는 경악을 금치 못한다.

　"스르륵-"

　어디서 나타났는지, 모래 속에서 가느다란 독사 한 마리가 그의 다리를 기어오르고 있다.

　"흐익!"

　검은 머리 사내는 재빨리 보리얀에게서 떨어져서 뱀을 털어낸다. 얼마 멀지 않은 곳에 떨어진 독사는 차르르 소리를 내며 유연한 움직임으로 보리얀에게 다가간다. 그리고 마치 허락을 받듯 보리얀과 두 눈을 마주치더니, 아주 온순한 태도로 그녀의 갑옷 속으로 천천히 들어간다. 검은 머리 사내는 뜨악한 표정으로 그것을 쳐다본다. 숨을 고르며 사내를 노려보던 보리얀은 소리 없이 천천히 일어난다. 그녀의 눈에는 살의가 서려 있다.

　뚝, 뚝. 사내의 머리칼을 옥죄느라고 베인 보리얀의 손에서 핏방울이 떨어진다. 사내는 자신도 모르게 조금 뒷걸음친다. 보리얀은 그의 코앞까지 다가가서 바짝 선다. 그리고 한쪽 팔을 들어, 자기보다도 키가 큰 사내의 목을 확 움켜쥔다.

　"크…컥…."

　사내는 보리얀의 눈을 마주 보며 떨리는 손으로 그녀의 손목을 부여잡는다.

피범벅이 된 보리얀의 손이 그의 목으로 파고든다. 사내의 목에서는 계속 검붉은 피가 스며 나온다. 어느새 주변의 병사들은 행동을 멈추고 보리얀과 검은 머리 사내를 쳐다본다. 보리얀의 옆에 있었던 병사들이 서로 수군댄다.

"저, 저 계집애 좀 봐!"

검은 머리 사내는 흔들리는 눈빛으로 보리얀을 쳐다본다. 분노에 사로잡힌 그녀의 눈빛이 어딘가 낯익다. 그는 오래전의 끔찍한 기억이 떠오르는 것을 느끼며 차마 보리얀을 공격하지 못하고 생각한다.

'…에스카딘. 딱 저런 눈빛이었어.'

그때, 북소리가 울리며 병사장의 목소리가 들린다.

"모든 병사, 원위치로!"

대련하고 있던 병사들이 서로에게서 떨어지며 숨을 몰아쉰다. 하지만 보리얀은 사내의 목을 쥔 손을 놓지 않는다. 대신, 다른 한 손을 뻗어 그의 비어 있는 왼쪽 눈으로 가져간다. 핏방울이 맺힌 손끝이 시커멓게 아물어 있는 그의 흉터를 주욱 훑고 지나간다. 핏자국이 세로로 긴 줄을 그으며 사내의 볼 아래까지 내려온다. 보리얀은 그의 얼굴에 바짝 다가가며 한 번도 자신에게 들을 수 없었던 무섭고 낮은 목소리로 이렇게 속삭인다.

"너도 상대를 보고 덤벼. 피눈물 나기 싫으면."

병사장은 보리얀을 보고 소리를 지른다.

"거기! 명령 못 들었나! 당장 원위치하라!"

보리얀은 끝까지 사내를 노려보며 그의 목을 잡고 있던 손을 놓는다. 사내는 몇 번 잔기침을 한다. 주변의 병사들은 힐끔힐끔 보리얀을 쳐다본다. 이제 그들의 눈에는 경계의 빛이 가득하다.

그 이후, 갑판담당 병사들의 훈련소에는 새로운 책임 선장 바얀의 딸에 대한 소문이 빠르게 퍼져 나간다. 피투성이가 된 몸을 이끌고 숙소로 돌아오는 보리얀을 아무도 섣불리 건드리지 못한다. 한 병사가 옆에 있는 자의 옆구리를 쿡 찌르며 속삭인다.

　"이봐, 들었어? 사타니크가 그렇게 당했다며?"

　"어휴, 저 계집애야? 한주먹 거리도 안 될 것 같은데."

　"응. 근데 아주 보통이 아닌가 봐."

　"소문대로 루에린 여자들은 좀 거친가 봐, 응? 괜히 궁금해지네?"

　"이봐, 그래도 건들지는 마. 바얀 책임 선장님의 딸이라잖아."

　보리얀이 지나갈 때마다 수군거림이 들린다. 화가 가라앉자, 보리얀은 처음 느낀 분노와 살기에 스스로가 놀라서 멍해진 상태다. 검은 머리 사내가 멀찍이 서 뒤따라오고 있다. 그는 복잡한 표정으로 얼굴을 일그러뜨린 채 아주 의문스럽다는 듯 보리얀을 쳐다본다. 보리얀의 어깨에 숨어 있는 웝실론은 수분이 없어서 매우 쭈굴해진 상태지만, 온 기력을 다해서 보리얀에게 묻는다.

　'자기야, 정신이 좀 돌아오니?'

　'…응.'

　'아깐 진짜 무섭더라, 우리 자기. 근데 저놈하고 한방을 쓰는데 어쩌려고 그런 거야?'

　'모르겠어, 웝실론. 지금 아무것도 모르겠어. 여기가 대체 뭐 하는 곳인지, 내가 무슨 짓을 한 건지….'

　보리얀이 방에 다다르자 훈련이 먼저 끝나서 도착해 있던 루딘이 황급하게 그녀에게 다가간다. 보리얀이 주위를 둘러보니 방에는 아직 루딘밖에 없다.

루딘이 깜짝 놀란 표정으로 보리얀을 살핀다.

"아니, 이게 무슨…!"

루딘의 몰골도 별반 나아 보이지 않는다. 물에 쫄딱 젖어서 창백해진 얼굴과 여기저기 생겨난 상처와 멍을 보니 만만치 않은 하루를 보낸 것 같다. 보리얀은 루딘을 보자 왈칵 눈물이 쏟아질 듯하지만 겨우 참는다. 루딘은 어쩔 줄 몰라 하다 일단 그녀를 부축한다. 그 뒤로 검은 머리의 사내가 들어온다. 루딘은 그의 모습을 보고 더 놀란다.

"형씨 목…. 목에서 피가!"

루딘이 사내의 목을 가리키자 그는 눈을 흘긴다.

"네가 좋다고 안고 있는 저 계집애가 그런 거다."

루딘은 흠칫 놀라서 보리얀을 쳐다본다. 보리얀은 어느새 눈물이 쏙 들어간 눈으로 검은 머리 사내를 노려본다. 루딘은 믿기지 않는다는 듯 보리얀과 그를 번갈아 쳐다본다. 사내가 뒤를 돌아서 피범벅이 된 갑옷을 풀며 말한다.

"저 애는 적과 동료가 분명한 편인가 보더군."

갑옷을 벗는 그의 떡 벌어진 등 근육 위로 채찍 자국 같아 보이는 흉터들이 선명하다.

"그런데 그럼 오래 못 산다, 여기선."

사내가 말하며 보리얀을 흘깃 쳐다본다. 곧이어 방으로 다른 병사들이 들어온다. 그들은 이미 소문을 들었는지 놀란 눈으로 보리얀을 쳐다본다. 그리고 검은 머리 사내의 심기를 건드리지 않으려고 그의 눈을 피한다. 그때 보리얀의 갑옷에서 독사의 머리가 쏙 튀어나온다.

"으아, 깜짝이야."

루딘이 조금 뒷걸음질 친다.

"얜 또 뭐야?"

보리얀이 갑옷 속을 흘끔 보며 작게 속삭인다.

"아, 맞다. 불렀나 봐, 나도 모르게⋯."

독사는 천진난만한 얼굴로 루딘을 쳐다본다. 루딘은 독사를 마주 보다가 고개를 젓고 가슴을 쓸어내린다. 이어서 청결 순서를 알리는 소리가 들려온다. 사내들은 다들 갑옷을 벗고 몸을 닦을 천들을 챙긴다. 루딘이 당혹스러운 얼굴로 보리얀을 쳐다본다. 그러나 정작 보리얀은 잠깐 생각을 하더니 루딘이 말릴 틈도 없이 다른 사내들처럼 뒤를 돌아서 무거운 보호대와 갑옷을 벗는다. 그리고 새 천을 펼쳐서 몸에 두른 후, 한쪽 귀퉁이를 앞 가슴께에 끼워 넣어 고정한다. 이내 그녀는 조심스럽게 독사를 들어서 마음속으로 무언가 이야기한다. 그러자 독사가 허리띠가 된 것처럼 그녀의 몸을 감고 돈다.

보리얀이 뒤로 돌아서자, 꿈쩍도 하지 않고 그녀를 쳐다보고 있던 사내들이 일제히 고개를 다른 곳으로 돌린다.

"가자."

보리얀은 우두커니 서 있는 루딘의 손을 끌어당기고 문을 나선다. 방안을 기웃거리던 다른 취침실의 사내들은 그녀의 허리를 감싼 독사를 보고 기겁한다. 그중 하나가 놀라서 말을 더듬는다.

"저, 저거 티폰이잖아! 한번 물리면 즉사하는데, 저걸 어떻게⋯."

독사가 쉬이익 하고 혀를 날름거리자 다들 뒤로 물러선다. 이어서 보리얀과 같은 방을 쓰는 사내들이 불편한 표정으로 뒤따라 나온다. 그중 검은 머리 사내가 가장 언짢아 보인다.

"무슨 구경났냐? 꺼져라."

그가 눈을 부라리자 구경꾼들은 서둘러 각자의 방으로 돌아간다.

옆 벽에 '청결'이라고 표시된 복도를 따라가니 희부연 수증기 사이로 커다란 온천의 모습이 보인다. 안쪽의 공간은 전에 잠깐 봤을 때보다 더 넓다. 욕탕으로 사용되는 가장 큰 웅덩이 주위에 대여섯 개의 작은 웅덩이들이 자리 잡고 있다. 고여 있는 물이 넘치며 바닥에 나 있는 골을 따라 밖으로 빠져나가고, 웅덩이들 안은 계속 새로운 물로 채워져서 찰랑거린다. 보리얀의 방과 함께 청결 시간이 주어진 다른 방의 사내들이 왔다 갔다 한다.

"어이, 계집애. 너 잠깐 나 좀 보자. 나머지들은 다른 데로 좀 가라."

검은 머리 사내가 보리얀의 뒤에 대고 말한다. 사내들이 웅덩이로 향하던 걸음을 멈춘다. 그리고 루딘을 제외한 나머지는 그의 눈치를 살피며 뿔뿔이 다른 곳으로 간다. 보리얀은 뒤를 돌아 검은 머리 사내를 쳐다본다. 그의 한쪽 눈에는 복잡한 감정이 서려 있다. 잠시 서 있던 보리얀은 루딘에게 괜찮다는 듯 고개를 끄덕이고, 루딘은 마지못해 떠나는 척하며 그들 가까이에 자리를 잡는다.

보리얀은 검은 머리 사내를 경계하며 천천히 웅덩이 속으로 들어간다. 희부연 수증기 때문에 물속이 잘 보이지 않는데, 웅덩이가 생각보다 깊다. 그녀는 쇄골까지 차오르는 물속에서 천천히 몸에 두르고 있던 천을 푼다. 그러자 지금까지 축 처져 있던 웹실론의 목소리가 마음속에서 들린다.

'아이고 따뜻해! 휴우, 이제야 살겠다.'

신기하게 상처에 물이 닿는데도 쓰리지가 않다. 보리얀은 올라오는 수증기 사이로 물빛을 살펴본다. 언뜻 봤을 때는 숭숭 구멍 뚫린 까만 돌이 비쳐서 그런 것인 줄 알았는데, 이제 보니 물 자체가 푸르스름하면서도 진한 남보라 빛을 띠고 있다. 그런데 상처가 난 곳이 조금 근질근질하다. 팔을 살펴보니 작은 상처들이 빠르게 아물어가는 것이 눈에 보인다. 그때 검은 머리 사내가 조용히 말을 꺼낸다.

"동쪽 호수에서 살 때 너랑 비슷한 눈을 가진 애를 알았다. 동물을 다루는 애였지."

보리얀은 놀라서 아무 말 없이 검은 머리 사내를 바라본다. 그는 두 손으로 상처에 따뜻한 물을 끼얹는다. 그러자 그의 목에 난 상처도 피가 멎어 아물어간다.

"동쪽 호수? 로히라셰드에서?"

"그래. 살아 있었다면 아마 너만 하거나 조금 컸을 거다. 시간이 없으니 결론부터 말하지. 절대 다른 사람들에게 들키지 마라. 눈에 띄질 말란 말이다. 그리고 함부로 윗선에 대들지도 마."

"살아 있었다면? 그럼 그 애가 죽었다는 거야?"

한동안 보리얀을 가만히 보던 검은 머리 사내는 주변을 살피다가 무언가 중요한 것을 말하려는 듯 그녀에게 가까이 다가간다. 그러자 보리얀의 어깨로 올라온 독사가 그를 물듯이 덤빈다. 사내는 그것을 보고 조금 물러나서 낮은 목소리로 말한다.

"어릴 때부터 서로 의지하면서 내가 동생처럼 아끼던 애였다. 둘 다 부모가 없었거든. 루에린 고아 둘이서 동쪽 호수 부둣가에서 구걸을 하며 전전하다가 어떻게 배를 타게 됐는데…."

떠올리고 싶지 않은 기억이 있는지 사내의 표정이 고통으로 일그러진다.

그는 혼잣말인지 아닌지 모호한 말투로 중얼거린다.

"언젠가 반드시 동쪽 호수로 돌아갈 거다. 그 앨 죽인 놈을 내 손으로 직접 없애기 전까지는 절대로 눈을 못 감지."

"무슨 소리야? 알아듣게 말해. 그 애가 왜 죽었는데?"

"…긴 얘기다. 지금 할 말은 아닌 것 같은데. 아무튼 살고 싶으면 이제부터라도 조심해라."

잠시 침묵이 둘 사이를 감돈다. 보리얀은 사내가 모르게 웝실론을 그에게 보낸다. 한창 행복한 시간을 즐기던 웝실론은 투덜거리며 물속에서 그의 몸으로 들어간다. 그것을 눈치채지 못한 검은 머리 사내에게 보리얀이 다시 묻는다.

"알았어. 그럼, 누가 그런 짓을 했는지라도 좀 말해 봐."

"너 같은 서쪽 호수 출신이 뭘 알겠냐마는…. '수르카라'라고, 동쪽 호수에선 이름만 대도 아는 노예상이다."

"근데 그놈을 죽이러 동쪽 호수로 돌아간다고? 여기서 나갈 방법이 있기는 한 거야?"

사내는 말없이 보리얀을 쳐다보다가 대답한다.

"여기서 나가는 방법은 두 가지다. 배를 타고 괴물을 잡으러 가던가, 아니면 낙오자가 되던가. 난 병사로 남아서 언젠가는 동쪽 호수로 가는 정찰에 합류할 거다. 그때 탈영을 해서라도 기회를 노려야지. 낙오자가 되느니 차라리 괴물에 먹히는 게 나을 거야. 거의 노예나 다름없는 삶을 사니까. 너도 낙오자가 되면 아마 다신 네 아버지를 보기 힘들 거다. 네 애인도 그렇고."

"애인?"

보리얀이 의아한 얼굴로 검은 머리 사내를 쳐다보자, 그는 턱짓으로 루딘을 가리킨다.

"딱 보면 알겠던데. 저 예쁘장하게 생긴 에실린 놈. 너랑 다르게 쟨 머리가 꽤 괜찮게 돌아가는가 보더군. 넌 이미 계집애여서 표적이 된 것도 모자라, 아예 뱀까지 두르고 다니지. 하지만 저놈을 봐라."

보리얀은 근처에서 자신과 검은 머리 사내를 주시하고 있는 루딘에게 시선을 돌린다. 루딘은 근처 사내들과 웃는 낯으로 얘기를 하고 있다. 그리고 같이 잠수 훈련을 한 자가 있었는지, 지나가는 다른 병사와 서로 알아보며 인사를 한다. 이어서 같은 방을 쓰는 은색 빡빡머리가 다가오자 그의 등에 물을 끼얹어주며 은근슬쩍 자리를 피한다.

"저 자식도 보아하니 몸을 꽤나 쓸 줄 알겠는데, 알아서 분란을 피하더군. 좀 보고 배워라. 미리 겪어봐서 안다. 루에린 성질가지고는 여기서 살아남기 힘들어."

"……."

보리얀은 가만히 생각에 잠겨 루딘을 바라본다. 그런 그녀를 물끄러미 쳐다보더니 검은 머리 사내가 말한다.

"아무튼, 난 그냥 네가 아버지 덕 보고 온 계집앤 줄 알았다. 아까 싸울 때 보니까 그건 아닌 거 같고. 이름이 뭐냐?"

"보리얀."

"난 사타니크다. 나가자. 교대 시간 거의 다 됐다."

검은 머리 사내가 웅덩이 밖으로 나가려고 하자 보리얀이 그를 붙잡는다.

"저기, 잠깐. 아까 죽일 듯이 싸울 때는 언제고 왜 이제 와서 친절한 척이야?"

그러자 그가 피식 웃는다.

"아까 얘기했을 텐데. 여기선 적과 동료가 분명하면 살아남기 어렵다고. 오늘의 대결 훈련 상대가 다음 날에는 협력 훈련을 함께하는 자가 된다. 무슨 말인지는 곧 알게 될 거다."

사타니크는 나가려다가 무언가 생각났는지 이렇게 덧붙인다.

"그리고 난 죽일 듯이 싸우지 않는다. 아예 죽여버리지. 내가 진짜 널 죽이고 싶었으면 넌 이미 끝났어."

교대를 알리는 북소리가 둥둥 울린다. 온천에서 목욕을 마친 병사들이 서둘러서 자기 물건을 챙겨서 밖으로 나갈 채비를 한다. 보리얀은 자신의 팔과 다리를 살펴보고 흠칫 놀란다. 사타니크와 싸우다 생긴 허벅지의 상처가 거의 말끔히 사라졌고, 여기저기에 멍 자국 몇 개만 남아 있을 뿐, 상처들이 놀랍게 회복되었다. 어느새 보리얀 곁으로 가까이 다가온 루딘이 그녀의 어깨에 천을 둘러주며 묻는다.

"괜찮아?"

보리얀이 고개를 끄덕이자 루딘이 속삭인다.

"아까 들었는데, 모크샤의 알에서 나오는 기운 때문에 중앙 섬의 온천들에는 엄청난 치유능력이 있대. 그래서 그런지 아까 훈련 때 발생한 심한 부상자들을 여기로 데려와서 치료하더라고. 근데 좀 전에 저놈이랑 무슨 얘기 했어?"

보리얀은 대답 대신 가만히 루딘을 쳐다보더니 낮은 목소리로 묻는다.

"루딘, 너는 어떻게 이 말도 안 되는 곳에서 그렇게 침착한 거야? 내가 네 원래 성격을 아는데."

"나 혼자라면 아마 안 그랬겠지. 근데 지킬 게 있으니까…"

루딘이 말하다가 발밑에서 스윽 지나가는 뱀을 보고 놀라서 피한다.

"앗 진짜, 깜짝이야."

보리얀이 휘청하는 루딘을 붙잡으며 주변에 들리지 않게 작은 소리로 말한다.

"이제 가도 된다고 했는데도 더 있고 싶대서. 여기 물이 좋다네. 대신 약속했어. 병사들 안 물고, 눈에 안 띄는 곳에 있겠다고."

루딘은 걱정스러운 얼굴로 보리얀을 바라본다.

"안 그래도 소문이 쫙 났던데, 뱀을 부리는 마녀가 들어왔다고. 조심해야 하지 않을까?"

"생각 중이야. 뭐가 더 나을지."

"무슨 뜻이야?"

"이미 난 여기서 모든 사람의 눈에 드러나 있어. 그런데 내가 조용히 숨는다고 그들이 가만히 내버려 둘까?"

루딘은 아무 말도 하지 못하고 보리얀의 얼굴을 살핀다. 보리얀도 잠시 말없이 루딘을 바라보다가 담담한 표정으로 온천에서 나간다.

그날 밤, 모두가 피곤함에 곯아떨어진다. 그러나 보리얀은 침대 맨 위 칸에서 사타니크가 있는 곳을 지그시 내려다보고 있다. 그녀는 반투명한 천 사이로 그를 물끄러미 쳐다보다가 웝실론에게 말한다.

'웝실론, 아까 저 자한테서 알아냈니? 동물과 소통했다는 그 애 말이야.'

그러자 웝실론의 목소리가 보리얀의 마음속에 들린다.

'자기야, 알고 보니까 저 남정네도 참…. 에휴, 에린의 후손들이 왜 이렇게 망가졌는지. 암튼, 자기가 오래 얘기하는 덕분에 꽤 많은 게 보였어.'

웹실론은 자기가 알아낸 내용을 이것저것 얘기하기 시작한다. 그것을 듣는 보리얀의 눈이 스르르 감긴다. 웹실론이 이끄는 대로 보리얀은 꿈인지, 환영인지 모를 것 속으로 빠져든다.

네다섯 살쯤 된 어린 루에린 아이들 둘이 보인다. 항구에 걸려 있는 깃발들로 보아 동쪽 호수의 부두인 것 같다. 조금 큰아이가 작은 아이의 손을 쥐고 구걸을 하고 있다. 큰 아이가 어렵사리 구한 먹을 것을 작은 아이에게 나누어 준다. 그들은 더러운 길바닥에서 함께 자고, 천막이 처져 있는 작은 가게들을 들락날락하며 일거리를 찾는다. 그러다가 너무 배가 고플 때는 그저 물로 허기를 달랜다. 해 질 녘이 다가오면 흙탕물이 흐르는 넓은 부둣가에서 거렁뱅이 아이들이 모여 물장난을 친다. 작은 아이는 부끄러움이 많아서 항상 옷을 입은 채로 씻는다. 큰 아이는 그런 작은 아이를 놀린다.

장면이 변하는 듯싶더니 붉은 흙담이 높게 쌓여 있는 집이 보인다. 비교적 부유해 보이는 집에서 좋은 옷을 입은 아이들이 새총을 쏘고 있다. 그 집에서 허드렛일을 하는 큰 아이는 작은 아이가 땅에 떨어진 새를 주워든 것을 본다. 새는 아이의 손에서 바들거리며 죽어간다. 부잣집 아이들이 신이 나서 새를 가지러 뛰어온다. 그런데 새를 바라보던 작은 아이의 눈동자 색이 점점 새의 눈동자처럼 연한 갈색으로 변하기 시작하더니, 그 아이의 표정이 변한다. 작은 아이는 점점 숨을 가쁘게 내쉬며 부잣집 아이들을 노려본다. 그리고 새총을 들고 있는 한 아이에게 달려들어 얼굴을 마구 때리기 시작한다. 그것을 지켜보던 큰 아이는 부리나케 작은 아이를 떼어놓고 함께 그곳에서 도망친다.

또 다른 장면이다. 황무지 한가운데에서 조금 더 자란 두 아이의 모습이 보인다. 그들은 마치 어딘가로 끌려가는 것처럼 손이 묶여 있다. 이동 중 잠시 쉬는 시간, 작은 아이의 눈동자가 빛난다. 아이는 방울뱀을 뚫어져라 쳐다보고 있다. 이어서 고개를 천천히 움직이자 방울뱀의 머리가 아이를 따라서 움직인다. 작은 아이의 눈동자가 점점 방울뱀처럼 황금색으로 변해간다. 그때 뒤에서 큰 아이가 나타나서 작은 아이를 흔든다. 큰 아이는 주변을 살피더니 경고하듯 무어라고 말한다. 하지만 작은 아이는 아쉬운 듯 그새 놓친 방울뱀을 찾는다. 방울뱀의 꼬리가 모래 사이로 스르르 사라진다.

이제는 거의 청년이 된 큰 아이와 그 옆에 서 있는 작은 아이의 모습이 보인다. 건장한 큰 아이는 머리를 땋고 있고, 작은 아이는 아주 짧게 자른 머리를 가지고 있다. 그들은 커다란 상선에 타고 있다. 선원들이 꽤 많은 가운데 그들의 선장으로 보이는 자가 선실에서 나온다. 그자는 은색 머리를 쓸어 넘기며 술을 들이켠다. 험상궂은 인상을 가지고 있는 그의 이름은 '수르카라'다. 그는 특히 작은 아이를 괴롭힌다. 툭하면 발로 차고, 두 아이를 선실로 불러 큰 아이가 보는 앞에서 작은 아이를 때린다. 그럴 때마다 작은 아이는 맞는 와중에도 옷깃을 꼭꼭 여민다.

어느 어두운 밤, 선실 바닥에서 작은 아이를 감싸 안고 잠든 큰 아이의 모습이 보인다. 그날도 선장에게 맞았는지, 작은 아이는 피투성이가 된 모습이다. 작은 아이는 큰 아이가 깨지 않도록 조심스럽게 그의 팔을 내리고 물동이 근처로 다가간다. 그리고 선원들이 깨지 않게 배의 한쪽 구석에서 조심스럽게 옷을 벗는다. 짧게 자른 검은 머리를 가진 작은 아이의 깡마른 몸은 멍투성이고, 천으로 가슴께를 동여매서 가리고 있다. 그때 잠에서 깬 큰 아이가 눈을 찌푸리며 작은 아이를 바라본다.

"에스카딘?"

그러자 작은 아이는 헉, 하며 앞가슴을 가리고 큰 아이를 쳐다본다. 큰 아이는 깜짝 놀란 눈으로 작은 아이를 쳐다본다. 큰 아이의 커다란 심장 소리를 뒤로 장면이 흐려진다.

폭풍우가 몰아치는 또 다른 밤이다. 배는 도통 앞으로 나가지 못하고 있다. 선장은 비틀거리며 제대로 일을 하지 못하는 작은 아이를 채찍으로 때린다. 그러자 큰 아이가 작은 아이를 도와서 밧줄을 묶는다. 작은 아이의 몸은 너무 쇠약해져 있다. 선장이 손찌검을 하자 아이는 갑판 바닥에 나동그라진다. 그런데 그만 선장이 그 아이의 옷 속을 보게 된다. 그의 눈빛이 심상치 않은 것을 눈치챈 큰 아이가 빗속을 뚫고 선장을 막으려 한다. 하지만 선장은 그를 밀쳐내고 작은 아이의 윗옷을 찢는다. 작은 아이의 봉긋한 가슴이 드러난다. 선장의 웃음소리가 번개와 함께 쏟아진다.

다른 장면이 눈앞을 스친다. 큰 아이가 선원들에게 맞고 있다. 선장의 명령으로 큰 아이를 때리는 선원들의 표정도 썩 좋아 보이지는 않는다. 잠시 후, 선장실에서 작은 아이의 비명이 들린다. 참혹한 소리에 선원들은 얼굴을 찡그린다. 그러다가 선장실의 문이 열리고, 큰 아이의 눈에 벌거벗겨진 채 선실 밖으로 내던져진 작은 아이의 모습이 보인다. 곧이어 술병을 들고 껄껄거리는 선장이 바지춤을 올리며 나온다. 큰 아이는 분노로 부들부들 떨며 괴성을 지르고 자신을 묶고 있던 밧줄을 끊고 선장을 향해 달려든다.

"으으…."

두 눈을 감은 보리얀은 작게 신음하며 식은땀을 흘린다.

'어떡해…. 자기야, 너무 힘들지? 그만둘까?'

'아니야 윕실론. 네가 본 것 그대로 다 보여줘.'

윕실론은 잠시 머뭇거리다가 다시 기억의 장면들을 보여준다.

눅눅하고 찌든 물비린내가 난다. 또 맞았는지 큰 아이는 만신창이가 된 몸으로 선실의 감옥에 갇혀 있다. 작은 아이가 멍한 표정으로 감옥 밖에서 큰 아이를 바라보고 있다. 모든 것을 잃어버린 듯한 눈빛이다. 큰 아이는 몸을 일으켜 작은 아이에게 손을 뻗는다. 작은 아이는 말없이 그 손을 자신의 뺨에 가져다 댄다.

"사타니크 형, 이 지옥 같은 배에 팔려 온 지 벌써 두 해가 넘었네. 우리 이만하면 많이 참은 거지?"

알 수 없는 미소를 짓는 작은 아이의 모습에 큰 아이의 얼굴에는 불안함이 스친다. 작은 아이는 살며시 큰 아이의 거칠고 피투성이인 손에 입을 맞추고 일어선다. 그리고 뚜벅뚜벅 선실을 향해 걸어간다.

"에스카딘? 에스카딘!"

큰 아이의 외침이 감옥을 메운다. 하지만 작은 아이는 뒤를 돌아보지 않는다. 잠시 후, 여기저기서 부스럭거리는 소리가 들린다. 큰 아이는 바닥을 쳐다보고 깜짝 놀란다. 쥐 떼가 작은 아이를 일제히 쫓아가고 있다. 큰 아이는 얼른 주변을 살펴서 삭아버린 감옥의 자물쇠를 부술 만한 물건을 찾는다. 아무것도 없자, 그는 결국 몸을 던져서 문을 부수고 나온다. 선장실로 향하는 그를 막으려는 선원들은 큰 아이의 힘을 당하지 못한다. 갑판 위의 선원들은 갑자기 나타난 쥐 떼에 혼비백산한다. 선장실에서는 찍찍거리는 소리와 함께 선장의 비명이 들린다. 큰 아이는 선장실의 문을 벌컥 연다.

가만히 서 있는 작은 아이의 뒷모습이 보인다. 그 아이는 산 채로 쥐 떼에 물어뜯기는 선장의 모습을 바라보고 있다. 분노와 살기가 서려 있는 두 눈의 색깔이 쥐의 눈동자 색과 똑같이 변해 있다. 정신이 나간 듯 미동도 하지 않고 선장을 노려보는 작은 아이의 눈이 마치 보리얀의 눈에 서렸던 살기를 떠올리게 한다.

"으아아악!"

피투성이가 된 선장은 비명을 지르며 얼굴에서 쥐 떼를 떼어낸다. 피부가 뜯겨 나간 그의 얼굴이 흉하게 너덜거린다. 선장은 허리춤에서 긴 검을 꺼내 들어 쥐들을 두 동강 낸다. 선원들도 합세하여 쥐들을 공격하자, 쥐들이 도망가기 시작한다. 선장은 고통과 분노에 가득한 눈으로 작은 아이를 노려보며 괴성을 지르고 아이에게 달려든다.

"이 괴물 같은 년! 죽어!"

큰 아이는 작은 아이를 지키기 위해 선장에게 주먹을 날린다. 하지만 만신창이가 된 몸으로 싸우기는 역부족이다. 선장은 큰 아이에게 칼을 휘두른다. 큰 아이는 가까스로 그것을 피하고 온 힘을 다해 선장을 밀어붙인다. 선장은 칼을 떨어뜨리고 큰 아이의 머리채를 붙잡는다. 큰 아이가 벗어나기 위해 선장의 정강이를 힘껏 걷어차자, 선장은 소리를 지르며 큰 아이의 왼쪽 눈을 엄지손가락으로 깊숙이 찌른다. 바닥에 내동댕이쳐진 큰 아이의 눈에서 검붉은 피가 흐른다. 선원들이 큰 아이를 포박한다. 선장은 다시 칼을 주워들고 작은 아이를 돌아본다. 큰 아이는 고통에 신음하며 다시 일어난다.

"안 돼…!"

큰 아이는 작은 아이에게 향하는 선장의 칼날을 보며 애타게 외친다. 눈에서 피가 흘러 앞이 잘 보이지 않으나, 그는 흐르는 피눈물 사이로 선장의 칼이 작은 아이에게 꽂히는 것을 본다. 선장의 날카로운 칼날이 작은 아이의 여린 몸을 들쑤신다. 한 번, 두 번…. 하지만 작은 아이는 끝까지 선장을 노려보며 비명 한 번 내지 않는다. 이윽고 제풀에 지친 선장도 칼을 떨어트리더니 바닥에 쓰러진다. 입을 벌린 채 이 광경을 지켜보던 선원들이 그를 부축해서 서둘러 다른 곳으로 데려간다. 작은 아이의 무릎에서 힘이 빠진다. 무너지듯 주저앉는 작은 아이는 큰 아이를 바라보더니 알 수 없는 표정을 짓는다. 그리고 엷은 미소를 지은 것인지, 고통에 일그러진 것인지 모를 얼굴로 눈도 감지 않고 숨을 거둔다. 큰 아이의 절규가 선실에 울리며 점점 기억의 장면이 흐려진다.

멀리서 짝, 짝거리는 채찍 소리가 들려오며 다시 다른 기억의 장면이 보인다. 큰 아이의 등을 후려갈기고 있는 가죽끈이 피에 젖어 있다. 이제 큰 아이는 배가 아닌 다른 곳에 갇혀 있다. 좁은 창문 틈으로 햇살이 들어온다. 큰 아이의 머릿속은 몽롱한 상태에서 어렸을 때를 떠올리고 있다.

아홉 살쯤 되어 보이는 작은 아이가 큰 아이의 머리를 땋아주며 말한다.

"형, 난 머리 안 기를 거야."

"왜?"

"난 너무 계집애 같잖아. 형이랑 같이 다니려면 사내애 같아야 한다며."

"그래서 맨날 나보고 잘라 달라고 그러는 거야?"

"응."

"그런데 왜 내 머리는 못 자르게 하고 항상 땋냐, 응?"

"그냥. 나는 못 해도 형은 할 수 있잖아. 형은 머리 자르지 마, 알았지?"

"하하. 웃긴 놈. 알았어."

채찍 소리가 잦아든다. 이어서 육중한 문이 열리더니 얼굴이 얽어 있는 선장이 절뚝거리며 들어온다. 그 뒤를 따라온 고풍스러운 옷을 입은 다른 사내가 말한다.

"이 죄수로군요. 꽤 쓸만해 보이는데요. 잠시 얘기할 시간을 주시면 제가 한 번 보겠습니다."

선장이 나가자, 사내는 큰 아이에게 아누다르가야 동쪽에서 미다스 궁의 상선을 지켜보지 않겠냐고 묻는다. 그는 주머니에서 말린 잎담배를 꺼내 피운다.

"뭐, 싫으면 여기서 평생 썩으면서 있던지. 난 의욕 없는 자들은 태우지 않는다."

그는 말하며 독한 연기를 내뿜는다. 큰 아이의 얼굴이 연기로 흐려지며, 그 이후로는 점점 빠르게 기억의 조각들이 지나간다.

그가 살아온 아누다르가야 동쪽에서의 삶이 보인다. 괴물들과의 싸움, 금과 술에 둘러싸인 사람들, 상품 흥정, 항구의 여인들, 잎담배 연기, 괴물을 잡은 사타니크를 추켜세우는 이들, 독한 술에 취해 잠드는 날들, 그리고 아무리 애써도 잊을 수 없는 분노와 슬픔의 이름, 에스카딘.

건장한 사내로 성장한 사타니크는 살아남는 데에는 도가 튼다. 어디를 가나 새로운 자들이 오면 기강을 잡고, 점점 힘센 사내로 성장하며 웬만하면 싸워서 지지 않는다. 사내들은 그의 땋은 머리를 보고 피하고, 그의 한쪽 눈을 가린 안대를 보고 두려워한다. 괴물을 잡는 사냥꾼으로 점차 이름이 알려지자 사타니크는 다시 서쪽의 요새로 팔려 온다. 비록 미천한 출신 때문에 병사장이 되지는 못하고 있으나, 그는 자라트라 요새의 일반 병사들 사이에서 가장 강력한 실세 중 하나로 자리를 잡는다.

그런데 어느 날, 어떤 계집애와 구불거리는 은색 머리를 가진 젊은 청년이 그가 있는 방으로 들어온다. 딱 봐도 자신과는 정반대의 삶을 살아온 것 같은 그 계집애는 그 도도한 태도부터 마음에 안 든다. 아버지가 새로 온 책임 선장이라고 하니 루에린 치고는 윤택한 삶을 살았으려니 짐작이 들고, 재수 없게 생긴 예쁘장한 은색 머리 남자애를 꽉 쥐고 있는 눈치다. 가볍게 손이나 봐주려고 했는데, 그만 그는 그 계집애에게서 예상치 못한 것을 봐버린다.

그의 기억은 오늘 있었던 대결에서 마주했던 보리얀의 눈동자에서 멈춘다. 분노와 살기가 가득 담긴, 마치 독사의 눈과 같았던 그 눈빛. 거기에서 그는 자신이 애써 기억 속에서 밀어내고 있었던 에스카딘의 마지막 모습을 본다.

보리얀이 조르고 있는 그의 목에서 선홍색 피가 뚝뚝 떨어질 때, 그는 자신을 노려보는 보리얀의 두 눈을 보고 더욱 숨이 가빠진다.

사타니크의 기억 속에서 자신의 눈빛을 마주한 보리얀도 마치 그 느낌을 고스란히 받듯 소스라치게 놀라서 눈을 번쩍 든다. 숨을 가쁘게 쉬는 그녀의 이마에 땀이 송골송골 맺혀 있다. 보리얀의 심장이 둥둥둥 울린다.

'보리얀 자기야, 괜찮아? 아휴우, 너무 달린 거 아닌가 몰라, 응?'

어느새 보리얀의 몸 밖으로 나온 웝실론이 걱정스러운 목소리로 보리얀의 몸 위에서 더듬이를 이리저리 흔든다.

'괜찮아, 웝실론. 난 괜찮아. 고마워.'

보리얀은 숨을 깊게 내쉬며 달빛이 쏟아지는 작은 창문을 바라본다. 그새 어둠에 눈이 적응되어 이제 취침실 안의 모습이 더 잘 보인다. 루딘은 보리얀을 지켜보다가 잠들었는지 그녀를 향해 누워 있다. 그 아래에서는 은색 빡빡머리 사내가 코를 골고 있다. 맨 아래에는 한쪽 눈을 가린 사타니크의 얼굴이 반투명한 천 사이로 보인다. 보리얀은 아무 말 없이 그를 쳐다본다. 옅은 달빛이 그녀의 얼굴을 가만히 비춘다.

추적추적 비가 내린다. 나뭇잎에 떨어지는 빗소리가 자라트라 요새 근처에 있는 민간인들의 처소를 메운다. 샬리타는 다른 여인들과 함께 앉아 작은 사슬을 엮어 그물 갑옷을 만들고 있다. 사슬 하나하나가 모두 진주를 녹여 만든 것인데, 특수한 황금색 금속이 덧씌워져 있다. 게라트의 부인, 아네트가 그녀의 옆에 앉아 있다. 주위에는 시중을 드는 하인들이 서 있다. 샬리타가 뒤를 흘긋 돌아보고 아네트에게 조용히 속삭인다.

"저 사람들 다리 아프겠어요. 좀 앉으라고 할까요?"

그러자 아네트가 고개도 돌리지 않고 조용히 말한다.

"내버려 둬요. 말이 좋아 시종들이지, 다 우릴 감시하고 엿듣는 귀예요. 마음 써서 좋을 것 없어요."

아까부터 샬리타를 관심 있는 눈으로 쳐다보던 한 여인이 웃는 얼굴로 입을 연다.

"샬리타 님은 마음도 고우시지. 얘기 많이 들었어요. 어머니께서 슈라문 출신이시라면서요? 게다가 남편은 서쪽 호수 최고 선장에 이제는 자라트라 요새의 책임 선장…. 부러울 것이 없겠네요."

샬리타는 예의상 그녀에게 조금 웃어 보이고 다시 그물을 엮는다. 그러자 옆에 있는 다른 여인이 덩달아 장단을 맞춘다.

"정말 그래요. 그런데 따님은 어디 있는 거예요? 벌써 혼기가 거의 찬 예쁜 외동딸이라고 들었는데. 조금 있으면 아누가르가야 총각들이 줄을 서겠네요."

그 말을 들은 아네트가 그 여인에게 눈치를 준다. 하지만 샬리타의 표정은 변함이 없다. 가만히 그물을 엮던 샬리타가 옆의 여인들에게 부드러운 목소리로 묻는다.

"소문이 빠르긴 한가 보네요. 어디서 들으셨나요?"

"그거야 뭐, 우리가 하루 종일 수다 떠는 것 말고 할 게 뭐가 있겠어요. 어떻게 얘기하다 보면 다 알게 되는 거죠, 호호."

샬리타는 빙그레 미소 지으며 여인들을 쳐다본다.

"그렇군요. 제 딸은 배를 타고 있어요. 어렸을 때부터 자기 아버지를 따라서 선장이 되고 싶어 했거든요."

"어머…."

여인들은 놀란 듯 입을 다물며 서로 눈치를 살핀다. 그러다가 한 여인이 애써 웃으며 옆을 보고 말한다.

"에이, 이제 막 들어왔잖아요. 빨리 낙오하면 되겠죠. 그죠, 아르겐타?"

그러자 아르겐타라는 여인이 샬리타의 표정을 살피면서 대답한다.

"어휴, 그럼요. 얼른 가족 품에 돌아오는 게 낫죠. 사실 몇 년 전에 제 아들 둘이 허세가 잔뜩 들어서 예비 병사로 들어갔거든요. 큰 애는 아직도 어떻게든 버텨본다고 일반 병사가 되었는데, 아직도 낙오를 안 하겠다네요. 속상해 죽겠어요. 그래도 작은 애는 한 달 만에 나와서 가족을 꾸리고 잘 살 거든요."

샬리타는 고개를 끄덕이며 천천히 그물을 엮는다. 옆에서 아네트가 조용히 입을 연다.

"운이 아주 좋았네요, 아르겐타. 낙오자로 가족을 꾸리고 산다는 게 어렵다는 건 다들 아는데."

분위기가 조금 차가워지려 하자 아르겐타가 웃으며 말을 잇는다.

"아유, 힘들었죠, 물론. 어디 낙오자로 차별받으며 사는 게 쉬운가요? 하지만 우리 아들은 나와서도 지금 슈라문님들의 시중을 들며 잘살고 있는 걸요. 참한 아가씨도 만나서 결혼도 하고, 녹봉도 받고."

"차별…."

샬리타가 조용히 말하며 손을 멈춘다.

"차별은 내 남편과 아이가 루에린으로서 평생에 걸쳐 싸워 온 보이지 않는 적이지요. 선택하지도 않은 머리 색깔에 대한 따가운 시선과 불평등…. 하지만 아드님이 견디는 것은 낙인인 것 같네요. 단순히 등에 새겨진 낙오자의 문양뿐 아니라 사회와 제도가 만든 낙인 말이에요. 그걸 스스로 선택하기까지, 젊은 친구가 많이 힘들었겠어요."

아르겐타가 아무 말 없이 샬리타를 쳐다보자 그녀는 미소 지으며 덧붙인다.

"그래도 아네트의 말처럼 아드님은 운이 좋은 것 같네요. 우리 아이는 루에린이어서 힘들고, 여자 선원이어서 힘들고, 거기다가 낙오까지 하게 된다면 더 힘들게 될 텐데 말이에요. 차별은 기본에다가 낙인은 덤으로 가지는 셈이 되겠죠. 낙오를 한다고 하더라도 과연 나와서 댁의 아드님처럼 가족을 꾸리고 살 수 있을지는 모르겠네요."

샬리타의 조곤조곤한 말에 여인들이 모두 입을 다문다. 샬리타는 다시 그물을 엮으며 차분히 미소 짓는다.

"보세요. 저를 부러워할 게 하나도 없다니까요."

다른 여인들이 겸연쩍게 다시 고개를 숙이고 갑옷의 그물을 엮기 시작한다. 그때, 한 시종이 들어오더니 샬리타를 찾는다.

"샬리타 님, 잠시 저를 따라오시죠. 첫 면회입니다."

"면회?"

"네. 바얀 책임 선장님이시랍니다."

샬리타는 만들고 있던 그물 갑옷을 가만히 내려놓고 시종을 따라나선다. 그녀가 나가자 남아 있는 여인들은 조용히 아네트의 눈치를 살핀다. 불편한 침묵 속에서 아네트가 주변의 여인들을 둘러보며 입을 연다.

"왜들 그래요, 오늘? 가만히 보면 명예로운 집안에 낙오자를 꼭 만들고 싶어서 안달이 난 사람들 같네, 응?"

다른 여인들이 서로를 힐끔힐끔 쳐다보며 아무 말을 않자, 아네트는 아까 샬리타에게 처음 말을 걸었던 여인에게 묻는다.

"그 귀걸이 처음 보는 건데. 어디서 난 거죠?"

그러자 그 여인이 시치미를 떼고 대답한다.

"감독관님이 주셨어요. 이번에 새로 오신 샬리타 님하고 잘 지내라고."

"감독관이라…. 그 양반이 구슬린 건가요? 샬리타 보고 딸을 낙오하게 만들라고? 아니면 낙오자의 삶을 뻔히 아는 사람들이 그럴 리가 없을 텐데."

"……."

여인들이 눈치를 보며 아무 말도 하지 않자, 아네트가 혀를 차며 여인들이 하고 있는 장신구를 하나하나 살피며 중얼거린다.

"딱 보니까 그렇군요. 여긴 귀걸이, 저긴 목걸이."

그러자 귀걸이를 한 여인이 억울하다는 듯이 말한다.

"아니, 그게…. 솔직히, 샬리타 님의 딸이 그 거친 데에서 어떻게 살아남을 수 있겠어요? 저희도 다 좋은 취지로…."

아네트는 단호한 목소리로 여인의 변명을 끊는다.

"집어치워요. 여기서 좋은 취지는 다 자기들한테 이익이 되는 것뿐이니까. 애, 시종아."

뒤에 있던 시녀가 고개를 숙이고 종종걸음으로 다가온다.

"너, 감독관이 있는 곳으로 나를 좀 데려다 다오."

시녀는 조금 겁에 질린 듯 기어들어 가는 목소리로 묻는다.

"지금요, 아네트 님?"

"그래. 앞장서라. 내가 어디를 가나 감시를 하는 게 네 역할이잖니?"

아네트가 성큼성큼 나가자 남은 여인들이 수군거리기 시작한다.

"어휴. 서쪽 호수에서 온 사람들은 진짜 보통이 아니야. 눈치가 어쩜 저렇게 빨라?"

"그러게. 아네트 님은 대놓고 무서운데, 샬리타 님은 살살 웃으시면서 뼈 있게 말씀하는 편이라 더 무서워. 이제 실세는 샬리타 님인 거지, 그렇지?"

그러자 귀걸이를 선물 받았다는 여인이 귀에서 달랑거리는 보석을 만지작거리며 말한다.

"책임 선장 부인이라고 실세니? 그 자리가 언제 바뀔 줄 모르는데. 여기선 언제까지나 감독관님이 실세야."

"그건 그렇지."

다른 여인이 맞장구친다.

"그런데 샬리타 님 말이 맞아. 아들이 보고 싶어. 우리 불쌍한 제이테스…."

아르겐타가 눈물을 글썽이며 말한다.

"그만 울어, 아르겐타. 자네는 할 일을 다 한 거야. 목걸이도 받았고."

귀걸이를 하고 있는 여인이 아르겐타를 달래며 자신이 만들던 그물 갑옷을 다시 집어 들고 말한다.

"하여튼 윗분들 머리는 좋은 것 같아. 힘들어 죽겠는데, 그렇다고 어디 갑옷을 함부로 만들 수가 있어야 말이지. 다 내 아들이랑 남편이 입을 거라…."

여인들이 한숨을 쉬며 고개를 끄덕인다. 곧이어 그들은 침묵 속에 스며드는 우울감을 잊으려는 듯 다른 잡담을 시작한다. 이런저런 이야기를 나누는 그들의 목소리가 빗소리에 묻힌다.

샬리타는 작은 방에서 바얀을 기다리며 복잡한 마음을 다잡는다. 잠시 후, 방문이 열리자 그녀는 자리에서 벌떡 일어난다. 바얀의 얼굴은 그새 많이 수척해졌다. 그는 샬리타를 보고 조용히 미소를 짓는다. 샬리타는 굳은 얼굴로 눈물을 참으며 그를 쳐다본다. 따라 들어온 시종은 밖으로 나가지 않고 그대로 문 앞에 서 있는다. 바얀은 그를 의식하며 샬리타를 조용히 자리에 앉힌다. 이어서 샬리타가 그의 얼굴을 살피며 묻는다.

"…괜찮은 거예요?"

바얀은 고개를 끄덕인다. 그리고 그들 뒤에 서 있는 시종의 눈을 피해, 작은 종이쪽지 하나를 샬리타의 손에 쥐여 주며 말한다.

"힘들었죠? 기다리느라고."

"이게 다 어떻게 된 일이에요? 보리얀은요? 그 앨 봤어요?"

"여보, 내가 보리얀과 만날 수 있는 방법은 거의 없어요. 오로지 당신만이 우리를 둘 다 만날 수 있는데 그것도 일주일에 한 번, 아주 잠깐 동안만 볼 수 있어요. 민간인과 오래 대화하면 마음이 나약해진다는 게 이유라더군요. 카슘 관리 장교님이 나와 스루딘을 각각 다른 곳으로 정찰을 보낼 것 같아요. 아마 한동안은 다시 보지 못할 거예요."

샬리타는 걱정이 가득한 표정으로 묻는다.

"언제요?"

"아마 모레쯤. 스루딘은 아누다르타 동쪽으로 가게 될 것 같고, 나는 남쪽으로 내려갈 거예요."

"남쪽이라고요? 그러면 '샤'와 더 가깝고 위험한 곳 아닌가요?"

바얀이 아무 말을 하지 못하자, 샬리타는 그의 눈을 바라보며 떨리는 목소리로 속삭이듯 묻는다.

"우…우리, 도망갈 순 없을까요? 스루딘과 루딘이 어떻게 됐는지도 모르겠고, 여기 있다간 게라트 씨처럼 모두가 죽을 거예요."

"어제, 누가 날 찾아왔어요. 만약 보리얀이 요새에서 나올 수만 있다면 당신과 그 애가 안전한 곳으로 갈 수 있도록 돕겠다고."

"뭐라고요?"

샬리타는 놀라서 입을 가리다가 바얀을 보고 묻는다.

"혹시 키가 크고 젊은…?"

바얀은 무슨 말인지 모르겠다는 듯 고개를 저으며 대답한다.

"아니, 투르 씨가 몰래 보낸 사람이라고 하던데요. 나이가 꽤 들어 보였는데."

"아아…."

샬리타가 고개를 저으며 사실 자기에게도 누군가가 찾아왔다고 말하려다가, 뭔가 수상한 느낌에 다시 묻는다.

"보리얀이 나오면 나와 함께 여길 나가게 해준다고요? 그 애가 어떻게 나올 수 있죠?"

바얀은 자신을 예의주시하고 있는 시종을 의식하며 일부러 들으라는 듯이 말한다.

"몰래 찾아온 그자가 그러더군요. 당신이 보리얀에게 소식만 전할 수 있다면 자기가 보리얀의 탈영을 돕겠다고. 아니면 낙오하는 방법밖에 없을 텐데, 그건…."

샬리타는 뭔가 곰곰이 생각하더니 바얀의 손을 잡으며 그에게 당부하듯 말한다.

"당신 말대로 나는 당신도, 보리얀도 만날 수 있어요. 내가 그 애와 얘기해 볼 게요. 당신은 걱정하지 말고 일단 무사히 살아서 돌아와야 해요. 알겠어요?"

"최선을 다해 볼게요."

바얀이 고개를 끄덕이며 샬리타를 바라본다. 문가에서 그들을 지켜보던 시종 이 면회 시간이 다 되었다고 알린다. 샬리타는 바얀이 건네준 종이쪽지를 소매 깊숙한 곳에 넣고 바얀을 꼭 껴안는다. 바얀도 그녀를 감싸 안으며 속삭인다.

"다음에 보리얀을 보게 되면 그 애가 내가 준 목걸이를 잘하고 있는지 봐줘 요. 그게 그 애를 지켜줄 테니."

바얀은 슬픈 눈으로 떠나고, 샬리타는 그의 뒷모습을 바라보며 한동안 자 리에서 일어나지 못한다. 잠시 후 그녀는 다시 마음을 가다듬고 숨을 깊게 들 이쉰다.

방을 나선 샬리타는 혼자 있을 수 있는 기회를 만든다. 그리고 사방을 살핀 뒤 바얀이 건넨 종이를 조심스럽게 펼쳐 본다. 거기에는 바얀이 급히 쓴 글이 적혀 있다.

'아무도 믿지 말아요.
누군가 보리얀을 이용하려는 것 같아요.
투르 씨는 탈영을 도모할 성품이 아니에요.
언제나 시종들을 조심해요. 그들은 첩자예요.'

샬리타는 불안한 가슴을 진정시키며 깊은숨을 내쉰다. 그리고 고개를 숙인 채 생각한다.

'보리얀을 미끼로, 모든 이들이 우리를 노리고 있구나….

───── ❧ 3장 ❧ ─────

﹛ 두 가지 방법과 하나의 선택 ﹜

멀리서 천둥이 우르릉거린다. 관리 장교 카슙의 방에는 손님이 한 명 와 있다. 다섯 손가락 모두에 번쩍이는 반지를 낀 카슙의 손이 술병을 기울인다. 투명한 옥으로 만들어진 잔 두 개에 붉은 술이 담긴다. 카슙은 한 잔을 손님에게 건네며 내심 기대하는 마음으로 묻는다.

"그럼 투르 씨는 좌천당한 겁니까?"

그러자 그의 앞에서 다리를 꼬고 앉아 있는 둥그런 얼굴의 사내가 후후 웃는다.

"좌천이라기보단 이직된 거지. 중앙 섬 동쪽으로 발령이 났다오. 덕분에 내가 이제 골치 아픈 이 요새를 맡게 됐으니 원. 그래도 당신은 좋지? 투르의 얼굴을 보지 않아도 되고."

"하하. 저야 뭐…. 훌라르 님께서 보내주시는 파견사 분들은 모두 환영이지요. 이제부터 피트레온 씨와 일하게 되다니 영광입니다."

"에유, 영광이라니. 번지르르하게 말하는 건 여전하네."

피트레온은 카슙이 건넨 술잔을 들어 한 모금 마시고는 이어 묻는다.

"항상 궁금했는데, 당신은 왜 그렇게 투르를 싫어하는 거요?"

"하하, 제가 투르 씨를 싫어하다니요. 그럴 리가요."

카슘이 능청스럽게 대답하자 피트레온은 피식 웃더니 손짓으로 시종들을 물린다. 시종들이 인사를 올리고 문밖으로 나간다. 방 안에 카슘과 둘만 남게 되자 피트레온이 다시 입을 연다.

"우리끼리 말인데 뭘 그러시오. 훌라르 님 밑에서 일하는 사람들이라면 모두가 다 아는데."

그러자 카슘이 눈썹을 미묘하게 치켜올린다.

"글쎄, 투르 씨와 저는 의견이 다른 면이 좀 많긴 했죠."

"예를 들어?"

"음, 루에린들에 대한 것이라든지…. 저는 루에린의 공격적인 천성을 그다지 좋아하지 않아서 말입니다. 역사를 통해서는 배우는 게 있어야죠. 안 그렇습니까? 루에린들은 일찍이 사라져야 했어요. 게다가 그들은 고대에 추락의 전쟁을 일으킨 장본인들이었죠. 쯧쯧. 태생부터 글러 먹은 자들입니다."

"루에린? 투르는 에실린이잖소?"

카슘은 혀를 날름거려 윗니에 침을 묻히며 조용히 말한다.

"네. 하지만 바얀은 루에린이지요."

멀리서 치는 번개에 창문을 때리는 빗방울이 번쩍거린다. 카슘은 창밖을 노려보며 잔에 남은 술을 한입에 털어 넣고 말을 잇는다.

"투르 씨는 바얀 책임 선장을 참 높게 평가하더군요. 예전에 그를 서쪽 호수의 최고 선장 자리에 앉히는 걸 승인한 것도 모자라, 아누다르가야의 책임 선장으로 데려오는 걸 적극적으로 찬성했죠."

"바얀은 실력 있다고 소문나 있지 않소? 같이 온 스루딘하고 둘이서 꽤 유명한 것 같던데. 아까 여기 오기 전에 잠깐 스루딘이 참관하는 잠수 부대 훈련을 구경했거든. 병사들이 무슨 영웅 보듯 기강이 바짝 섰더구먼, 하하."

카슘이 한쪽 눈썹을 올리며 피트레온을 돌아본다.

"글쎄요. 그 둘 다 실력은 어떨지 몰라도 너무 사적인 감정이 뜨거워 보여서…. 조만간 사고라도 치지 않을까 걱정이 되네요."

"그렇소?"

피트레온이 카슘을 흘긋 쳐다본다. 카슘은 조금 일그러진 웃음을 지으며 앞니에 침을 묻힌다.

"바얀, 그자의 외동딸이 이번에 들어온 유일한 여자 병사입니다. 지금 일반 병사들과 함께 지내고 있지요. 얼마 못 가서 낙오의 북을 울리지 않을까 싶습니다만…."

카슘이 눈을 번뜩이며 덧붙인다.

"그 전에 탈영하지 않는다면 말이지요."

피트레온은 놀랍다는 듯 자세를 고쳐앉으며 말한다.

"아, 그 문제의 여병사가 바얀의 딸이었구먼. 이번 보고를 받을 때 훌라르 님께서 당신에게 전하라고 하셨거든. 무슨 수를 써서라도 그 애를 낙오시키라고. 하긴, 그 여자애가 이 요새에서 어떻게 버티겠나 말이오. 훌라르 님도 특별히 지시하신 걸 보면 아마도 그 애가 자라트라 요새에 오명을 남길 거라 생각하신 거겠지."

그 말을 듣고 카슘은 묘한 미소를 지으며 술잔의 가장자리를 만지작거린다.

"그러셨군요. 훌라르 님의 의중을 잘 알겠습니다. 당연히 저라도 그럴 텐데요. 그래서 바얀을 이해하기 힘들다는 겁니다. 경우가 있는 자였다면 처음부터 딸자식은 배에 태울 생각을 안 했겠죠."

피트레온이 조금 미심쩍은 표정으로 능구렁이 같은 카슘의 얼굴을 살핀다. 그러더니 책상 위의 보고서로 시선을 옮긴다.

"흠…. 아무튼, 여기 온 목적대로 이걸 읽어 봐야지. 새로운 책임 선장 둘에게 벌써 정찰 명령을 내렸다고? 하여튼 아랫사람들을 참 가차 없이 굴리는구먼."

피트레온은 입으로는 미소를 짓고 있지만 눈으로는 보고서를 꼼꼼히 살핀다. 잠시 동안 이어지는 침묵 속에 종이 넘기는 소리만 들린다. 이어서 피트레온이 카슘에게 묻는다.

"여기 보고서를 보면 스루딘은 상선을 지키러 동쪽으로 가는군. 바얀이 가는 곳은 차루타스의 남쪽 해상이고…. 그런데 병력이나 무기들이 왜 이렇게 배치되었소? 따지고 보면 스루딘이 더 안전한 곳으로 가는데, 왜 바얀보다 지원이 많지?"

"저도 한번 투르 씨의 판단을 믿어보려고요. 투르 씨가 항상 바얀을 보고 실력이 있다고 하지 않았습니까? 이참에 그 실력을 증명할 기회를 주려고 합니다. 그리고 우리 요새에서 정기적으로 미다스 궁 쪽으로 보내는 정찰선들의 역할이 얼마나 중요한지는 잘 아시지요? 괴물들로부터 안전한 항로로 노예들과 물품을 실어나르기 위해, 그걸 잘 지킬 인력을 조금 후하게 배치한 것뿐입니다."

피트레온은 잠시 미심쩍다는 듯 카슘을 바라보더니 보고서를 덮는다.

"그래? 뭐, 당신이 알아서 하겠지."

카슘이 음흉한 얼굴에 미소를 지으며 공손하게 말한다.

"그럼요. 걱정 마십쇼."

피트레온은 이런저런 잡담을 더 나눈 후 보고서를 챙겨 들고 카슘의 방을 나선다. 카슘은 그를 깍듯하게 배웅하고 혼자가 되자 손뼉을 두 번 친다. 그러자 밖에서 기다리고 있던 시종이 들어 오는데, 그는 아까 바얀의 면회 때 함께 있었던 자다. 카슘은 그에게 가까이 다가오라고 손짓한다. 그리고 튀어나온 입에 침을 묻히며 눈을 반짝인다.

"어때? 바얀이 솔깃하는 눈치더냐?"

"네, 오늘 면회 때 부인에게 딸의 탈영 계획을 말하는 것 같았습니다."

"그랬군. 어렵게 구했다던 그 거렁뱅이 놈은? 연기 솜씨가 볼만하던가?"

"걱정 마십시오. 시키신 대로 투르가 보낸 사람이라고 말했는데, 바얀이 속을 만했습니다."

카슘은 마음에 든다는 듯 앞니에 침을 묻히며 씨익 웃는다.

"너, 사냥 나가본 적이 있느냐?"

"예?"

"사냥감이 둘일 때, 나는 화살 한 발로 두 마리를 모두 잡는 걸 좋아하거든."

카슘은 의미심장한 표정으로 술잔에 붉은 술을 가득 채운다. 그는 벌컥벌컥 잔을 비우고서 튀어나온 입에 묻은 술을 핥고는, 입맛을 다시며 나지막이 중얼거린다.

"투르와 바얀이라… 꽤 재밌겠어."

밖에는 비바람이 몰아치고 있다. 성채 밖으로 나온 피트레온은 망토의 모자를 뒤집어쓰고 잔뜩 찌푸린 얼굴로 중얼거린다.

"바얀이라는 자, 불쌍하게 됐군. 아무래도 게라트에 이어 카슘 눈 밖에 난 것 같은데. 조만간 장송곡이 다시 울리겠구먼, 쯧쯧."

그의 시종이 사방에서 날아오는 빗줄기에 고개를 움츠리며 묻는다.

"피트레온 님, 보고서를 전하러 훌라르 님께 바로 가실 겁니까? 이동 준비 할까요?"

"아니야. 그분은 지금 미다스 궁에서 노예상들을 만나고 계실 거다. 상선 보호 부대로 책임 선장까지 대동될 정도인 걸 보면, 이번에 동쪽 호수에서 노 예들을 오지게도 잡았나 보군."

피트레온은 시종을 휙 돌아보며 말한다.

"우린 이왕 온 김에 바얀의 딸이라는 그 애나 한번 보러 가지. 어차피 훌라 르 님께 보고도 드려야 하니까 말이야. 지금 그 여자애는 어딨나?"

따가운 빗줄기가 쉴 새 없이 쏟아지는 훈련장에 네 명씩 대열을 갖춘 병사 들이 맨발로 서 있다. 다들 이전 훈련에서 대결을 한 짝들과 함께 서 있는데, 보리얀 옆에 선 병사는 사타니크다. 지오투스 병사장의 호령이 천둥보다 더 크게 고막을 때린다.

"알겠나? 깃발 없이 낙오되는 조에게 배식은 없다! 이상, 협력 훈련을 시작 한다!"

네 명이 한 조를 이룬 병사들은 빗속을 뚫고 일제히 해변을 향해 달려든다. 썰물이 밀려 나간 평평한 해변 저 멀리에는 높은 기둥들이 여러 개 세워져 있 고, 각 기둥 위에는 자라트라 요새의 문양이 새겨진 작고 붉은 깃발들이 꽂혀 있다. 각 조는 어떻게 해서든 그 깃발을 차지해서 최대한 빨리 병사장 앞에 도착해야 한다. 암석들과 자갈을 넘고 발이 푹푹 빠지는 젖은 모래 해변을 지나면, 큰 배의 돛대만큼 높다란 기둥 위에 깃발이 꽂혀 있다. 그것을 뽑아서 다시 왔던 길을 돌아오면 성공이다. 하지만 설령 운 좋게 깃발을 가졌다 하더라도 그것을 혼자의 힘으로 지키는 것은 역부족이다. 그렇기에 각 조는 서로의 강점을 살려서 재량껏 역할을 나누어야 하는데, 문제는 회의할 시간이 따로 주어지지 않는다는 것이다. 모든 작전은 깃발을 향해 나아가면서 병사들의 임기응변으로 만들어나가야 한다.

병사들은 뒤처지는 자들에게 배식이 없다는 말에 일제히 목숨을 걸고 달린다. 보리얀도 힘껏 달리지만 단련된 건장한 사내들에게 밀린다. 다행히 몸이 비교적 작고 재빠르기에 요령껏 암석을 넘을 수 있다. 전에 대결 훈련을 했던 사타니크 이외에도 그녀는 다른 두 사내와 함께 한 조를 이루었다. 사타니크가 보리얀과 다른 두 사내를 돌아보고 외친다.

"흩어지면 안 돼! 서로 눈에 보이는 곳에 있어!"

보리얀은 고꾸라질 뻔하면서 사타니크의 소리를 듣는다. 모든 병사는 다른 경쟁자들을 밀치고 넘어뜨리며 먼저 앞으로 나아가려고 한다. 보리얀과 함께 조를 이룬 사내 중 하나가 애쓰며 달리는 보리얀의 옆에서 말한다.

"지금 힘 다 빼면 소용없다. 조절 잘해라."

보리얀은 고개를 끄덕이고 암석들을 넘는다. 이어서 모래사장이 나타나자, 벌써 힘이 빠진 병사들의 속도가 느려진다. 사타니크가 뒤를 돌아보며 보리얀에게 묻는다.

"야, 너 밧줄 좀 타지?"

숨이 찬 보리얀이 대답 대신 그렇다는 고갯짓을 하자, 그는 갑자기 보리얀을 번쩍 들어 안고 성큼성큼 모래사장을 달려간다. 나머지 사내 둘은 눈치껏 그의 옆에서 보조를 맞추며 걸리적거리는 다른 병사들을 밀어뜨린다. 보리얀은 휘둥그레진 눈으로 사타니크를 쳐다본다. 그는 이를 악물고 달린다. 보리얀을 안고 있음에도 불구하고, 워낙 신체적으로 발달한 사타니크였기에 다른 병사들보다 앞서나간다. 마치 한 마리의 갈색 지카(말처럼 생겼으나 날카롭고 기다란 뿔이 머리에 달린 날렵한 네발 동물)처럼, 엄청난 탄력으로 달리는 그의 그을린 몸이 빗물에 번득인다. 드디어 기둥이 가까워지자, 기둥 꼭대기까지 연결되어 있는 대여섯 개의 밧줄들이 눈에 들어온다.

'아, 이래서였구나…!'

기둥의 밧줄들을 본 보리얀은 사타니크의 계획을 눈치챈다. 기둥이 가까워져 오자, 보리얀은 대충 눈대중으로 거리를 계산하고 사타니크에게 소리친다.

"지금이야! 나를 던져!"

그러자 사타니크가 보리얀을 힘껏 위로 올려 던진다. 보리얀은 두 팔을 벌려 기둥을 부여잡는다. 그리고 가까이 있는 밧줄 두 개를 잡아 하나는 능숙하게 허리에 단단히 묶고, 하나는 손에 잡은 다음 재빠르게 기둥을 오르기 시작한다. 사타니크는 거칠게 숨을 몰아쉬며 얼굴로 내리치는 빗물을 쓸어내리고 보리얀을 쳐다본다. 곧이어 그의 곁에 도착한 다른 사내 둘도 숨을 헉헉대며 위를 올려다본다. 한 사내가 보리얀을 보고 감탄을 내뱉는다.

"와…. 진짜 빠르네. 저렇게 빠른 애 봤어?"

사타니크도 내심 놀란 눈치다. 밧줄을 오르려는 다른 병사들은 발에 모래 진흙이 묻어 빗물에 자꾸 미끄러지고 있다. 잘 올라가지 못하는 그들을 보며 사타니크가 숨을 고르고 두 사내에게 말한다.

"다들 알지? 진짜 힘든 부분은 깃발을 쥐고서부터다. 그러니 정신 바짝 차리고 잘 엄호해 줘. 저 계집애가 내려오는 순간부터 저것들이 개떼처럼 달려들 거니까."

다른 두 사내가 서로를 쳐다보며 고개를 끄덕인다. 보리얀과 같은 기둥을 오르던 병사 중 하나가 그녀의 다리를 잡고 끌어내린다.

"아이씨!"

그 때문에 보리얀은 주르륵 미끄러지지만, 밧줄을 놓치지 않는다. 그리고 자신의 다리를 잡고 있는 병사의 머리통을 향해 힘껏 발차기를 날린다. 머리를 제대로 얻어맞은 병사는 밧줄을 놓치고 밑으로 떨어진다. 그 때문에 아래에서 밧줄을 잡고 올라오던 다른 병사들까지 연달아 밀려서 모래로 내동댕이쳐진다.

기둥의 꼭대기, 번개가 번쩍이는 비바람 속에서 작은 깃발이 세차게 나부낀다. 기둥 맨 윗부분에는 미끈미끈하게 기름이 발라져 있다. 가장 먼저 그 위로 올라오는 작고 야무진 손 하나가 보인다. 부들거리며 기둥의 꼭대기를 더듬던 손은 깃발을 쥐더니 그것을 뽑아 든다.

"됐어!"

보리얀은 회심의 미소를 지으며 자신의 손에 들린 붉은 깃발을 쳐다본다. 그런데 순간, 깃발이 꽂혀 있던 자리에서 화약이 펑, 터지더니 기둥 꼭대기에서 흘러내리는 기름을 따라 화르르 불이 붙는다.

"으악!"

갑작스러운 화염에 보리얀은 밧줄을 놓칠 뻔하지만 그 와중에도 깃발은 손에 꼭 쥐고 있다. 그녀는 재빨리 자신의 갑옷 가슴팍 속으로 깃발을 욱여넣는다.

'빨리 내려가야 해, 빨리….'

보리얀은 다급하게 아래로 향하며 불길에 휩싸인 기둥의 꼭대기에서 멀어지려고 한다. 그런데 한쪽 다리가 말을 듣지 않는다. 갑자기 놀란 근육이 경직되어 쥐가 난 모양이다. 그녀는 헉헉 숨을 몰아쉬며 까마득한 아래를 내려다본다. 저 아래 그녀를 쳐다보는 사타니크와 다른 조원들의 모습이 보인다.

"저게 뭐야? 전에 저딴 건 없었잖아?"

사타니크가 놀란 얼굴로 불길을 바라보고 병사들은 다들 뒷걸음질 친다. 점점 기둥을 삼키는 불길에, 아래쪽에서 밧줄을 타고 올라오던 병사들과 위쪽에서 급히 내려가려던 병사들이 서로 엉키며 아수라장이 된다.

"불이야! 내려가!"

"저리 비켜!"

그때 한 병사가 불에 타오르는 기둥을 가리키며 소리친다.

"야, 저기 봐!"

기둥 꼭대기 쪽에 있던 보리얀이 잡고 내려가던 밧줄을 놓고 발로 기둥을 힘껏 밀치더니, 두 팔을 벌려 수직으로 뛰어내리고 있다. 갑옷 속에서 삐져나온 깃발의 끝이 바람에 파르륵거린다. 보리얀은 눈 하나 깜짝하지 않고 비바람을 가르며 하강한다. 사타니크와 다른 사내들은 그 모습을 보고 입을 다물지 못한다. 곧이어 보리얀의 허리를 묶고 있던 밧줄의 길이가 다 되어 팽팽하게 당겨지자, 그녀는 매듭을 풀고 땅을 얼마 남겨두지 않은 공중에서 떨어지며 사타니크를 향해 두 팔을 뻗는다. 사타니크는 엉겁결에 보리얀을 턱, 하고 받아들며 휘청거린다. 믿기지 않는다는 얼굴로 쳐다보는 그에게 보리얀이 말한다.

"뭐해? 빨리 달려!"

그 말을 들은 사타니크는 엉겁결에 보리얀을 안은 채로 다시 훈련장을 향해 내달린다. 잠시 멍하니 멈춰 서 있던 다른 사내들도 덩달아 그들에게 달려들기 시작한다. 보리얀과 같은 조원인 사내 하나는 깃발을 뺏으려는 병사들을 밀치며 길을 터고, 다른 하나는 보리얀의 주변으로 달려드는 병사들을 떼어낸다. 덕분에 사타니크는 보리얀을 안고 오로지 달리는 데에만 집중한다. 쏟아지는 빗줄기 때문에 숨 쉬는 것조차 힘이 들자, 그는 얼굴을 찡그리고 헉헉대며 말한다.

"야, 이 무거운 계집애야, 넌 다리가 없냐?"

"응. 아까 내려오려다 다리에 쥐가 나서 못 뛰겠어."

보리얀의 대답에 사타니크가 어이가 없다는 듯 피식 웃고 헉헉거리며 묻는다.

"하아, 하⋯. 그래서 저 위에서도 그냥 뛰어내린 거냐?"

보리얀이 달리 방법이 없었다는 듯 고개를 끄덕이자, 사타니크는 자기에게 안긴 보리얀을 쳐다보고 웃으며 중얼거린다.

"하하, 진짜 겁대가리가 없군."

다시 암석들이 있는 곳으로 다다르자 보리얀은 사타니크의 품에서 벗어나 직접 달리려고 한다. 하지만 주변에서 보리얀을 향해 달려오는 다른 병사들을 보고, 사타니크는 그녀를 내려놓는 대신 등에 업는다.

"뭐야? 나 이제 다리 괜찮아!"

보리얀이 조금 당황하지만 사타니크는 대답 없이 보리얀을 들쳐 메고 두 손을 이용해 암석들을 휙휙 넘는다. 주변에는 깃발을 가진 다른 병사들과 못 가진 병사들이 서로 치고받고 싸우며 아수라장을 만들고 있다. 그때 한 사내가 보리얀의 갑옷 속으로 손을 뻗어서 깃발을 꺼내려 한다.

"어딜…!"

사타니크의 등에 매달린 보리얀이 소리를 지르며 사내를 발로 차 버린다. 그걸 본 사타니크가 씩 웃으며 생각한다.

'난 맞아봐서 알지. 꽤 아플 거다.'

같은 조의 두 사내는 발차기를 날리는 보리얀의 모습을 보고 조금 겁을 먹은 듯하다. 그들은 서로를 쳐다보며 마른침을 삼키고, 보리얀의 발치를 피해 다른 병사들을 막아선다. 드디어 암석들이 있는 곳을 벗어나자 사타니크는 숨을 몰아쉬며 보리얀을 내려놓고 말한다.

"자, 이제 뛰어!"

힘이 빠져서 잠시 멈춰 선 사타니크를 뒤로 하고, 보리얀은 다른 사내 둘의 엄호를 받으며 병사장을 향해 재빠르게 달린다. 보리얀의 깃발을 빼앗으려고 달려드는 사내들이 마치 먹잇감을 좇는 들짐승들 같다. 병사장이 서 있는 곳에 거의 가까워지자, 도저히 안 되겠는지 보리얀의 주변에서 함께 달리던 두 사내 중 하나가 뒤따라오는 다른 병사들에게 몸을 던진다. 그러자 뒤에서 보리얀을 잡으려던 병사들이 그에 걸려 우르르 넘어진다. 나머지 사내 하나는 보리얀의 발목을 붙잡으려는 병사를 떼어놓으며 그와 함께 나동그라진다.

드디어 병사장 앞에 다다른 보리얀은 깃발을 꺼내서 모래에 푹 꽂고, 숨을 헐떡거리며 말한다.

"헉, 병사…. 보리얀. 헉헉, 깃발 여깄습니다. 배식…주세요."

병사장은 그런 보리얀을 보고 자기도 모르게 입가에 미소를 짓는다. 이어서 다른 깃발을 든 병사들이 모두 도착하여 병사장 앞에 멈추어 선다. 뒤따라 오던 사타니크도 헉헉거리며 보리얀의 옆에 선다. 잠시 후, 병사장은 여섯 개의 깃발을 확인하고는 병사들을 보고 외친다.

"깃발을 획득한 각 조원은 깃발 앞으로 집합하라!"

병사장 앞에 도착한 병사들은 각자의 깃발 앞에 열을 맞춰 집합한다. 다른 병사들은 아직도 암석이 있는 곳 주변에서 때마침 밀려 들어오는 밀물에 휘청거리고 있다. 병사장은 모인 조원들을 바라보며 소리친다.

"언제나 예기치 못한 상황은 닥쳐온다. 지금 그대들이 지킨 깃발처럼, 어떠한 순간에도 우리는 자라트라의 명예를 지키며 살아남아야 한다는 것을 잊지 마라. 알겠나?"

"예, 지오투스 병사장님!"

비가 쏟아져 내리는 가운데 배식 부대가 도착해서 간이 천막을 설치한다. 곧이어 보리얀과 조원들, 그리고 깃발을 가지고 돌아온 다른 병사들에게 검고 딱딱한 곡물 빵과 독한 술 한 병씩이 보급된다. 병사들은 조별로 둘러앉아서 짧은 식사 시간을 갖는다. 배식을 받지 못한 병사들은 따로 집합되어서 병사장에게 벌칙 훈련을 받고 있다. 보리얀은 그런 그들을 바라보며 별생각 없이 술을 한 모금 입에 넣다가 그만 바닥에 푸웁하고 뱉어버리고 만다.

"하하하!"

사타니크가 배를 잡고 웃는다. 주변에 있던 다른 사내들도 보리얀을 보고 껄껄 웃는다.

보리얀은 기분이 나쁜 듯이 입을 닦고 그들을 흘겨본다. 사타니크가 자기 술병을 기울여 쭉 들이키고 말한다.

"먹는 거에 목숨 걸고 덤벼들더니, 맛이 없으니 뱉어버린다. 참 본능에 충실한 편이야, 응?"

보리얀이 그를 노려보자 사타니크가 손사래를 치며 말한다.

"눈 돌아간다. 그만 째려봐라."

그러자 같은 조의 사내 하나가 웃는 얼굴로 보리얀을 툭 친다.

"마녀라고 소문이 나서 좀 무서운가 했는데 술도 못하는 애송이였구만, 하하. 암튼 나는 토치, 같은 조였던 재는 패치. 비슷하게 생겼지? 우린 쌍둥이야. 근데 너 밧줄 하난 참 잘 타더라. 덕분에 얻어먹는다."

토치가 빵을 들어 보이자 옆에 앉아 있는 패치도 보리얀에게 고개를 끄덕여 보인다. 흙투성이가 되어서 몰골이 말이 아니지만, 가만히 보니 정말 비슷하게 생긴 토치와 패치는 같은 모양의 콧수염을 기르고 있다. 그런데 토치는 푸른색 머리를 가진 히드린이고 패치는 연한 갈색 머리를 가진 셰트린이다.

"둘이 쌍둥이라고?"

보리얀이 조금 놀란 표정으로 묻자, 패치가 하하 웃는다.

"우리 어머니는 히드린인데 아버지가 셰트린이거든. 너네 루에린들은 부모 중 한쪽만 루에린이면 자식은 무조건 루에린으로 태어나지? 우린 안 그렇다고. 암튼, 넌 대체 밧줄 다루는 건 어디서 배운 거냐?"

보리얀은 신기하다는 듯이 고개를 끄덕이더니 빵을 한 입 베어 물고 답한다.

"아버지랑 오랫동안 배를 탔어."

"아버지면, 그 유명한 바얀 책임 선장님?"

토치가 호기심 어린 눈으로 다가앉자 보리얀이 묻는다.

"우리 아버지를 알아?"

"그럼, 서쪽 호수에서 온 잘리사야 섬의 영웅! 크으, 넌 잘하면 특수병대에 들어갈 수도 있겠다. 아버지가 책임 선장이니 진급도 빠를 테고. 다 부러운데 계집애인 게 조금 흠이네."

"특수병대가 뭐야?"

"네가 못 마시는 그 술 한 모금 주면 말해주지."

패치가 말하자 보리얀은 술병을 그에게 건넨다. 패치가 한 모금을 시원하게 들이키고, 보리얀에게 병을 다시 건네며 대답한다.

"특수병대는 책임 선장님들이 멀리 정찰 갈 때 꾸려지는 건데, 일반 병사랑 병사장 중에 자기가 원하는 애들을 뽑아서 데려가. 물론 기본 시험은 통과해야 하지만."

토치가 스윽 끼어든다.

"특수병대에서 공을 세우면 진급은 따 놓은 거랑 마찬가지지. 문제는 살아 돌아오기가 힘들다는 거야. 그런데 그것도 출신이 중요해서, 사타니크는 두 번이나 갔다 왔는데도 만년 일반 병사…"

사타니크가 토치를 흘긋 돌아보자 토치가 입을 다물고 그의 눈치를 본다. 보리얀은 빵을 우적거리며 씹는 사타니크를 바라보고 묻는다.

"근데 너, 내가 밧줄 좀 타는 건 어떻게 알았어?"

사타니크는 한입에 빵을 털어 넣는다.

"저번에 내 목 조를 때 알았다. 손힘이 장난 아니더라고. 이 머리카락을 밧줄처럼 둘러서 아주…"

보리얀은 조금 멋쩍은 얼굴로 고개를 돌린다. 그리고 술 한 모금을 억지로 들이키며 얼굴을 찡그린다. 병사장 쪽을 두리번거리던 토치가 내심 기대하듯 패치에게 묻는다.

"오늘 훈련은 이게 끝인가? 벌써 단련 훈련 세 번에다가 협력 훈련까지 했는데."

그러자 패치가 병사장을 살펴본다.

"그럴 것 같은데? 병사장님이 누굴 만나나 봐. 안으로 들어가고 있어."

패치의 말대로 저 멀리 있는 병사장이 벌칙 훈련을 멈추고, 누군가와 함께 동굴 속으로 들어가고 있다.

동굴 안쪽으로 들어온 지오투스 병사장은 공손하게 고개를 숙이고 인사를 올린다.

"병사장 지오투스, 파견사 피트레온 님을 뵙습니다."

피트레온은 뒤에서 쫄딱 젖어 있는 시종에게 망토를 벗어 던져주더니 기분이 나쁜 듯 중얼거린다.

"에이, 답답해. 하여튼 난 서쪽 요새가 싫어."

병사장 지오투스는 무슨 일인지 궁금한 눈치로 피트레온을 쳐다본다. 피트레온이 그런 지오투스를 가만히 보더니 조용히 입을 연다.

"자네 부대에 있는 여자애 말이야."

"네, 병사 보리얀 말씀입니까?"

"그래. 무슨 수를 써서라도 걔를 이번에 꼭 낙오시키게. 알겠지?"

지오투스는 조금 당황스러운 얼굴로 피트레온을 보고 묻는다.

"병사장 지오투스, 질문이 있습니다…."

"미안하지만 질문은 사절하겠네, 병사장. 나도 궁금해. 내가 왜 이런 것까지 지시해야 하는지."

피트레온은 손을 내젓더니 투덜거리며 병사들이 있는 곳을 쳐다보고 말을 잇는다.

"에휴. 아까 보니까 그 애가 아주 장난이 아니던데, 뭐라고 보고를 올려야 하나…."

"음, 외람된 말씀이지만 제가 지금껏 보고 판단한 보리얀 병사의 실력은 꽤 출중합니다. 무슨 일인지는 모르겠으나 도움이 된다면 참고해 주십시오."

"도움이 안 돼, 이 사람아. 하나도 도움이 안 된다고, 글쎄…."

피트레온은 한숨을 푹 내쉬고 다시 시종에게서 망토를 건네받는다.

"아무튼 내 말 명심하게. 낙오자 선별 날이 머지않았지? 그때 저 애가 자기 손으로 낙오의 북을 울리게 하란 말이야. 안 그럼 자네도 나도 매우 힘들어질 거야."

피트레온은 수고하라며 지오투스의 어깨를 두드려 주고 동굴 밖으로 나선다. 지오투스는 조금 당황한 표정으로 피트레온을 배웅한다.

그 후로 정신없는 훈련의 나날들이 지나간다. 아직 보리얀을 곱지 않은 시선으로 보는 병사들이 많지만, 그녀는 묵묵히 실력을 늘리며 그들 사이에서 자리를 잡아간다. 병사장은 가장 까다로운 훈련을 시키며 보리얀의 반응을 살펴보는데, 죽을힘을 다해 훈련을 따르는 보리얀을 내심 기특하게 생각한다.

병사들 사이에서 보리얀은 여러 가지 별명을 얻는다. 그들은 '독한 계집애',

'마녀', '애송이' 등으로 그녀를 다양하게 얕잡아 부르지만, 대결 훈련을 할 때가 되면 모두 곁에 서기를 피한다. 유일하게 사타니크만이 보리얀 옆에 남는데, 병사장 또한 사타니크와 보리얀이 계속 붙어서 대결 훈련을 하도록 내버려 둔다. 그는 사타니크의 기술을 보고 빨리 습득하는 보리얀을 관심 있게 지켜본다.

그 덕에 사타니크와 보리얀은 곧 서로의 호흡을 익혀, 각종 형태의 협력 훈련에서도 배식을 놓치는 일이 없다. 그 때문에 다른 병사들은 협력 훈련을 할 때만큼은 그들과 한 조를 이루고 싶어 한다.

힘겨운 훈련이 끝난 어느 날 저녁, 병사들은 하루를 마무리하려고 취침실에 모인다. 보리얀이 자신의 손에 들린 술병을 바라보며 풀이 죽은 듯이 중얼거린다.

"이게 저녁이라니."

그러자 사타니크가 자신의 취침 공간에서 이미 비어버린 술병을 흔들면서 말한다.

"그래도 그게 어디냐. 네 애인은 지금쯤 잠수부대에서 무진장 힘든 야간 훈련을 받고 있을 텐데."

보리얀은 루딘의 빈 침실 공간을 바라보며 조금 걱정스러운 표정을 짓는다. 그때, 병사 하나가 취침실에서 잘 준비를 하는 보리얀을 찾아온다.

"병사 보리얀, 면회다."

방에 있는 사내들이 일제히 보리얀을 쳐다본다.

"면회? 가족을 본다는 건가?"

보리얀의 물음에 병사가 고개를 끄덕이며 따라오라는 듯 손짓을 한다. 보리얀이 긴장한 얼굴로 병사를 따라 나가자 은색 빡빡머리 사내가 빈정거리며 말한다.

"낙오자 선별일 하루 전에 면회가 잡혔다고? 하하, 저 계집애가 울리는 북소리가 벌써 들리는 것 같네."

사타니크는 이상하다는 듯 고개를 갸우뚱거린다.

"…그러게. 면회가 하루 전이라니. 그것도 이 시간에?"

사타니크는 의심스러운 눈빛으로 보리얀을 데리고 가는 병사의 뒷모습을 쳐다본다.

보리얀은 병사를 따라 한참을 걷는다. 처음 보는 통로들을 이리저리 지나고 바깥으로 나가는가 싶더니, 다시 새로운 동굴의 통로를 따라서 들어간다. 이어서 여러 계단을 오른 보리얀은 동굴의 구조와는 사뭇 다르게 생긴 복도에 발을 들여놓는다. 아마도 이곳은 또 다른 외부 건물과 이어져 있는 것 같다. 복도를 따라 걷자 작은 방들이 나타난다. 병사는 방 위에 적힌 번호들을 확인하더니 그중 하나 앞에 멈추어 선다.

"병사 보리얀, 들어가라."

보리얀은 천천히 문을 열고 방 안으로 들어간다. 자신을 보며 자리에서 일어서는 사람은 다름 아닌 엄마, 샬리타다.

"보리얀!"

샬리타가 나지막이 탄성을 지르며 딸을 부둥켜안는다. 그녀는 눈물 맺힌 눈으로 보리얀의 얼굴을 살펴보다 한숨을 내쉰다.

"아이고, 얼마나 힘들었을까…"

보리얀은 애써 웃으며 샬리타의 손을 잡는다.

"전 괜찮아요. 엄마는요?"

"엄마는 여기에서 다른 병사들의 가족들과 함께 있어. 루딘도 잘 있니?"

"네, 지금은 잠수부대 야간 훈련 중일 거예요…."

샬리타가 주변에 서 있는 시녀를 몰래 살피며, 보리얀의 손을 꼭 잡고 낮은 목소리로 묻는다.

"보리얀, 우리에게 시간이 없으니 바로 얘기하자. 나를 둘러싼 모든 사람이 그러더구나. 모든 병사에게는 낙오할 수 있는 기회가 주어진다고."

"……."

"…혹시 생각해 본 적 있니?"

샬리타의 물음에 보리얀은 엷은 미소를 짓는다.

"그럼요. 매일 생각하는걸요. 그런데 그럴 수가 없어요."

"왜?"

"아빠께 갈 불명예도 그렇지만, 저뿐만 아니라 엄마까지도 낙오자의 가족이 될 테니까요. 그럼 우린 영영 아빠와 스루딘 선장님, 루딘을 못 볼 거예요. 저는 우리를 여기로 마음대로 데리고 온 사람들에게 지고 싶지 않아요. 제멋대로 여기다가 가둬놓고선 나가려면 낙오자로 살라고요? 차라리 끝까지 싸워서 살아남는 게 나아요."

샬리타는 잠시 안타까운 눈으로 보리얀을 쳐다보더니 천천히 고개를 끄덕인다.

"…그렇구나."

잠시 생각에 잠기던 샬리타가 보리얀의 얼굴을 어루만지며 말을 잇는다.

"그런데 꼭 명심했으면 한다. 네 말대로 여기서 살아남으려면 약점을 잡히지 않아야 해. 그들은 네가 소중하다고 생각하는 것들을 약점으로 삼아서 널 흔들어대려고 할 거야."

"어떻게 해야 약점을 안 잡힐 수 있을까요?"

"그 무엇이든 잃는 걸 두려워하지 않으면 되지. 우리 마음속에 커다란 사랑이 있다면 어떤 두려움도 이겨낼 수 있거든. 사실 너를 만나기 전까지 고민을 많이 했단다. 끝까지 후회하지 않을 선택이 무엇인지 말이야. 그리고 마음을 정했어."

샬리타는 시녀의 눈을 피해, 소매 속에서 헝겊으로 싼 작은 덩어리를 보리안에게 몰래 건넨다.

"사랑하는 우리 딸. 네가 무슨 결정을 하든 엄마는 너를 응원할 거야."

보리안은 헝겊 덩어리를 숨겨 넣고 젖은 눈시울로 샬리타를 바라본다. 샬리타는 보리안의 목에 걸려 있는 작은 가죽 주머니를 보고 그녀에게 속삭인다.

"그 목걸이, 잘하고 있어라. 네 아빠가 그러셨거든. 그게 너를 지켜줄 거라고."

시녀는 곧 면회 시간이 다 되었다고 알린다. 보리안은 아쉬운 발걸음을 떼며 자리에서 일어난다. 밖에서 기다리고 있던 병사가 다시 그녀를 데리고 가며 방문을 닫는다. 딸의 모습을 끝까지 바라보던 샬리타는 고개를 떨구며 참아왔던 눈물을 흘린다. 시녀는 그런 샬리타를 차가운 시선으로 쳐다본다.

시녀는 민간인 처소로 샬리타를 돌려보낸 후, 감독관이 있는 곳으로 향한다. 고급스러운 옷을 걸친 여자 감독관은 다리를 꼬고 앉아 있다. 시녀가 다가가서 뭐라고 속삭이자 그녀의 표정이 일그러진다.

"뭐야? 에잇, 귀찮게 됐네."

감독관은 잠시 무언가를 생각하는 듯하더니 명령을 내린다.

"에휴. 어쩔 수 없지. 지금 당장 서신 두 개를 준비해라. 하나는 훌라르 님께, 하나는 카숨에게. 헷갈리지 말고 똑바로 적어. 안 그러면 네 목이 날아갈 테니까."

"예. 명심하겠습니다."

"훌라르 님께는 샬리타가 보리얀에게 낙오하라는 설득을 하지 않았다고 적고, 카숨에게는 샬리타가 보리얀에게 탈영 계획에 대해 말하지 않았다고 써라. 에휴…. 이 망할 여편네가 어느 한 편도 안 도와줬군, 그래."

감독관이 자기 손가락에 낀 보석 반지들을 쳐다보며 중얼거린다.

"지금껏 양쪽에서 받아먹는 것들이 쏠쏠했는데. 아쉽게 됐군."

시녀는 완성된 서신을 감독관에게 건넨다. 감독관은 한번 스윽 읽어보더니 고개를 끄덕이고 보내라는 손짓을 한다.

"저기, 감독관님…. 우리는 괜찮을까요?"

시녀가 조금 걱정스러운 얼굴로 묻자 감독관이 혀를 찬다.

"쯧쯧. 왜 이래, 장사 한두 번 해 봐? 훌라르 님이나 카숨이나, 지금까지 나한테 들인 공이 있잖아? 기껏 이런 일 한 번 가지고 함부로 날 내치진 않을 거야. 그리고 엄연히 따지면 내겐 잘못이 없다고. 내 일은 어디까지나 그 여편네를 좀 충동질하면서 제때에 동태를 보고하는 거였잖아. 그니까 우린 양다리 걸친 것만 걸리지 않으면 돼."

감독관은 반지를 하나 빼서 시녀에게 던진다.

"네 몫이다. 당분간 상부에 물자지원 신청서는 올리지 말고 조용히 있어야겠어. 하여튼 그 보리얀이라는 계집애 하나가 여러 사람 복잡하게 만드는군.”

시녀는 반지를 소중하게 받아들고 고개를 숙인 채 공손히 물러간다.

병사들의 숙소가 있는 동굴의 텅 빈 통로에는 횃불이 일렁인다. 보리얀은 아까 자신을 데리고 갔던 병사와 함께 취침실로 돌아온다. 병사가 떠나자 그녀는 다시 어두컴컴한 방을 마주하며 한숨을 내쉰다. 이어서 천을 젖히고 들어가서 조용히 자신의 취침 공간으로 올라가려고 하는데, 사타니크의 목소리가 낮게 들린다.

“첫 면회였지? 어땠나?”

보리얀은 뒤를 돌아 사타니크를 보며 속삭이듯 묻는다.

“뭐야, 아직 안 잤어?”

사타니크는 보리얀에게 조용히 손짓한다.

“애들 깬다. 너 술 남았지? 잠깐 가지고 나와 봐.”

보리얀은 고개를 갸웃하며 사타니크를 쳐다본다. 그는 취침 공간에서 걸어 나와 방문 대신 달린 반투명한 천을 젖히고, 방 입구 쪽 벽에 기대어 앉는다. 보리얀은 술병을 가지고 그의 옆에 가서 앉으며 묻는다.

“왜?”

사타니크는 보리얀의 손에서 술병을 건네받으며 피식 웃는다.

“보면 모르냐. 술 뺏어 먹으려고 기다린 거다.”

“치.”

보리얀이 입을 샐쭉거리자, 사타니크는 한 모금을 들이켜고 보리얀에게 다시 술병을 건넨다.

“오랜만에 가족을 만나보니 어때?”

“엄마 본 게 오랜만이라 그런지, 마음이 좀 그래.”

“왜, 낙오하고 싶은 마음이 절로 드냐?”

“하하…. 그러고 싶은 마음이 늘 굴뚝 같았는데 그럴 수가 없게 됐어. 엄마한테 괜찮다고 큰소리를 뻥뻥 쳤거든. 끝까지 해보고 싶다고.”

“오호, 그랬어? 그러니까 뭐라고 하셔?”

보리얀은 잠시 머뭇거리더니 독한 술을 쭉 들이켠다.

“두려워하지 말라고.”

그 모습을 본 사타니크가 조금 놀란 표정을 짓는다.

“뭐야, 술도 못 마시는 애송이가 왜 갑자기 많이 들이켜?”

보리얀이 얼굴을 찡그리며 입을 스윽 닦는다.

“크으윽. 네가 다 뺏어 마실까 봐 그렇다, 왜.”

“으이고. 하여튼 그 식탐하고는.”

“이봐, 내가 식탐이 많은 게 아니라 여기서 밥을 너무 안 주는 거야. 배식은 맨날 이 술하고 그놈의 딱딱한 빵….”

“그래야 배에 타서 적응을 하니까 그런 거다. 상황에 따라 배에선 이것보다 더 못 먹는 경우도 있으니까.”

“하긴.”

보리얀은 고개를 끄덕인다. 그리고 사타니크를 바라보더니 궁금하다는 표정을 짓는다.

“넌 배 안 고프냐? 덩치는 산만해가지고.”

그러자 사타니크가 히죽 웃는다.

"난 언제나 배고프지."

보리얀이 빙긋 웃으며 술병을 내민다. 사타니크가 웃으며 술병을 받아들고 한 모금 들이켠다. 벌써 술기운이 올라오는지, 보리얀은 조금 몽롱해진 목소리로 저편에서 타오르는 횃불을 물끄러미 바라보며 중얼거린다.

"두려워하지 않아야 약점이 잡히지 않는다….."

그러자 사타니크가 고개를 끄덕인다.

"맞는 말이다. 싸울 때도 그래. 언제나 가장 큰 실수는 겁을 먹었을 때 나오거든. 두려우면 정확히 볼 수가 없기 때문이지."

사타니크가 술병을 넘겨주며 보리얀을 바라보자 그녀가 다시 한 모금을 삼킨다.

"넌 좋겠다, 사타니크."

"왜?"

"두려움이 없어 보여서."

"……."

사타니크는 아무 말 없이 보리얀을 쳐다보다가 자조 섞인 웃음을 흘린다.

"그래? 그럼 내가 그만큼 불행하다는 소리겠군. 더 이상 빼앗길 행복이 없으니."

보리얀은 한쪽 손으로 얼굴을 괴고 사타니크를 쳐다본다. 사타니크는 생각에 잠긴 표정으로 통로 저편을 응시하다가 보리얀에게 묻는다.

"넌 여기가 마음에 드냐?"

보리얀이 말도 안 된다는 듯이 고개를 젓는다.

"그런데도 낙오를 안 한다고?"

보리얀은 술기운에 조금 발그레해진 얼굴로 대답한다.

"이건 단순히 낙오하느냐, 남느냐의 문제가 아니야. 내가 어떤 식으로 복종을 거부하는가의 문제지. 낙오하는 건 적응하지 못해서 나가떨어지는 거잖아. 내가 가진 유일한 선택권이 낙오냐, 버티느냐인데⋯. 낙오는 싫다고."

사타니크는 빙긋 웃더니 말없이 보리얀의 술병을 들어 한 모금 삼킨다. 그 모습을 보며 보리얀이 묻는다.

"너는 어때? 설마 여기가 좋아서 계속 있는 거야?"

"하하, 그럴 리가."

사타니크는 다리를 쭉 펴고 앉으며 말을 잇는다.

"하루는 대결 훈련, 다음 날은 협력 훈련. 어제는 적, 오늘은 밥을 나눠 먹는 동지. 여긴 사람들을 그렇게 만든다. 언제 죽을지 모르는 목숨에 정 붙이지 말라는 거지. 그러니까 반란도 못 일으키는 거야. 언제 서로가 서로를 배신할지 모르니까. 누가 죽던 관심 끄고 자기 할 일만 똑바로 하면 되는 거다. 안 그러다가 윗대가리들 눈 밖에 나면 목숨만 날아가는 거지. 꽤 단순한 규칙이야, 안 그래?"

보리얀이 씁쓸한 얼굴로 고개를 끄덕이자 사타니크가 말한다.

"그런데 문제는 재미가 없어."

"재미?"

"그래, 재미. 여기 윗선들이 놓치고 있는 게 그거야. 규칙이란 게 원래 자발적으로 따르는 맛이 있어야 하는데⋯. 이렇게 마음이 뿔뿔이 흩어진 사람들 사이에, 너같이 가슴이 뜨거운 놈들이 들어올 때 곤란해지지. 그런 애들은 정으로 뭉쳐진 집단을 만들거든."

"하하… 집단이라니."

"그리고 개인은 절대 집단을 못 당해. 근데, 높은 자리에 있는 사람일수록 두려워하는 게 바로 그거더라고. 자기를 제외하고 만들어진 아랫놈들의 집단."

보리얀은 취한 듯 웃으며 사타니크에게 술병을 내민다.

"그럼 잘됐네. 내가 보기엔 너도 만만치 않게 피가 끓는 것 같은데, 우리가 같이 집단을 만들면 되겠네. 공동의 목표를 가지고."

사타니크는 웃긴다는 듯이 보리얀을 쳐다본다.

"공동의 목표?"

보리얀이 고개를 끄덕이고 취한 눈을 껌벅이다가 아 참, 하며 자기 가슴팍 속으로 손을 넣어 더듬는다.

"뭐, 뭐하냐?"

사타니크는 조금 당황한 듯이 보리얀을 쳐다본다. 보리얀은 품에서 헝겊으로 싸인 작은 덩어리를 꺼낸다. 그러자 그는 헛기침을 하면서 작은 소리로 중얼거린다.

"어쩐지. 아까는 왜 한쪽이 다른 쪽보다 더 커 보이나 했네."

보리얀은 취해서 사타니크의 말을 잘 듣지 못하고 헝겊 조각을 펼쳐 든다. 곧이어 그녀의 눈에 눈물이 글썽거린다.

"프릿이다. 내가 제일 좋아하는…."

"이게 뭐냐? 먹는 것 같은데?"

사타니크가 고개를 갸웃하자, 보리얀은 안타깝다는 표정으로 그를 붙들고 말한다.

"프릿 몰라? 프릿? 룸부들도 내가 먹여줘서 알 텐데 너는 왜 모르냐… 달달

한 이스다일 꽃 뿌리 즙에 적신 곡물가루 반죽에다가 과일을 얹어 구워내서 그 맛이 일품인 프릿을….”

취기가 오른 보리얀은 조잘거리다가, 선심 쓴다는 표정으로 프릿의 반을 뚝 잘라 사타니크에게 내민다.

“자. 먹어 봐.”

사타니크는 놀랍다는 듯 그것을 받아든다.

“지금 먹는 걸 나눠주는 거냐? 취했군?”

그러자 보리얀이 눈물 맺힌 눈으로 씩 웃는다.

“공동의 목표.”

“뭐라고?”

사타니크가 어이가 없다는 표정을 짓자 보리얀이 중얼거린다.

“너도 배고프고, 나도 배고프고…. 배를 채워야지. 공동의 목표를 나눴으니까 이제 우린 집단을 이룬 거야. 알겠어?”

사타니크는 터져 나오는 웃음을 소리 죽이며 참는다. 그리고 프릿 조각을 한 입 베어 물어서 맛을 보고는 눈이 휘둥그레진다.

“와, 민간인들은 이런 걸 먹는다고? 너도 이렇게 맛있는 것만 먹고 살았냐?”

사타니크가 보리얀을 쳐다보자, 프릿을 한 입 먹고 우물거리는 보리얀의 눈에서 눈물이 떨어지기 시작한다. 한두 방울 떨어지던 눈물이 곧 줄줄 흐른다. 사타니크는 조금 당황한 얼굴로 보리얀을 쳐다본다.

“흑…흑.”

보리얀은 울면서도 프릿을 꼭꼭 씹어서 천천히 잘도 먹는다. 사타니크는 그 모습을 보고 웃긴다는 듯 중얼거린다.

"하, 참. 목이 졸려도 두 눈 부릅뜨고 죽일 듯이 달려들던 계집애가 고작 빵 조각 하나에…."

"이게 고작 빵조각이라니? 내가 가장 좋아하는 거라니까?"

그러자 사타니크가 피식 웃으며 보리얀의 어깨를 두드린다.

"그래. 많이 먹어라. 아가씨께서 고생이 많으시다."

보리얀이 우물거리며 자기 몫의 프릿을 다 먹는다. 사타니크는 자기도 모르게 미소를 짓고 그 모습을 쳐다본다. 보리얀은 계속 훌쩍이며 마지막으로 남아 있던 술 몇 방울까지 탈탈 털어 마신 후, 무언가 생각난 듯 사타니크를 바라보고 말한다.

"어, 맞다. 어떡하지?"

"뭐가?"

보리얀이 취기 어린 손등으로 눈물을 스윽 닦고는 사타니크에게 손을 벌린다.

"다시 줘. 루딘 줘야 해…."

그러자 사타니크는 자기가 가지고 있던 프릿 조각을 한입에 털어 넣는다.

"야! 이쒸…."

그걸 본 보리얀이 주먹을 쥐고 사타니크 쪽으로 몸을 기울이다가 그의 다리 위로 푹 고꾸라진다. 사타니크는 낄낄 웃는다.

"야, 쥦다 뺐는 게 어딨냐? 명예로운 병사의 기본이 안 돼 있어, 기본이."

"……."

"뭐야. 자냐?"

사타니크는 보리얀의 머리를 받쳐 들고 그녀의 얼굴을 본다. 보리얀은 이미 지칠 대로 지친 데다가 술기운까지 겹쳐 새근새근 잠이 들어 있는 상태다. 사타니크는 어이가 없다는 표정을 짓다가 빙긋 웃으면서 중얼거린다.

"그래. 넌 좀 취해 있을 필요가 있다."

사타니크의 시선이 눈물 맺힌 보리얀의 얼굴로 향한다. 그는 웃음이 잦아든 표정으로 보리얀을 응시하더니 그녀의 무릎에 있는 헝겊을 든다. 그리고 속눈썹에 맺혀 있는 눈물을 닦아주며 혼잣말을 한다.

"딱 보면 알아. 넌 낙오자로 사는 걸 더 못 견딜 성격이다. 버텨라."

새벽 무렵, 야간 훈련을 마치고 탈진한 상태로 돌아온 루딘은 취침실에 들어와서 자신이 뭘 잘못 봤나 하고 눈을 비빈다. 사타니크의 자리였던 맨 아래에서 보리얀이 자고 있고, 보리얀의 자리인 맨 위에서 사타니크가 자고 있다. 루딘은 나중에 무슨 일인지 물어봐야겠다고 생각하고 일단 자기 자리에 누운 후, 완전히 곯아떨어진다. 루딘의 인기척에 설핏 잠이 깬 은색 빡빡머리가 그가 온 걸 보고 좋다는 듯 미소 지으며 다시 잠에 빠져든다.

곤히 잠든 병사들에게는 야속하게도 다시 날이 밝는다. 낙오자 선별 날에도 어김없이 고된 훈련이 이루어지는 가운데, 병사장은 하루 종일 보리얀을 유심히 지켜본다. 보리얀은 특이 동향 없이 다른 병사들과 함께 훈련을 따른다. 해 질 녘까지 자신의 부대에서 아무도 낙오자의 북을 울리지 않자, 병사장은 붉은 노을을 남긴 채 지는 해를 바라보며 남몰래 흐뭇한 미소를 짓는다.

하지만 반대로 표정을 일그러뜨리는 이들도 있다. 서로 다른 곳에 있는 두 사내가 손에 든 서신을 구긴다. 하나는 자라트라 요새 꼭대기에 있는 카슘이고, 다른 하나는 미다스 궁에 가 있는 훌라르다. 그들의 손에 들린 서신은 모두 민간인 처소의 감독관이 보낸 것이다. 좋지 않은 예감을 확인이라도 하듯, 곧이어 그들에게는 낙오의 북이 울리지 않았다는 소식까지 들려온다.

훌라르는 중앙 섬의 동쪽에 있는 미다스 궁에서 미묘한 웃음을 띤 입가로 중얼거린다.

"하하, 이것 봐라? 아무래도 내가 직접 만나봐야겠군. 안 그래도 보고 싶었는데."

카슘은 자라트라 요새에서 분노에 찬 눈으로 앞니에 침을 묻히며 읊조린다.

"…첫 번째 계획이 틀어졌어? 그럼 다음 계획을 실행할 수밖에."

⚜ 4장 ⚜

❰ 성스러운 도시, '바르벨루스' ❱

무니안들과 슈라문의 도시, 바르벨루스의 고요한 새벽하늘이 빛난다. 도시 중심부에 있는 신전 아래로 신선한 바람이 은은한 향기를 나른다. 흰 옥으로 지어진 눈부신 건물들의 기둥에는 섬세한 자개 장식이 돋보인다. 흙먼지 하나 없이 깨끗하게 닦여진 널찍한 길에는 매끈한 자개 판들이 자줏빛과 청록빛으로 반짝이며 햇살을 그대로 담아낸 듯 영롱하게 빛난다. 신전에서 예배를 마치고 나온 훌라르는 맨발로 그 위를 천천히 걷고 있다. 짙은 마그마처럼 타오르는 듯한 그의 눈동자가 맑게 떠오르는 태양을 지그시 바라본다. 신전 입구 쪽에서 그를 기다리고 있던 피트레온이 툴툴거린다.

"훌라르 님, 말씀하신 대로 그 애를 격려해 놓으라는 서신을 요새로 보냈습니다. 그런데 왜 그렇게 그 애에게 신경을 쓰시는 겁니까? 차라리 바안에게 관심을 가지신다면 이해를 하겠는데…."

그러자 훌라르는 잠시 걸음을 멈추더니 저 앞에 보이는 거대한 탑의 꼭대기를 가리킨다.

"저곳에 가본 적이 있나, 피트레온?"

피트레온은 훌라르가 가리키는 곳을 바라본다. 높은 탑의 꼭대기에는 초승달 모양의 정원이 공중에 걸쳐 있듯 떠 있다. 그 위에는 몇천 년은 족히 되었을 것 같은 거대한 나무 한 그루가 있는데, 그 굵직한 뿌리들은 공중 정원을 넘어서 탑 꼭대기까지도 파고들 정도로 무성하다. 뿌리 아래로는 덩굴 식물들이 끝없이 내려와서 정원의 아래까지 늘어뜨려져 있다.

잠시 눈을 껌벅이던 피트레온이 말도 안 된다는 듯 훌라르에게 묻는다.

"바르벨루스 탑의 공중 정원이요? 제가 어떻게 가보겠습니까? 무니안님들만 가실 수 있는 곳인데."

"중앙 도서관보다도 위에 있는 공중 정원, 그곳의 주인이 나에게 명령을 내렸어."

"최고 무니안님께서요? 그럼 아르테스 님 말씀이신가요?"

훌라르는 그 말에 빙긋 미소를 짓는다.

"모든 사람이 아르테스 님이 최고 무니안이라고 생각하지. 하지만 이제 그보다도 위에 계신 분이 있거든. 저 전설의 나무가 돌아왔을 때 함께 등장한, 이천 년 이상을 살아계셨다는 그 신비스러운 존재…. 믿거나 말거나."

"흠. 저 나무가 나타나던 날은 기억이 나긴 하네요. 다들 엄청나게 놀랐죠. 저것 때문에 한바탕 축제가 벌어지지 않았습니까?"

"그럼. 아누다르가야는 물론, 잘리사야 섬과 저 너머의 서쪽, 동쪽 호수에서까지 엄청난 축제가 열렸지. 나도 그때 그 애를 처음 봤고."

피트레온은 훌라르를 미심쩍은 눈으로 쳐다본다.

"그 애라니요? 혹시?"

"…바얀의 딸, 보리얀을 살펴라. 그것이 내게 내려진 명령이었거든."

피트레온이 영문을 모르겠다는 듯 어리둥절한 표정을 짓자 훌라르가 말을 잇는다.

"그분이 돌아오시고서 탑으로 모여든 그 많은 슈라문 중에 나를 콕 집어서 부르시더군. 그리고 비밀 명령을 내리셨어. 내 평생에 걸쳐 보리얀을 안전하게 지키고 살펴라고. 난 이제 완전히 족쇄에 묶였어, 하하…."

피트레온은 당황한 표정으로 잠시 두 눈을 껌벅인다.

"왜죠?"

"그러게 말이야."

훌라르가 피식 웃으면서 다시 발걸음을 뗀다. 피트레온은 잠시 침묵하며 무언가를 생각하더니, 눈치를 살피며 다시 묻는다.

"제가 원래 질문을 많이 하는 편은 아닙니다만…. 좀 이상해서 그럽니다. 그 명령대로라면 보리얀이라는 그 애를 하루빨리 자라트라 요새에서 빼 와야 하는 것 아닙니까? 그런데 전 훌라르 님께서 직접 바얀과 관련된 모두를 카슘의 밑으로 보내신 걸로 아는데요?"

"그럼. 빨리 나오게 해야지. 나도 당연히 그걸 바라는 바야. 사실, 당장 바르벨루스로 데리고 와서 그 온 가족을 호의호식하게 해주는 방법도 있었어. 그런데 잘리사야 섬에서 그 애를 보고 알았지."

훌라르가 피트레온에게 잠깐 고개를 기울이며 낮은 소리로 속삭인다.

"갠 스스로 포기하지 않는 이상 절대로 자기 마음을 굽히지 않을 거라는 걸. 난 그런 애들을 잘 알거든. 그래서 그 앤 아예 처음부터 좀 꺾어놔야 해. 제 발로 거길 걸어 나와서 평생 배를 탈 생각을 하지 못하게 말이야. 병사들은 허울 좋은 명예 때문에 정찰 열 번을 채우지 못하고 죽는 경우가 많잖아. 그 애가 그렇게 명예욕에 사로잡혀서 죽어버리면 내가 곤란해."

그러자 피트레온은 한 대 얻어맞은 듯한 표정을 짓는다.

"아니 그럼, 그 앨 낙오자로 만들려고 일부러 바얀 일행을 카슘 아래에 집어넣으셨다고요?"

"안타깝게도 그 애만 카슘 밑으로 보낼 방법이 없어서. 게다가 다른 이들도 낙오하면 아까운 목숨을 건질 테니 좋고."

"죄송하지만 하나도 안타까운 표정이 아니신데요."

"길게 보라고, 피트레온. 그래야 그 애가 평생 괴물 근처에 얼씬거리지 않지. 낙오자가 된 보리얀과 그 가족을 내가 거둬주면, 그때부터 그 애는 고분고분하게 몸 보전하고 살면 되니까."

"……"

피트레온은 떨떠름한 표정으로 훌라르를 쳐다본다. 그러자 훌라르는 미소를 띤 얼굴로 피트레온의 어깨에 손을 올리며 말한다.

"내가 왜 투르를 빼고 자네를 그 요새에 보냈는지 아나?"

"늘 그렇듯이 만만한 게 저였겠지요."

피트레온이 투덜대자 훌라르는 작게 웃음을 터트린다.

"하하. 사실 자라트라 요새에는 딱딱 떨어지는 투르의 성격이 훨씬 적합하긴 하지. 그는 어차피 관리 장교 출신이니까. 하지만 자넨…. 투르보다 좀 가슴이 덜 뜨겁잖나, 안 그래? 귀찮은 일들도 싫어하고. 그래서 이번 계획에 아주 적합한 인물이라고. 응? 그러니 조금만 더 버텨. 이번 일만 마무리되면 다시 동쪽으로 보내줄 테니까."

피트레온은 한숨을 내쉬며 묵묵히 걷다가 넌지시 묻는다.

"저기, 혹시 이번 일이 끝나면 카슘을 내칠 생각은 없으십니까? 그자를 왜 지금껏 두고 계시는지 모르겠네요."

"흐음. 글쎄. 어디에나 내 말 잘 듣는 악당이 하나쯤은 필요하잖나?"

훌라르는 상쾌한 아침 공기를 가득 들이마신다. 그리고 천천히 내쉬며 중얼거린다.

"…하지만 나를 자꾸 실망시킨다면, 생각을 좀 해봐야겠는걸."

저벅저벅 걸어가는 훌라르의 뒤로 거대한 탑이 멀어진다. 웅장한 탑의 입구에서 누군가 그를 뚫어져라 응시한다. 흰색 망토를 깊이 눌러 쓴 에실린 노인이다. 훌라르의 뒤를 쫓는 그의 두 눈은 살기로 가득하다. 그를 보좌하는 듯 보이는 슈라문 하나가 정중하게 묻는다.

"제카르슘 님, 무슨 문제라도⋯."

"아니다. 넌 이제 가 보거라."

노인의 말에 슈라문은 깍듯이 예를 갖추어서 인사를 하고 걸음을 옮긴다. 멀어져 가는 훌라르의 뒷모습을 한참 노려보던 제카르슘은 비웃음을 흘리며 생각한다.

'훗, 저 낯짝은 갈수록 제 아비를 닮아가는군.'

일그러진 얼굴로 탑 안으로 향하는 제카르슘은 천천히 망토의 모자를 벗는다. 탑의 입구 안과 밖에 있던 모든 슈라문과 보초병들이 그를 알아보고 인사를 올린다. 제카르슘은 그들을 돌아보며 못마땅하다는 듯이 소리친다.

"기강이 해이해졌군. 감히 무니안을 앞에 두고 그걸 인사라고 하는 게야?"

노인의 목소리가 쩌렁쩌렁 울리자, 겁에 질린 슈라문들은 고개를 들지 못하고 머리를 조아린다.

"죄⋯죄송합니다, 제카르슘 님."

제카르슘은 그들을 본 체도 않고 둥근 계단이 끝없이 나 있는 탑 꼭대기를 올려다본다.

"솔리디몬 님께 갈 것이다. 기별해 놓아라."

"네, 알겠습니다."

곧 제카르슘의 앞으로 황금으로 장식된 커다란 가마가 대령 된다. 그가 올라타자, 하급 슈라문들의 명령에 따라 노예병들이 직접 그 무거운 가마를 짊어지고 계단을 오르기 시작한다. 그들을 내려다보는 제카르슘은 못마땅하다는 듯이 생각한다.

'버러지 같은 것들. 올라가려면 또 하세월이겠군. 그래도 이걸 받으러 나갔

다 와야 했으니….'

그는 잠시 망토의 옷깃 속을 슬쩍 들추어 자신의 품에 있는 것을 바라본다. 미다스 궁의 표식이 새겨져 있는 작은 황금빛 상자가 반짝인다. 가마가 조금 흔들릴 때마다 상자 안에서 알 수 없는 액체가 찰랑거리는 소리를 낸다. 제카르슘은 흡족한 마음으로 상자를 어루만진다.

'이 정도면 솔리디몬 님께서도 만족하시겠지.'

가마 의자에 편안하게 머리를 기대고 눈을 감자, 솔리디몬을 처음 만났을 때가 떠오른다. 까마득한 옛날에 있었던 그 일은 아직도 어제 일어났던 것처럼 머릿속에 생생히 남아 있다.

어린 시절, 제카르슘이 모든 것을 잃던 날이었다. 씩씩거리며 밖으로 뛰쳐나간 그는 분에 겨워서 마당에 있던 돌멩이를 집어 들고, 앞쪽에 모여서 모이를 먹던 새들을 향해 힘껏 던졌다. 날개가 부러진 새 한 마리 빼고는 모든 새가 푸드덕거리며 날아갔다. 그래도 분이 풀리지 않았던 그는 씩씩대며 다친 새에게 다가갔다. 살기가 가득한 눈으로 고통에 퍼득거리는 그 새를 쳐다보는 그의 뒤에서 자상한 목소리가 들렸다.

"이런. 빗맞았구나."

뒤를 돌아보자 창백한 얼굴을 한 사람이 서 있었다. 긴 머리가 유난히 눈부셨던 그 자는 무니안의 흰옷을 입고 있었다. 신성한 분위기가 줄줄 흐르는 그 무니안은 고통에 퍼득거리는 새를 천천히 주워들고, 제카르슘에게 건네며 말했다.

"자, 다시 기회를 주마."

"……."

어린 제카르슘은 너무 놀라 그저 멀뚱히 서 있기만 했다. 새는 시끄럽게 짹짹대며 그의 손에서 버둥거렸다. 마치 제카르슘의 행동을 지켜보기라도 하듯, 긴 머리 무니안은 가만히 그의 손에 들려 있는 새를 응시했다. 잠시 그를 바라보던 제카르슘은 퍼덕거리는 작은 새의 모가지를 단번에 꺾어버렸다.

"짹!"

새가 짧은 비명과 함께 축 처져 버리자 정적이 찾아왔다. 그 모습을 보고 솔리디몬은 알 수 없는 미소를 지었다. 그는 어린 제카르슘의 긴장한 얼굴을 물끄러미 쳐다보더니 물었다.

"왜 그랬니?"

"약한 건 어차피 죽으니까요."

솔리디몬은 어린 제카르슘의 눈에 가득한 분노를 보고 흡족한 표정으로 말했다.

"널 낳은 부모는 너를 팔았고, 널 샀던 양부모는 방금 너를 버렸다고 들었다. 맞지?"

"……."

그는 아무 말 없이 서 있던 어린 제카르슘의 손에서 죽은 새를 집어 들어 바닥으로 버렸다. 그리고는 창백하고 고운 자신의 손을 내밀며 물었다.

"나를 따라 바르벨루스의 탑으로 갈 테냐?"

제카르슘은 다시 두 눈을 뜬다. 솔리디몬이 있는 중앙 도서관의 웅장한 입구가 가까워진다.

'참으로 오랜 세월 동안 그분을 섬겨왔지. 생각할수록 대단한 분이야.'

솔리디몬은 자신과는 출신부터가 다른 고귀한 사람이며, 에실린의 세상을 이어나가는 것을 소명으로 삼는 위대한 지도자였다. 심지어 그를 따라다니는 무시무시한 소문들마저도 경외스러웠다. 들리는 모든 말이 사실인지 아닌지는 모를 일이나 확실한 것은 하나였다. 이 탑에서 솔리디몬을 대신할 자는 그 누구도 없다는 것이다.

"도착했습니다, 제카르슘 님."

가마가 멈추어 서자 옆에서 그를 보좌하던 슈라문이 고한다. 제카르슘은 자신을 태우고 온 노예병들의 헐떡거리는 숨소리를 뒤로하고 도서관 안으로 들어선다.

"뚜벅, 뚜벅."

환한 빛으로 가득한 도서관의 중앙 복도를 따라 발소리가 울린다.

저 멀리, 긴 머리의 노인 한 명이 고풍스러운 백옥 탁자에 앉아 있다. 노인의 앞에는 두꺼운 책들이 놓여 있고, 곁에는 시중을 드는 하급 슈라문들이 서있다. 그중 짧은 머리를 한 마에린 여인이 눈에 띈다. 그녀를 보는 제카르슘의 미간이 조금 구겨진다. 긴 머리 무니안이 손짓으로 슈라문들을 물리자 제카르슘이 그에게 넌지시 묻는다.

"솔리디몬 님, 이 신성한 도서관에 에실린이 아닌 자들이 들어오다니요. 이게 무슨 일입니까?"

"저 마에린 계집 때문에 그러는 게지?"

솔리디몬의 말에 제카르슘은 대답을 주저한다. 솔리디몬은 차가운 표정으로 그를 흘긋 올려다본다.

"아랫자리는 미개한 종족들에게도 조금 내어주어야 하지 않겠느냐. 잘 생각해 봐라. 이제 고위 관료 중에 마에린은 네가 싫어하는 그 힘 없는 애송이 놈 하나뿐 아니냐? 내가 큰 틀을 보라고 그렇게 일렀건만. 쯧쯧."

"죄송합니다."

제카르슘이 고개를 숙이자 솔리디몬은 오래된 책의 장을 넘긴다.

"아까 네가 본 마에린 계집은 내가 금서를 정리할 때 시중을 드는 아이다. 꽤 똑똑해서 쓸 만하니까, 행여 나 몰래 죽일 궁리는 말 거라."

"금서를 정리하신다고요?"

"그래. 내 시대가 끝나기 전에 이제 슬슬 정리해야지. 시간을 이기는 자는 없으니."

솔리디몬은 책을 옆으로 쓱 밀어 치우며 말을 잇는다.

"이 예언서들은 모두 불태울 것이다. 금서로 두기에도 너무 위험해. 특히 그 전설의 라델린이 돌아오고 나서 온 탑이 비상사태에 빠져버렸으니…. 변화의 조짐이 가득하다. 운명의 시간이 다가오고 있단 말이다."

제카르슘은 펼쳐진 책에 적힌 성스러운 고대의 문자를 들여다본다.

"이건 <예언의 서> 아닙니까? 이 케케묵은 금서를 왜…. 설마, 여기 적힌 대로 정말 새로운 에실린 군주가 나타날 거라고 믿으시는 겁니까?"

"……."

긴 머리를 차분히 쓰다듬던 솔리디몬은 제카르슘을 가만히 응시한다. 그 정적인 모습에 조금 소름이 돋자, 제카르슘은 뒤로 조금 물러나며 품에서 작은 상자를 꺼낸다.

"죄송합니다. 주제넘은 질문을 했습니다. 우선 이것을 전해드리는 게 가장

급한 일이겠지요."

솔리디몬은 상자를 받아들여 천천히 연다. 상자 안에는 반짝이는 액체들이 담긴 투명한 병이 여러 개 보인다. 그는 제카르슘을 보며 엷은 미소를 짓는다.

"네가 이렇게 어마어마한 것을 손에 들고 와도, 내 눈에 넌 그저 죽은 새를 들고 있는 어린 애일 뿐이다. 그러니 그때의 절실함을 잊지 말아라. 알겠느냐?"

"…네, 솔리디몬 님."

"그래. 그리고 이제부터 너도 틈이 날 때마다 이곳에서 금서들을 정리해라."

솔리디몬은 부드럽게 말하며 상자에서 병을 하나 꺼내서 제카르슘에게 건넨다. 제카르슘은 그것을 공손히 받아든다. 상자를 품에 숨긴 솔리디몬은 천천히 일어나 도서관에서 나간다.

그가 멀어지자 제카르슘은 비로소 고개를 들어 탁자를 바라본다. 열려 있는 장에 적힌 글귀 하나가 눈에 들어온다.

'유령 군대를 이끄는 자에 의해 마침내 옛 하늘이 무너지리라.'

말도 안 되는 소리라는 듯, 제카르슘은 비웃음이 어린 입가를 한번 씰룩하고는 자리를 떠난다. 그는 도서관의 문을 나서며 밖에서 대기하고 있던 하급 슈라문들의 얼굴들을 꼼꼼히 살핀다. 특히 짧은 머리를 한 마에린 여인 앞에 서서 그녀를 한참 노려본다.

"금서를 함부로 읽거나 빼돌리면 어떤 결과가 있는지는 잘 알겠지?"

"네, 제카르슘 님."

"보아하니 신입인 것 같은데, 어디 한번 잘 살아남아 보거라."

제카르슘이 걸음을 옮기자 하급 슈라문들은 깍듯하게 고개를 숙인다. 제카르슘을 태운 가마는 무니안들의 처소가 있는 탑의 꼭대기를 향해 점점 사라진다. 슬쩍 고개를 들고 그 모습을 보는 마에린 여인의 눈빛이 묘하게 빛난다.

고된 하루가 지나고 저녁이 찾아온 자라트라 요새에서는 병사들이 취침 준비를 하고 있다. 보리얀의 취침실에 있는 병사들도 바닥에 둘러앉아 술과 약간의 빵으로 늦은 저녁을 때운다. 술병들이 찰랑거리며 곧 정찰을 나가는 바얀과 스루딘 책임 선장에 대한 이야기가 오고 가는데, 은색 빡빡머리 병사가 보리얀에게 묻는다.

"넌 아버지가 책임 선장인데, 그럼 특수병대 시험에는 거의 합격한 거나 다름없는 것 아니야?"

"무슨 소리야. 아직 면접 보라는 말도 안 왔어."

보리얀이 조금 풀 죽은 목소리로 말하며 사타니크가 아까 남겨놓은 빵과 자기 술을 바꿔 먹는다. 그러자 루딘이 숨겨두었던 빵 조각을 보리얀에게 몰래 건네며 중얼거린다.

"오늘 잠수부에서는 면접 대상자에 올라간 사람들을 수시로 데리러 오던데."

그러자 보리얀이 기대에 찬 눈으로 루딘을 바라본다.

"그래? 넌 혹시 면접 봤어?"

"응. 드디어 아버지를 만났어. 너무 오랜만이었지. 우린 둘 다 요새에 있어서 면회를 할 수도 없으니까. 너와 네 아버지도 그렇잖아."

보리얀은 고개를 끄덕이다가 애써 밝은 목소리로 묻는다.

"그래도 실적 평가를 통과했으니까 면접도 볼 수 있었을 텐데, 지금껏 엄청 잘했나 보네. 물론 네 실력은 내가 잘 알지만. 어쨌든 이제 실전 시험만 남은 거 아니야? 그럼 스루딘 선장님하고 같은 배를 탈 수도 있겠네?"

보리얀의 말에 사타니크가 끼어들어 루딘에게 묻는다.

"야, 야. 잠깐. 쟤 아버지는 바얀 책임 선장님인 건 알겠는데, 넌 또 뭐냐? 아버지? 스루딘 선장님이 네 아버지야?"

"응."

루딘이 당연하다는 표정으로 고개를 끄덕이자 방 안에 있는 사내들의 입이 떡 벌어진다. 잠시 침묵이 방 안을 감돌다가 사내들이 앞다투어 기가막힌다는 목소리로 아우성을 친다.

"뭐야, 왜 여태 말 안 했어?"

사타니크의 말에 루딘이 커다란 두 눈을 껌벅이며 되묻는다.

"안 물어봤잖아?"

그러자 은색 빡빡머리가 충격을 받은 듯한 얼굴로 루딘과 보리얀을 번갈아 가리키며 말한다.

"와, 이제 보니 이것들이 다 출세표를 입에 물고 태어났구먼? 어쩐지 저놈은 눈이 그렁그렁한 게, 얼굴이 곱상하다 했어. 딱 봐도 상놈처럼 생기질 않았잖아, 응?"

그러자 청록색 머리의 젠다스가 은색 빡빡머리를 보고 중얼거린다.

"저번에는 저 커다란 눈망울에 우리 같이 핍박받는 자의 애환이 담겨 있네, 어쩌네 하더니만 뭘⋯."

"안 닥쳐, 젠다스?"

은색 빡빡머리가 소리를 지르는 그때, 저벅저벅 하는 발걸음 소리가 들리더니 처음 보는 병사들 둘이 보리얀의 취침실로 찾아온다. 그 모습을 본 사내들이 곧 잠잠해진다. 병사 중 한 명이 취침실을 둘러보고는 말한다.

"병사 보리얀은 나와라. 특수병대 면접이다."

"오…!"

사내들이 놀란 표정으로 숨죽여 보리얀을 쳐다본다. 보리얀은 환한 얼굴로 그들을 돌아보더니 자리에서 일어나 병사들을 따라나선다. 그 모습을 보고 사타니크가 씩 웃으며 보리얀의 뒤에 대고서 말한다.

"아버지 앞이라고 울지 마라. 떨어진다!"

기쁜 마음으로 병사들을 따라가던 보리얀은 점점 모르는 길로 들어선다. 보리얀의 마음속에서 웝실론이 들뜬 마음으로 조잘거리는 것이 들린다.

'자기야, 우리 드디어 자기 아버지 만나는 거야? 아흐흥, 신난다!'

'그런 것 같아, 웝실론. 부디 잘 계셨어야 할 텐데…'

보리얀은 기대하는 마음으로 계단을 오른다. 그런데 병사들은 방향을 바꾸어 동굴 바깥쪽으로 향하는 큰 통로로 들어선다. 보리얀은 책임 선장실이 요새의 꼭대기 어딘가로 가야 한다는 것을 알았기에 그들에게 묻는다.

"병사 보리얀, 질문이 있다. 책임 선장실은 요새 꼭대기의 성에 있는 걸로 아는데 지금 어디로 가는 건가?"

그러자 병사 중 하나가 퉁명스럽게 내뱉는다.

"제대로 가고 있으니 따라와라."

보리얀은 잠시 아무 말 없이 걸음을 옮긴다. 하지만 병사장들의 숙소와 동굴 밖으로 향하는 갈림길이 나타나자 이상한 낌새를 채고 멈추어 선다. 한 병사가 보리얀을 독촉한다.

"뭐해? 얼른 안 와?"

"병사 보리얀, 이송 병사에게 묻는다. 지금은 분명 명령 수행 중인데 왜 호칭과 격식을 갖추지 않지?"

그러자 한 병사가 우악스럽게 보리얀의 팔을 잡아끈다.

"뭔 말이 많아, 오라면 올 것이지."

곧 보리얀은 그의 손바닥이 지나치게 부드럽다는 것을 알아차린다. 갑옷 사이로 드러나는 그의 피부가 햇볕에 그을리지도 않았다.

'병사가 아니다!'

그녀는 자신을 잡고 있는 사내의 손을 뿌리치고 경계하는 목소리로 말한다.

"다시 묻겠다. 이쪽은 병사장들의 숙소, 저기는 동굴 밖인데, 지금 어디로 가고 있는 건가?"

잠시 긴장한 표정으로 서로를 쳐다보던 병사 중 하나가 갑자기 그녀의 입을 막고 배를 가격한다.

"윽!"

기습 공격에 보리얀은 잠시 휘청하지만, 사타니크와의 대결 훈련 경험을 떠올리며 재빠르게 대응한다. 그녀는 몸을 숙여 사내들의 팔뚝을 반대로 휘어잡고 꺾어서 내동댕이친다.

"으억!"

이어서 보리얀이 침입자를 알리려고 소리를 지르려 하자, 사내 하나가 달려들며 허리춤에서 가느다란 침을 꺼내 그녀의 목에 찌른다. 따끔한 느낌에 보리얀은 침을 바로 잡아 빼지만 곧 이상한 얼얼함이 목 전체에 퍼진다. 그녀는 자신에게 침을 꽂았던 사내의 얼굴을 주먹으로 힘껏 가격한다.

"아악, 내 코!"

사내들은 애써 소리를 죽여가며 보리얀을 저지하려고 한다. 보리얀은 분명 자신이 그들을 가뿐히 해치울 수 있을 거라고 생각했으나, 이상하게도 점점 정신이 몽롱해지는 것을 느낀다. 곧 손과 발의 감각이 없어지더니 무릎에 힘이 빠지기 시작한다.

'여기서 나가야 해!'

하지만 목소리도 잘 나오지 않고, 자꾸만 희미해지는 정신에 몸을 가눌 수가 없다. 마음속에서는 놀란 웝실론의 목소리가 들린다.

'보리얀 자기야, 이게 무슨 일이야? 정신 차려! 오 이런…. 나 몽롱해져 가, 자기야….'

소리를 지르려는 보리얀은 의식을 잃어가며 몸부림친다.

"으, 읍…!"

보리얀의 입을 틀어막은 사내들은 두리번거리며 주변을 살피더니, 일단 불빛이 없는 후미진 곳으로 그녀를 끌고 간다. 보리얀이 결국 정신을 잃고 고꾸라지자 사내들은 털썩 주저앉는다. 그중 한 사내가 작은 소리로 투덜댄다.

"아이씨. 계집애 힘이 왜 이렇게 세? 병사 흉내 내기 어려워서 원."

"그러게 연습을 잘했어야지!"

잠시 숨을 몰아쉬던 사내가 보리얀의 얼굴을 살피더니 이를 갈면서 말한다.

"이게 예전에 훈련하다가 내 동생 머리통을 발로 찼대. 그것 때문에 한쪽 고막이 터졌다는데, 원수를 갚아줘야겠어."

"어떡하려고?"

그러자 보리얀을 쳐다보던 사내가 침을 꿀꺽 삼키고 그녀 갑옷 사이를 눈여겨보며 말한다.

"흐흐…. 간만에 좋은 구경 좀 해야지. 그쪽도 여자 구경한 지 꽤 되지 않았어? 민간인들의 처소에선 남녀를 구분해 놓잖아."

"아이고, 시간 없어! 뭘 어쩌려고?"

다른 사내가 걱정스럽게 묻자, 보리얀을 쳐다보던 사내가 허리띠를 푸르며 말한다.

"이왕 동굴 밖으로 끌어내릴 거, 후딱 끝내고 약속된 장소에 가져다 놓자고. 이 계집애가 알 게 뭐야? 지금 저렇게 정신이 없는데. 나중에 동생 면회할 때 이 년을 가지고 놀았다고 얘기를 해줘야지."

"아니 그래도…. 여기서?"

다른 사내가 걱정스러운 얼굴로 안절부절못하지만, 이 사내는 마음을 먹은 듯 보리얀의 갑옷을 풀려고 한다. 그때 멀리에서 저벅저벅 하는 발소리가 들린다. 병사장들의 숙소 쪽 통로에서 밝은 횃불이 다가오는 것이 보인다.

"잠깐, 누가 오고 있어!"

"뭐? 에이씨…."

보리얀의 갑옷을 붙잡고 있던 사내가 행동을 멈추고, 재빨리 허리띠를 다시 찬다. 누군가의 단호하고 굵직한 목소리가 울려 온다.

"거기 병사들, 신원을 밝혀라."

사태가 심상치 않음을 느낀 두 사내는 서로를 쳐다보다가 일단은 자리를 피하기로 한다. 그들은 동굴 밖으로 나가는 통로를 따라 도망친다. 횃불을 든 자는 그 수상한 모습을 보고 저편에서 뛰어온다. 곧이어 쓰러져 있는 보리얀의 모습이 불빛에 드러난다.

"병사 보리얀…?"

병사장 지오투스가 놀란 얼굴로 중얼거린다. 그는 보리얀을 살피다가 바늘에 찔려 생긴 듯한 목의 핏자국을 본다. 침이 꽂혔던 부분이 벌써 푸르스름하게 변해 있다. 지오투스는 당황한 표정으로 생각한다.

'샤테이드 마취침?'

그는 다른 병사들을 불러 보리얀을 이송할까 하다가 왠지 모를 찜찜한 기분에 잠시 고민한다. 그리고 일단 보리얀을 일으켜 세우려고 하는데 그녀의 갑옷 뒤가 거의 풀리기 직전인 것을 본다.

"이런, 저놈들이!"

지오투스 병사장의 얼굴이 일그러진다. 그는 조용히 보리얀의 옷매무새를 고쳐주고 그녀를 업어 멘다. 그리고 어디론가 향한다.

한편, 동굴 밖으로 도망친 사내들은 큰일 났다는 듯이 씩씩댄다.

"에이씨! 그 시종이라는 놈한테는 뭐라고 하지?"

"지금 그게 중요해? 우리가 있는 민간인 처소의 감독관이 더 문제야. 그 여자가 우릴 가만히 두겠냐고!"

"일단 약속 장소로 가자. 아까 그 시종 놈 좀 착해 보이지 않았어? 살살 웃으면서 우리한테 존대도 꼬박꼬박하고. 잘 말해보면 괜찮을 수도 있잖아."

"그래. 관리 장곤지, 뭔지의 시종이라 품위도 있어 보이고. 우리가 들킨 것도 아니니까 괜찮겠지?"

사내들은 애써 마음을 진정시킨 후, 뒤를 계속 살피며 나룻배가 준비되어 있는 곳으로 향한다. 그곳에서는 카슘의 시종이 불안한 표정으로 그들을 기다리고 있다. 그는 사내들이 빈손으로 오자 다급하게 묻는다.

"뭐야! 그 계집애는?"

사내들이 돌변한 시종의 태도에 놀라서 주춤거리며 자초지종을 설명하자, 시종은 분노에 가득 찬 듯 머리를 감싸 쥐더니 그들의 면상을 차례로 후려갈긴다. 사내들은 어안이 벙벙하여 얼굴을 감싸 쥐며 시종을 쳐다본다. 카슘의 시종은 조용한 목소리로 씨근댄다.

"이 멍청하고 천한 것들아, 그게 얼마나 구하기 힘든 침인지 알기나 해? 어떻게 해서든 그 계집애를 여기까지 끌고 나왔어야지! 그래야 저 배에 태워서 탈영을 꾸밀 거 아냐, 응?"

"미…미안, 아니 죄송합니다."

두 사내가 얼빠진 얼굴로 엉거주춤하게 고개를 숙인다. 시종은 그들을 쳐다보기도 싫다는 듯 고개를 돌려, 암석들 사이에 떠 있는 작은 나룻배를 노려보고 욕지거리를 내뱉는다.

"젠장. 저런 머저리들을 보내다니. 이번엔 그 감독관 계집도 무사하지 못할 거다."

두 사내는 어쩔 줄 모르며 서로를 쳐다본다. 카슘의 시종은 단념한 듯 한숨을 내쉬더니 그들에게 말한다.

"어쨌든 수고한 대가는 줘야지. 따라와라. 약속대로 지금까지 경험하지 못한 것을 줄 테니."

그 말을 들은 사내들은 서로를 쳐다보며 다행이라는 표정을 짓는다. 시종은 그들을 데리고 동굴 근처 풀숲의 어둠 속으로 향한다. 잠시 후 단말마의 비명이 연이어 들린다. 이어서 칼을 닦으며 천천히 걸어 나오는 카슘의 모습이 달빛에 비친다. 옆에서 고개를 숙이고 그의 곁에 서 있는 시종의 몸에는 피가 튀어 있다. 풀숲에서 흘러나오는 피가 검은 암석들을 적신다. 그사이에 정박해 있는 작은 나룻배가 달빛에 부서지는 고요한 물결에 찰랑거린다. 카슘은 끓어오르는 분노를 참으며 그걸 말없이 바라본다. 시종은 두려움이 가득 어린 얼굴로 눈치를 본다. 카슘의 성미를 잘 알고 있는 그는 경직된 자세로 서서 생각한다.

'큰일 났다. 표정을 보아하니 곧 그 성질이 나오겠는데? 잘못하다가 나까지 죽겠군.'

카슘은 이마에 힘줄을 세우며 화를 억누르고 파르르 떨리는 목소리로 명령한다.

"내일 날이 밝자마자 그년을 지하 감옥에 잡아 가둬라. 훌라르 님께 그 계집애를 격리해 놓으라는 짧은 전갈이 왔다. 아무도 모르게 그 눈엣가시 같은 것을 처리하시려는 게 분명해. 그분이 오시기 전에 탈영 증거를 만들 수 없다면, 그년 입에서 직접 나오게 해야지. 그래야 계획대로 바얀하고 투르까지 싹 다 보내버릴 수 있단 말이다. 알아듣겠나?"

"아, 알겠습니다."

"시체들은 잘 처리하고, 저놈들 가족도 알아서 잘 관리 해. 감독관에게는 내가 조만간 찾아간다고 얘기를 넣고."

"네, 카슘 관리 장교님."

카슘은 터지려고 하는 화를 억누르며 섬뜩한 목소리로 말한다.

"제대로 해라. 안 그러면 이번엔 네놈 목이 날아갈 게야."

"…예."

시종은 긴장한 얼굴로 고개를 끄덕이고 카슘은 성큼성큼 걸음을 옮긴다.

카슘은 구슬 장식을 한 수염을 파르르 떨며 자신의 방으로 돌아온다. 혼자가 되자 걷잡을 수 없이 격해지는 감정이 치밀어 오른다. 늘상 차분함을 유지했던 가면을 벗어 던진 그는 이를 부득부득 갈며 중얼거린다.

"이런 머저리들 같으니라고! 미천한 놈들, 피는 못 속이는구나!"

카슘은 분노에 겨워 붉은 술을 벌컥벌컥 들이켠다. 한동안 씩씩거리던 그의 두 눈에 창가에 비치는 자신의 모습이 들어온다. 어둠 사이로 보이는 툭 튀어나온 입, 회색 빛깔이 도는 추레한 은색 머리, 치장으로도 가려지지 않는 사나운 눈매…. 순간, 그의 귓가에는 누군가의 목소리가 윙윙 들려온다.

'실패작! 넌 실패작이야!'

불현듯 떠오르는 그 목소리에 카슘은 두 귀를 막는다. 하지만 한번 들리기 시작한 목소리는 그를 떠나지 않는다. 괴물, 에실린의 망신, 제 어미도 버리고 간 놈…. 목소리가 머릿속을 맴돌며 점점 더 크게 울려 퍼진다.

"으아아악!"

카슘은 다짜고짜 술병을 집어 들어 자신의 얼굴이 비치는 창문으로 힘껏 집어 던진다.

"와장창!"

창문이 깨져 나가며 시끄러운 소리가 나자, 문밖에서 시종이 달려오는 소리가 들린다. 카슘은 문을 향해 고함을 지른다.

"들어오지 마!"

열리려던 문이 멈칫한다. 그러자 다시 정적이 흐른다. 깨진 창문으로 서늘한 공기가 후욱 카슘의 얼굴에 닿는다. 머릿속에서 들려오던 목소리가 점점 잦아들자 그는 숨을 몰아쉬며 중얼거린다.

"미천한 놈들…. 내가 누구의 자식인 줄 알고."

부들거리는 입술 사이로 말을 내뱉으며 그는 천천히 몸을 일으켜 창가 쪽으로 향한다. 을씨년스러운 달빛에 비친 카슘의 모습이 바닥에 떨어진 수많은 파편 속에 담긴다.

"……."

카슘은 씨근거리며 그 모습을 바라본다. 평생 궁금증을 안고 살았다. 쥐새끼처럼 생긴 이 얼굴은 누구를 닮은 것일까. 아버지는 아닌 것 같았으니, 어머니였을까? 그는 한 번도 어머니의 얼굴을 본 적이 없다. 자기를 혐오한 유모의 손에 자라며 그저 상상만 했을 뿐이다. 주변에서는 그를 보고 수군덕댔다. 괴물, 에실린의 망신, 부모가 버린 놈. 그를 키운 루에린 유모와 하인들도 그의 출신을 정확히 알지는 못했다.

'어느 부유한 상인이 부인 몰래 숨긴 사생아겠지.'

'아니야, 저런 몰골이 나왔다면 낳은 여자가 알아서 숨겼지 않았겠어?'

다시 목소리가 윙윙거리며 들려오려고 하자 그는 고개를 저으며 중얼거린다.

"그만, 그만…."

카슘은 탁자로 다가가 새 술병을 찾아들고 들이켠다. 독한 술기운이 점점 몸에 퍼진다. 그러자 술에 의지해서 살아오던 어느 날, 그에게 아버지라는 존재가 나타났을 때가 눈앞에 그려진다. 아버지는 자신과는 전혀 다르게 생긴 낯선 이였다. 그가 찾아왔을 때도 카슘은 거나하게 취해 있었다. 그런 카슘에게 아버지라는 자가 꺼낸 첫마디는 이것이었다.

"쯧쯧. 실패작이로군."

그런 말을 남긴 아버지는 생각했던 것보다 더 대단한 인물이었다. 카슘을 관리 장교의 자리에까지 앉혀놓은 그는 짧은 명령 형식의 비밀 서신을 남겼다.

한심한 놈. 너는 원래 죽은 목숨이었다. 살려준 것을 고맙게 여기고 살아라.
내가 베푼 은혜에 조금이라도 보답하고 싶다면, 하루빨리 자라트라에서
미천한 놈들을 몰아내고 에실린의 세상을 만들 궁리를 해라.

그래서 그 말을 따르는 겸, 화풀이 대상을 찾는 겸, 관리 장교가 된 카슘은
마음에 들지 않는 이들을 이런저런 이유로 하나씩 죽여 나갔다. 특히 루에린
들을 볼 때마다 자신을 홀대했던 유모를 떠올리며 나름의 보복을 했는데, 그
것은 그의 유일한 취미가 되었다. 죄책감 따위는 없었다. 오히려 얼굴도 가물
가물한, 그 아버지라는 존재에게 자랑을 하고 싶을 지경이었다. 하지만 그의
아버지는 두 번 다시 그를 찾아오지 않았다.

그나마 가끔 카슘을 찾아오는 손님 중에 반가운 이는 아무도 없었다. 딱딱
하기 그지없는 파견사 투르도 눈엣가시 같았지만, 그중 최악은 생각만 해도
피가 거꾸로 솟을 것 같은 애송이 상급 슈라문, 훌라르였다.

"진절머리 나는 어린 마에린 놈!"

카슘은 훌라르를 떠올리며 독기어린 말투로 중얼거린다. 가문과 명예, 외
모와 능력까지. 태어날 때부터 모든 걸 가지고 있는 그 새파란 놈에게 고개를
숙이고 살아야 하는 현실이 참을 수 없게 증오스럽다.

'아니다. 화가 끓어오르면 안 돼. 그럼 다시 소리가 들려 올 거야.'

카슘은 벌컥벌컥 술을 들이켠다. 언제서부터인가 그는 감정이 격해질 때마다 머릿속에서 소리를 듣기 시작했다. 그럴 때마다 그는 지금처럼 시종들을 일절 들이지 않고 술만 마셨다. 바닥에 철푸덕 드러눕자 깨진 창문 조각들이 그의 살갗에 스쳐 피가 난다. 하지만 이미 취해버린 그는 개의치 않는다.

서슬푸르게 빛나는 달에 어두운 구름이 스친다. 이제 카슘의 생각은 꼴도 보기 싫은 루에린 바얀과 그의 딸에게로 향한다. 카슘은 바람에 나부끼는 흰 천 조각을 바라보며 이를 간다.

"망할 바얀의 딸년…. 감히 내 심기를 건드리다니. 죽는 것보다 더 고통스럽게 만들어 주마."

그 시간, 바르벨루스의 한 대저택에서는 훌라르가 잠을 이루지 못하고 방 안을 서성거린다. 그의 짙은 자주색 눈동자가 번득인다.

'도대체 무슨 생각이신 걸까.'

그로서는 도저히 이해할 수가 없다. 이천 년 만에 돌아온 전설의 존재는 왜 그에게, 생전 알지도 못하는 루에린 여인을 지키라고 한 것일까. 그리고 그녀를 지키기 위해 훌라르가 하는 일을 모두 돕겠다는 그 말은 무슨 뜻이었을까. 발걸음을 멈추고 커다란 창문가에 기대어 선 그는 한숨을 내쉰다.

"흐음…."

말없이 서 있는 그의 시선이 온통 하얀색으로 덧칠된 벽과 기둥에 닿는다. 훌라르는 무언가 생각에 잠긴 듯 천천히 손을 들어, 그 기둥을 쓰다듬는다. 그의 손끝이 안료가 굳으며 생긴 작은 틈에 닿는다. 그는 손톱으로 딱딱하게 굳은 하얀 안료를 조금 벗겨낸다.

"투둑."

안료가 조금 떨어진 자리에 시커멓게 그을린 돌기둥의 표피가 드러난다. 그러자 가리려고 해도 가려지지 않는 그 날의 악몽이 눈앞을 스친다. 불태워 죽여도 시원치 않을 그 원수 놈의 얼굴까지도.

"……."

정적 속에 서 있는 훌라르의 입술이 분노로 떨린다. 그는 마치 불에 덴 것처럼 기둥에서 손을 뗀다. 그리고 고개를 젓고 애써 생각을 돌린다.

'지금 당장 중요한 사안에만 집중하자. 문제는 보리얀, 그 여자애다.'

이전에 피트레온이 슬쩍 언질해 준 정보에 따르면 그 애는 아무런 생각이 없는 게 분명하다. 도대체 무엇을 믿고 그 지옥 같은 요새에서 살아남겠다고 버둥대고 있는 것일까. 문득, 잘리사야 섬에서 그의 손을 힘껏 잡던 보리얀의 모습이 머릿속에 스친다. 훌라르는 자기도 모르게 피식 웃는다.

'하여튼 참 희한한 애야. 곧 따로 불러 얘기하면 좀 알아듣겠지. 더 고생하기 전에 격리해 놓으라고 했으니, 훈련하면서 괜히 진을 더 빼진 않을 테고. 그런 후에는 내 계획을 슬슬 진행해야 할 텐데. 카슘 그 멍청한 놈을 어쩐다? 그놈의 아버지가 뒤를 봐주고 있으니…'

훌라르는 마치 독 안에 든 쥐라도 가지고 놀듯, 슬쩍 차가운 미소를 흘리며 창문을 연다. 시원한 밤공기가 그의 짧은 머리칼을 흩트린다. 그는 기대된다는 듯이 한쪽 입꼬리를 올리며 읊조린다.

"…나도 궁금하네. 내가 어떤 짓까지 할 수 있을지."

5장

❴ 진흙 속에서 피는 연꽃처럼 ❵

"으으음…."

보리얀은 병사장실에서 눈을 뜬다. 그녀의 눈에 이 층으로 구성되어 있는 작은 방이 보인다. 침대에 깔린 짚이 병사들이 묵는 곳보다 훨씬 푹신하다. 아래층에 있는 그녀의 주변에는 다른 빈 침대들이 서너 개가 더 있다. 이곳이 어딘지 궁금해지는 순간, 엄청난 두통이 몰려온다. 보리얀은 두 눈을 질끈 감고 천천히 몸을 일으킨다. 그런데 위층에서 내려오는 발걸음 소리와 함께 지오투스 병사장의 목소리가 들린다.

"정신이 좀 드는가, 병사 보리얀?"

보리얀은 병사장의 목소리에 무의식적으로 벌떡 일어나려다가 다리에 힘이 풀려서 그만 주저앉는다.

"괜찮아. 좀 쉬어."

아래층에 도착한 지오투스가 말한다. 그의 손에는 작은 나무 쟁반이 들려 있는데, 그 위에는 밝게 빛나는 촛불 두 개와 찻잔이 있다. 보리얀은 그에게 무어라고 말을 하려고 하나 목소리가 잘 나오지 않는다. 지오투스는 그녀 앞에 앉으며 말한다.

"아직 마비가 다 풀리지 않았을 거야. 목에 남은 푸른 자국을 보니 샤테이드의 마취침을 맞은 것으로 보여. 그래도 일찍 깬 걸 보니 침을 바로 뺐나 보군. 보통 꽂힌 채로 몇 초만 넘어가도 오랫동안 정신을 못 차리는데."

보리얀은 아무 말 없이 지오투스 병사장을 쳐다본다. 그러자 그가 나지막한 목소리로 찻잔 하나를 건넨다.

"이걸 좀 마셔 봐. 헤사티오 차다. 굳은 혀가 풀릴 거야. 그리고 지금은 어차피 휴식 시간이니, 격식을 제하고 얘기하는 것을 허락하지."

보리얀은 천천히 손을 뻗어서 차를 한 모금 들이켠다. 예전에 자주 맡았던 익숙한 향기가 코를 일깨운다. 따뜻한 기운이 온몸에 퍼지자 그녀는 드디어 입을 뗀다.

"지오투스 병사장님, 이게 어떻게 된 일입니까?"

"내가 묻고 싶은 말이군. 누군가 싸우는 것 같은 소리가 들리길래 나와봤더니, 어떤 병사 둘이 의식을 잃은 자네 근처에 있다가 도망을 갔어. 다행히 맞은 게 자네는 아닌 것 같은데."

보리얀이 심각한 얼굴로 지오투스를 바라본다.

"그들은 병사가 아니었습니다. 침입자예요. 그 두 사내가 저희 취침실로 찾아와서, 저더러 특수병대 면접이 있다고 해서 따라갔던 겁니다."

"정찰 면접?"

지오투스가 고개를 갸웃한다.

"우리 부대원들을 대상으로 면접이 있었다면 내가 먼저 알았을 텐데…. 게다가 바얀 책임 선장님은 지금 정찰 지원 물자가 터무니없이 적어서, 카슘 관리 장교님께 조정안을 다시 올리신 것으로 알고 있다. 하루 이틀 정도는 더 있어야 면접자들 명단이 나에게 올 거야."

"그럼, 저를 불러낸 것이 누구일까요?"

지오투스는 굳은 얼굴로 잠시 생각에 잠기더니 낮은 목소리로 말한다.

"샤테이트 마취침은 밀수되는 물건이다. 그런 걸 구할 수 있는 사람은 책임 선장급이거나 더 위일 가능성이 높지. 게다가 병사가 아닌 이들까지 동원해서 이런 일을 꾸몄다면 뭔가 다른 꿍꿍이가 있는 것으로 보이는군. 그래서 일단은 소란을 일으키지 않고 자넬 여기로 데려오는 것이 낫다고 판단했다."

"감사합니다, 병사장님. 저…. 그런데 여기는 어디죠?"

"아, 여기는 처음 와 보겠군. 병사장실이다. 내 처소겸, 중상을 입은 부상자들을 돌보는 방이지. 목숨이 위태로운 상황까지 간 병사가 있다면 일정 기간 병사장이 직접 부상자들을 돌보아야 하거든."

"병사장님께서 직접이요?"

"그래. 그러니 병사들에게 아무리 강한 훈련을 시키더라도 심한 부상자를 내지는 말아야겠지. 일종의 책임감을 강화하는 구조랄까. 다행히도 내 처소에서 이 아래층은 보통 비어 있다."

"그렇군요…."

보리얀은 주변을 둘러보다가 계단이 있는 벽에 걸려 있는 나무 현판을 본다. 수수한 연꽃 문양으로 장식된 현판에는 짧은 글귀가 새겨져 있다.

"직접 만드신 건가요?"

지오투스는 말도 안 된다는 듯 고개를 저으며 미소를 짓는다.

"오랜만에 고향인 차루타스에 갔었는데 거기서 어떤 기묘한 노인을 만났지. 긴 정찰에서 돌아온 후 병사장으로 진급하여 포상 휴가를 얻었거든. 그때 그분이 말린 헤사티오 찻잎들과 저 현판을 주었어. 나는 이미 술에 더 익숙해져 있어서 아직도 찻잎이 이렇게 남아 있지만, 그래도 가끔 마음을 다스리는 데에는 차가 좋더군."

"아하, 포상 휴가가 있는지 몰랐습니다."

"짧은 휴가는 성공적인 정찰 이후에 받을 수 있는 가장 달콤한 상이지. 고향에서 모처럼 반가운 이들을 만나고 자라트라로 돌아오는 길이었는데, 그 노인이 현판을 건네며 내 손을 꼭 잡고 이러시더군. '알아보는 이에게 도움이 될 걸세. 모든 건 때가 있으니.' 예의상 거절하기가 좀 그래서 받아들고 왔지. 이미 몇 년도 더 된 얘기니까 그분은 이미 돌아가셨을지도 모르겠군. 나이가 아주 많아 보이셨거든."

"차루타스면, 성스러운 도시 바르벨루스 남쪽의 부촌 아닌가요?"

"맞아. 지도 공부를 꽤 열심히 했나 보군."

"어릴 때 제 꿈이 아누다르가야에 와보는 것이었거든요. 그래서 아버지께서 발령을 받으셨을 때, 처음으로 중앙 섬의 자세한 지도를 받아 보고 얼마나 설레고 기뻤는지 몰라요. 이 요새에 도착하기 전까지…."

"그래? 왜 아누다르가야로 오고 싶어 했던 거지?"

보리얀은 잠시 찻잔을 물끄러미 바라본다.

"음, 바르벨루스의 중앙 도서관에서 알아내고 싶은 것이 있어서요."

"중앙 도서관? 무니안과 슈라문들만이 들어갈 수 있다는 그 신성한 탑의 도서관 말인가?"

보리얀이 고개를 끄덕이자 지오투스는 어이가 없다는 얼굴로 웃음을 터트린다.

"훈련 때 이미 알아보기는 했지만, 자네는 현실의 벽에 대해서는 생각해 본 적이 없나? 세상에 두려운 것이 없어?"

그 말을 들은 보리얀은 생각에 잠긴다.

"…두려운 거요? 너무 많습니다. 제 아버지나 스루딘 선장님, 루딘이 죽을까 봐 두렵습니다. 제가 배를 타는 여자라 가족들이 저 때문에 힘들까 봐 두렵습니다. 제 조원들이 저 때문에 밥을 굶을까 봐 두렵습니다. 그리고…."

보리얀은 루딘이 말했던 모테라의 예언을 생각하다가 고개를 젓고 말을 잇는다.

"그리고 병사장님이 또 어떤 훈련을 내리실까 날마다 두렵습니다."

지오투스 병사장은 그런 보리얀을 바라보며 자기도 모르게 미소를 머금는다.

"그럼 그렇게 두려운데도 불구하고 왜 낙오를 하지 않는 건가?"

"글쎄요. 그런 두려운 마음들을 매번 이겨낼 때마다, 이상하게 마음속에서 무엇인가 강하게 피어나는 것 같습니다. 불꽃 같은 것이 타오르는 걸 느껴요. 그럼 점점 믿음이 생깁니다."

"믿음?"

"제가 뭐든지 할 수 있을 것 같은 믿음이요. 현실의 벽이 어떻든지 간에."

대답하는 보리얀의 눈빛을 눈여겨보던 지오투스는 진심 어린 목소리로 말한다.

"보리얀, 자네는 훌륭한 병사야. 하지만 그럴수록 조심해야 할 것들이 많다는 걸 명심해야겠지. 오늘 밤은 여기서 지내다가 내일 훈련에 참여하도록 해. 오늘 일어난 불미스러운 일에 대해서는 내가 최대한 알아보도록 하지."

"감사합니다. 지오투스 병사장님."

지오투스는 보리얀의 앞에 촛불을 하나 놔두고, 빈 찻잔과 다른 촛불 하나를 쟁반에 들고 일어서며 부드러운 목소리로 말한다.

"어둠 속에선 작은 촛불 빛이라도 있으면 위안이 되더군. 그래도 끄고 자는 건 잊지 말고."

"네. 안녕히 주무십시오."

지오투스는 천천히 계단을 올라가고, 보리얀은 고마운 시선으로 그의 뒷모습을 바라본다.

'항상 무서운 분인 줄만 알았는데….'

보리얀은 마음속으로 조용히 웹실론을 불러보지만 대답이 없다. 아무래도 침을 맞은 것 때문에 아직 잠들어 있는 상태인 것 같다. 보리얀은 물끄러미 촛불을 바라보며 아까 자신을 납치하려던 두 사내에 대한 불안한 마음을 다독이려 노력한다. 그러다가 계단의 벽에 걸린 현판에 적힌 글귀를 찬찬히 읽어본다. 그 뜻을 곰곰이 생각하는 그녀의 얼굴에 촛불 빛이 일렁인다.

다음 날, 아침부터 또 추적추적 비가 내리기 시작한다. 비가 익숙한 듯 훈련장에 모여 있는 병사들 앞에 지오투스가 서 있다. 보리얀 옆에서 사타니크가 궁금한 눈치로 작게 묻는다.

"너 밤새 어딨었냐? 면접이 그렇게 길었을 리는 없고."

"설마 안 자고 나 기다린 거야?"

보리얀이 묻자 사타니크가 피식 웃는다.

"나 말고, 네 애인이 그랬다."

"그게 면접이 아니었어. 누가 날 납치하려 한 거야."

"…뭐?"

그때, 사타니크의 옆에 서 있던 토치가 소곤거린다.

"이봐들, 근데 왠지 오늘 병사장님 기분이 좀 싸해 보이지 않아?"

그러자 뒤에 있던 패치도 한마디 거든다.

"그러게. 밤새 잠 못 잔 것 같은 얼굴이네."

사타니크는 토치와 패치를 바라보며 보리얀에게 속삭인다.

"보다시피 병사장님이야 맨날 저 돌덩어리 같은 표정이지만, 쟤네들은 항상 저 사람 눈치를 보는 게 습관이 되어서 아주 귀신이다. 아마 쟤네 말이 맞을 거야. 근데, 납치라고?"

보리얀은 뭔가 말하려다가 앞을 보고 입을 다문다. 훈련 명령을 내리려고 하는 지오투스 곁으로 병사장 헤리스와 그의 부대에 소속된 병사들 둘이 다가오고 있다. 그들은 지오투스에게 무어라고 말하더니 그를 연행하려고 한다. 토치와 패치가 놀란 눈으로 서로를 쳐다보고 서 있던 병사들은 웅성거린다. 지오투스의 손을 묶은 병사장 헤리스는 곧이어 큰 소리로 이렇게 외친다.

"병사 보리얀은 앞으로 나와라!"

모두가 고개를 돌려 보리얀을 쳐다보고, 그녀는 숨 막히는 정적 속에서 발을 내딛는다. 그녀가 앞으로 나서자 헤리스와 함께 온 병사들이 보리얀의 뒤쪽 무릎을 발로 차서 그의 앞에 꿇린다. 헤리스는 보리얀을 보고 외친다.

"병사 보리얀은 명예를 버리고 탈영 계획을 꾸민 혐의로 체포한다. 이 일로 병사장 지오투스 또한 함께 조사하며, 당분간 이 부대 병사들의 훈련은 나, 병사장 헤리스가 맡는다."

"뭐라고?"

보리얀은 고통에 신음하며 자신을 발로 걷어찬 두 병사를 노려본다. 그들은 보리얀과 지오투스를 끌고 사라진다.

"아니, 이게 어떻게 된 일이야? 저 애가 탈영하려고 했다고?"

"병사장님은 또 무슨 관련이 있길래?"

사타니크와 다른 병사들은 놀라서 입을 다물지 못한다.

동굴 입구까지 다다른 보리얀과 지오투스는 서로 다른 길로 인도된다. 지오투스는 요새 탑의 맨 꼭대기로 이송되고, 보리얀은 한 번도 본 적이 없는 저 아래 지하 동굴 길로 들어간다.

요새의 꼭대기까지 올라간 지오투스는 탑의 감옥에 갇힌다. 좁고 어두운 방에는 여기저기에 곰팡이가 피어 있고 두꺼운 돌벽 사이로 난 작은 창에는 녹슨 쇠창살이 끼워져 있다. 지오투스를 인도한 병사들은 기다리고 있던 예비 병사들에게 이런저런 지시를 내리고 사라진다. 감옥 입구에서 명령을 수행하는 예비 병사 중 하나가 지오투스를 감옥 안으로 안내한다. 그는 지오투스에게서 갑옷 일체를 반납받으며 숨죽여 말한다.

"저…. 예비 병사 피샤트, 지오투스 병사장님께 인사 올립니다. 규율상 이럴 수밖에 없어서 죄송합니다."

지오투스가 다른 병사들을 살피며 피샤트에게 조심스럽게 묻는다.

"누구의 명령이지?"

그러자 피샤트가 다른 물건들을 점검하는 척하며 대답한다.

"새벽에 누군가 명령을 내리러 헤리스 병사장님을 찾아오는 걸 봤으나, 아직 모든 게 기밀입니다. 그 탈영 미수자의 혐의가 밝혀지기 전까지는….”

　예비 병사 피샤트가 말끝을 흐리자 지오투스가 이해한다는 얼굴로 끄덕인다. 피샤트는 안타까운 표정으로 지오투스를 바라보더니, 몰래 자신의 갑옷 속에 숨겨놓았던 작은 빵 한 조각을 꺼내 슬쩍 그에게 건네고는 다른 병사들을 향해 이렇게 외친다.

　“수감 확인을 마쳤고, 물품함에는 이상 없다. 문을 잠그겠다.”

　피샤트는 감옥의 두꺼운 쇠창살 문을 잠그며, 병사들의 시선을 피해서 지오투스를 보며 덧붙인다.

　“모두가 병사장님의 무고함을 믿습니다. 조금만 버티세요.”

　고개를 끄덕이는 지오투스의 눈빛은 어쩐지 피샤트를 잘 아는 것처럼 보인다. 피샤트는 발걸음이 떨어지지 않는지 자꾸 뒤를 돌아본다. 감옥에서 조금 멀어지자 다른 병사 하나가 피샤트에게 걱정스러운 목소리로 속삭인다.

　“이봐, 조심해. 저 병사장님은 집안이라도 받쳐주니까 괜찮으실 테지만, 자네가 저분을 돕다가 자칫 밉보이는 날에는 그대로 끝장날걸.”

　피샤트는 고개를 저으며 작게 대답한다.

　“휴우…. 지오투스 병사장님은 내 우상이야. 난 그분의 길을 따르기 위해 이 요새에 왔다고. 노예로 태어난 나를 사람으로서 아껴준 형님 같은 분인데, 어떻게든 도와야지. 근데 그 여자 병사는 어디로 간 거야?”

　“아까 못 봤어? 동굴 안으로 갔잖아. 그럼 지하 감옥인 거지.”

　“지하? 거긴 고문실이 있는데 아니야?”

　피샤트가 뜨악한 표정으로 묻자 다른 병사가 고개를 끄덕인다. 지오투스는 보리얀이 지하 감옥에 갇혔다는 것을 귀 기울여 듣고는 근심스러운 얼굴로 생각에 잠긴다. 그의 머릿속에는 보리얀의 목에 남아 있던 푸른 자국이 떠오른다.

'그건 분명 샤테이드의 마취침이었다. 옛날 차루타스에 있는 아버지의 연구실에서 본 적이 있어. 그런 위험한 물건에다가, 납치, 그리고 누명. 이 모든 게 일순간에 일어났다는 건 이미 모든 것이 계획되었다는 얘긴데…'

그는 아까 피샤트가 남기고 간 딱딱한 빵조각을 살펴보다가 그 밑에 새겨진 글씨를 발견한다. 지오투스는 그것을 자세히 살펴보며 읽는다.

"카…숨?"

한편, 보리얀이 갇혀 있는 지하 고문실의 천장에서는 물이 뚝 뚝 떨어지는 소리가 들린다. 시체 썩은 냄새가 진동을 하는 가운데, 문가에 걸린 큼직한 횃불만이 어두운 감옥 안을 을씨년스럽게 비춘다. 보리얀의 양팔은 녹슨 쇠사슬에 묶여 있고 두 발은 축축한 오물투성이 진흙 구덩이에 묻혀 있다.

보리얀은 떨리는 시선으로 양쪽 벽에 걸려 있는 끔찍한 시체들을 쳐다본다. 그들 또한 쇠사슬에 손이 묶여 있다. 하나는 거의 백골이 되어 있고, 다른 하나는 그보다는 얼마 되지 않았는지 아직 살가죽이 남아 있다. 허옇게 변한 눈알과 누렇게 변한 살점에는 구더기가 들끓는다.

보리얀의 앞에는 헝겊으로 코와 입을 막은 거대한 몸집의 사내가 채찍을 들고 서 있다. 그의 옆에는 갖은 고문 도구들이 보인다. 사내는 큼직한 손으로 보리얀의 얼굴을 잡아들고 천천히 뜯어보더니 말한다.

"오호, 이게 웬일이야. 진짜 여자잖아?"

숨 막히는 악취와 습기 때문에 기절할 것 같았던 보리얀은 애써 겁먹은 표정을 감추며 사내에게서 고개를 돌린다. 사내는 고문 도구를 하나하나 횃불에 비춰 보이며 묻는다.

"네 취침실에서 이런 쪽지가 나왔다고 하던데. 낯이 좀 익나?"

그는 채찍을 한 손에 감아 들고, 종이쪽지를 보리얀의 얼굴에 들이민다.

'보리얀, 난 투르 씨가 보내서 왔소.
바얀 선장이 당신의 탈영을 도우려고 하오.
오늘 밤 달이 뜰 때 서쪽 동굴 출구 쪽으로 나오시오.
나룻배가 기다리고 있을 거요.'

보리얀은 투르 씨와 자신의 아버지 이름이 적힌 그 쪽지를 보고, 이 음모에 자기만 연루된 게 아니라는 것을 깨닫는다. 그녀는 정신을 더욱 바짝 차려야겠다는 생각에 고개를 젓고 아무 말도 하지 않는다. 그러자 사내는 위협적으로 눈을 부라린다.

"입을 안 열겠다…. 그럼 좀 맞고 시작할까? 원래 첫 대가 가장 아프기도 하고, 가장 안 아프기도 하지. 갈수록 세게 때릴 거거든."

그는 보리얀이 보는 앞에서 채찍을 서서히 푼다. 보리얀은 눈을 질끈 감는다.

'여기서 못 견디면 모두가 다 죽는 거야. 아빠, 엄마, 투르 씨….'

사내는 천천히 보리얀을 보더니, 그녀가 굳게 입을 다물고 있자 채찍을 휘두른다.

"짝!"

채찍이 보리얀의 옆구리 쪽을 갈긴다.

"으윽!"

보리얀이 고통에 신음하며 이를 악문다.

"오호, 표정 보니까 견딜 만한가 봐?"

짜악! 채찍이 더욱더 세게 보리얀의 어깨를 내리친다. 살점이 찢어지고, 어깨에 감각이 없다. 그러나 보리얀은 꿈쩍하지 않고 버틴다. 그러자 사내는 못마땅한 얼굴로 툴툴거린다.

"미련한 계집애군. 그냥 빨리 부는 게 좋을 텐데? 딱 한 마디만 하면 된다고. '네. 맞아요. 어젯밤에 탈영하려고 했어요', 이렇게!"

그러자 보리얀이 신음이 새어 나오는 것을 참으며 중얼거린다.

"그건 사실이 아니야. 난 납치당할 뻔했어."

큰 덩치의 사내가 어이없다는 눈으로 보리얀을 쳐다보더니 대꾸한다.

"아이고. 이 아가씨가 정말 큰일 났네. 누가 사실이 궁금하대?"

보리얀이 사내를 쳐다보자 그는 엄포를 놓는다.

"똑바로 알아라. 내가 하는 일은 사실을 캐내는 게 아니야. 윗분들이 듣고 싶은 대답을 네 입에서 뽑아내는 거지. 난 네가 누군지, 너한테 무슨 일이 일어났는지 관심도 없거든."

그러자 보리얀이 이를 갈며 그를 노려본다.

"이게 어디서 눈을 부라려!"

짝! 채찍이 바람을 가르는 소리를 내며 보리얀의 허리를 때린다.

"으흑!"

그녀의 옆구리를 타고 붉은 피가 흐른다. 그걸 보고 사내가 보리얀에게 이마를 들이댄다.

"계집애라 그런가, 벌써 살점이 떨어져 나갔군."

보리얀은 가쁜 숨을 몰아쉬며 쳐다보기도 구역질 난다는 듯 그의 시선을 피한다. 사내는 보리얀의 귀에 대고 속삭인다.

"아프지? 그니까 이만하면 그냥 그렇게 불지 그래. 안 그러면 내가 좀 더 센 방법들을 쓸 거야."

보리얀이 동요하지 않는 표정으로 입을 굳게 다물고 있자, 사내가 그녀의 머리채를 잡아들며 강압적인 목소리로 윽박지른다.

"그럼 어디 한번 하나씩 찾아볼까, 네가 비명을 지르며 살려달라고 애원할 만한 데가 어디일지? 응?"

보리얀은 탁한 공기와 출혈 때문에 머리가 벌써 멍해지는 것을 느낀다. 그녀의 눈에서 점점 힘이 빠지는 것을 보고, 사내가 옆에 있는 물통에서 물을 들이붓는다.

"이런. 벌써 기절해 버리면 곤란해. 얼른 불고 후딱 나가야지? 누구든 여기서 하루 이틀만 지나면 미쳐버리거든. 밤늦게는 저 죽은 자들의 혼령이 나온다는데, 한번 직접 만나게 해줄까?"

물을 뚝뚝 흘리는 보리얀은 혼령이라는 소리에 피식 웃는다. 그러자 남자는 보리얀의 양 볼을 세게 부여잡고 시체 쪽으로 그녀의 고개를 휙 돌리며 말한다.

"왜, 애들 겁주는 얘기 같아? 그럼 어디 한번 견뎌 보든지. 하지만 정신이 있을 때까진 우선 더 맞자. 옆을 봐서 알겠지만, 여긴 누가 죽어 나가도 몰라. 죄수가 기절하면 깨워서 때리고, 때리다가 기절하면 또 때려서 깨우거든. 그러니까 잘 생각해 보라고."

이어서 날카로운 채찍 소리가 소름 끼치게 탁한 공기를 가른다. 보리얀은 이를 악물고 비명을 참아낸다. 그녀의 머릿속에 불현듯 사타니크의 등에 남았던 채찍 자국이 떠오른다. 그의 기억 속에서 본 고통스러운 장면들이 스쳐 지나간다. 보리얀은 점점 희미해지는 정신을 붙잡으려고 애쓰며 생각한다.

'그 세월 동안 이런 걸 견뎠다니⋯.'

밖은 아무 일도 없다는 듯이 고요하다. 비가 그친 후, 달무리가 가득 낀 달빛이 짙은 남색 하늘을 비춘다. 어두운색 망토를 입은 둥근 몸집의 사내와 그를 따르는 시종 하나가 성채의 망루에 서 있다. 그들은 주위를 살피며 안으로 몰래 들어간다. 탑의 입구에서 보초를 서고 있는 병사들이 그들을 막아 세우려 하자, 둥근 몸집의 사내가 망토의 모자를 들어 올리며 조용히 말한다.

"파견사 피트레온이다. 비밀 명령 이행 중이니 비켜라."

그가 파견사의 표식을 내어 보여주자 병사들이 예를 갖추며 얼른 길을 튼다. 피트레온은 주변을 살피며 숨죽여 성안으로 들어가고, 그의 시종은 종종걸음으로 그를 따른다. 시종은 요새의 감옥 탑 안으로 들어온 피트레온을 보고 걱정스러운 목소리로 묻는다.

"아이고, 훌라르 님께 들키면 어떻게 하려고 그러세요?"

"괜찮아. 그분은 지금 노예상 일 때문에 정신없으셔. 훌라르 님께서 하나 놓치신 부분이 있다면, 그건 바로 내가 목숨줄이 달린 일에는 부지런하다는 거지. 다른 때는 매사에 대충인 놈처럼 보이겠지만 말이야."

"저…. 피트레온 님은 보통 목숨줄이 달린 일도 귀찮아하시잖아요?"

피트레온은 시종을 잠시 쳐다보더니 맞는 말이라는 듯 고개를 끄덕인다.

"흠, 사실 그렇긴 하지. 그래서 내가 서쪽 요새를 싫어하는 거라고. 아주 귀찮거든. 근데 그 귀찮은 일이 대부분 바로 그 한 놈 때문에 이루어진단 말이야."

"그 한 놈이라니요?"

"있어, 말만 번지르르한 쥐새끼 같은 놈. 저번에 그놈한테 보고서를 받으러 여기 온 것 기억나지? 그걸 보니까 아무래도 바얀을 상대로 또 무슨 꿍꿍이속을 부리는 것 같던데, 자칫하면 나까지 곤란해지겠어. 그놈도 참 뭘 믿고 이렇게 설치는 건지 모르겠군. 게라트가 죽은 지 얼마나 됐다고."

시종이 아하, 하는 표정으로 고개를 끄덕이더니 조금 겁을 먹은 듯 감옥 안을 두리번거리며 묻는다.

"저기, 근데 그 애를 만나서 대체 뭘 하시려고요? 왜 직접 이런 데까지 오셔서…."

피트레온은 감옥의 빈방들과 반쯤 잠들어 있는 죄수들의 얼굴을 살피며 조용한 목소리로 대답한다.

"너도 훌라르 님이 어떤지 알잖아? 그 잘난 척하는 성격에 절대로 대화가 잘 될 리가 없지. 그때 보아하니 그 여자애도 보통이 아닌 것 같고. 그래서 일단 나라도 좀 그 앨 타일러 보려고 이러는 거야. 자기 하나 때문에 모든 사람이 카슈 밑으로 들어왔다는 걸 알려줘야지."

"아하, 그래서 이 밤중에 이런 음침한 곳을…."

시종이 고개를 끄덕이며 피트레온을 쳐다보자 그가 시종에게 씨익 웃어 보인다.

"머리가 있는 애라면 지금이라도 낙오하겠다고 하겠지, 안 그래? 자기만 이 생지옥에서 나오면 모든 난리가 끝나는 건데. 그럼 나는 다시 동쪽으로 가서 발 뻗고 있고, 나머지는 투르가 다시 와서 처리하면 돼."

시종은 고개를 끄덕끄덕하며 좋은 계획이라는 표정으로 피트레온을 바라본다. 피트레온은 사방을 살피며 중얼거린다.

"아, 근데 그 앨 어디 가둬둔 거야? 여기가 요새의 감옥이랬는데⋯."

그때 굵직한 목소리가 피트레온의 옆쪽에서 들려온다.

"피트레온 님?"

"으악, 깜짝이야!"

피트레온은 깜짝 놀란 나머지 시종과 함께 서로 부둥켜안는다. 그러다가 그는 쇠창살로 된 문 속에서 자신을 부르는 한 죄수를 본다. 횃불에 비치는 낯익은 얼굴에 피트레온은 눈을 몇 번 끔벅이며 그를 자세히 본다.

"어? 자네는 그 병사장 아닌가?"

"예. 지오투스입니다."

"여기서 뭐 하나?"

"보시다시피, 잡혀 들어왔습니다."

피트레온이 잠시 어리둥절한 표정으로 그를 바라보다가 혹시나 하며 묻는다.

"그 여자 병사 때문인 거야? 그런 거지?"

지오투스가 끄덕이자 피트레온이 고개를 내젓는다.

"에휴. 그러게 내가 뭐랬어, 꼭 낙오를 시키랬잖나!"

그러자 지오투스는 사방을 살피고 피트레온에게 넌지시 말한다.

"말씀드릴 것이 있습니다. 급한 겁니다."

피트레온은 지오투스에게 좀 더 가까이 다가간다. 지오투스는 '카슘'이라고 적힌 빵 조각을 내밀며, 피트레온에게 어제저녁과 오늘 아침에 일어난 일들을 간략히 이야기한다. 그의 말을 듣던 피트레온의 얼굴이 점점 굳어 간다.

"짝-"

바람을 가르는 채찍 소리를 마지막으로 지하 감옥에서는 잠시 고문 소리가 잠잠해진다. 고문관 사내는 열이 받은 목소리로 소리를 지른다.

"에이씨, 성질 한번 질기네! 죽어도 탈영을 계획했다고 못 하겠으면, 지금이라도 낙오를 하겠다고 말하라니까?"

보리얀은 피투성이가 된 얼굴로 그를 노려보며 고개를 젓는다. 그러자 사내는 씨근거리며 그녀의 상체를 덮고 있던 갑옷을 풀어서 던져버린다. 보리얀의 가슴을 덮고 있던 흰 천이 드러난다.

"이래도 입을 안 열어? 아버지가 책임 선장이라 뒤를 믿기라도 하나 본데, 상관없어. 더 높은 분 명령이 있었거든. 어때, 진짜로 한번 싹 다 벗겨 봐?"

그러자 보리얀이 피를 흘리는 입술로 무어라고 중얼거린다.

"뭐라고? 똑바로 말해라, 이 계집애야."

보리얀이 입에 고인 피를 퉤 뱉는다.

"다들 내가 여자인 게 약점이라고 생각하나 본데…. 그래, 벗겨보던지. 아주 가죽까지 싹 다 벗겨봐라. 네가 계집애라고 부르는 이 껍데기 밑에는 피가 줄줄 흐르는 살점이 있고, 그 아래는 시허연 뼈가 있겠지. 이딴 몸뚱어리를 네가 아무리 고문해 봤자 하나도 두렵지 않아."

"뭐야?"

보리얀은 분노 어린 목소리로 말한다.

"당신 하나도 안 무서워. 여기서 하도 건장한 사내들만 봐서 그런지, 딱 보아하니 별로 겁도 안 나."

"이…이 계집애가 진짜 미쳤나?"

"그냥 더 때리라고. 어차피 당신 그거밖에 못 하잖아. 안 그래?"

"으아아, 저게 진짜!"

사내는 채찍을 집어 던지고 실신 직전인 보리얀의 뺨을 후려친다. 보리얀은 눈이 반쯤 감겨서도 그를 노려본다. 그 모습에 섬뜩함까지 느낀 고문관은 한대 더 치려고 손을 들어 올리는데, 그녀는 그만 의식을 잃는다. 고문관은 때리려는 손을 멈추고 보리얀의 목에 손가락을 대어 맥박이 뛰는 것을 확인한다.

"씨이…. 살아는 있군."

그는 땀이 송골송골 맺힌 이마를 훔치며 숨을 몰아쉬고, 한동안 복잡한 눈빛으로 보리얀을 쳐다본다. 그리고 저 구석으로 향해 '온천물'이라고 적혀 있는 나무 물통을 들어 그녀에게 끼얹으며 툴툴거린다.

"규율상 죽이는 건 안 되지. 밤새 새살이 돋으면 내일은 송곳 채찍을 써야겠어."

그는 얼굴을 찡그리며 감옥의 문을 잠그고 걸어 나온다.

감옥이 있는 층에서 올라온 그는 잔뜩 찌푸린 얼굴로 자신의 입과 코를 가리고 있던 천 조각을 휙 잡아뺀다. 그리고 땅이 꺼져라 한숨을 내쉰다.

"에휴, 지긋지긋해…."

그는 지친 발걸음으로 터벅터벅 걸으며 지하 감옥에서 멀지 않은 자신의 숙소로 들어간다.

고문관의 숙소는 병사들의 숙소보다도 훨씬 비좁고 어둡다. 그러자 방을 함께 쓰는 다른 애송이 고문관들 두어 명이 궁금한 눈으로 묻는다.

"방장님, 이제 오시는군요. 어때요? 원하시던 대로 하루 만에 끝났습니까?"

그러자 보리얀을 고문했던 사내가 고개를 절레절레 흔든다.

"에잇. 그 계집애가 아주 지독해. 지금까지 입 꾹 다물고 있다가 완전히 삗었어. 어디 한번 밤새 그 끔찍한 시체들이랑 같이 붙여놓고 보자고. 어차피 그 방에 갇힌 놈들은 두 밤을 채 못 버티니까."

그는 벽에 붙어 있는 너덜거리는 종이 다발을 집어 든다. 그가 들고 있는 목록에는 이렇게 적혀 있다.

고문실 종류: 특수 고문실

고문 대상: 병사 보리얀

고문 이유: 탈영 미수 의심

〈고문 확인란〉

- 고문하기에 앞서 불안함을 조장하며 협박을 가했는가?

- 고문 도구를 보여주면서 공포심을 조장했는가?

- 적절한 때 알맞은 도구를 사용하여 고문했는가?

- 고문 대상의 상태를 봐가며 고문 수위를 조절했는가?

- 고문 대상의 자존감을 부수기 위해 수치심을 주었는가?

- 고문의 강도를 처음에 비교해서 알맞은 강도로 높였는가?
- 고문 대상에게 적절한 회유를 하며 대답을 유도하였는가?
- 고문 대상이 공포를 느낄 환경에서 혼자 생각할 시간을 주었는가?
- 고문 대상이 아직 말을 할 수 있는 상태로 살아 있는가?
- 모든 고문 방법을 동원해서 원하는 결과를 냈는가?

보리얀을 고문하던 방장이라는 사내는 목록을 보면서 잠시 생각에 잠긴다. 이어서 그는 맨 아래에 적힌 것만 남기고, 모두 찍찍 그어 지우고 한숨을 내쉰다. 그리고 수건 같은 낡은 천을 챙겨서 밖으로 향하며 말한다.

"휴우. 이런 짓거리도 언제까지 해야 할지…. 암튼 난 씻고 오겠다. 먼저들 자라."

그러자 그를 쳐다보던 애송이 고문관 하나가 이렇게 넌지시 묻는다.

"저, 근데 방장님, 정말 그 감옥에 시체들의 혼령들이 있을까요? 거기서 밤을 보낸 죄수들이 거의 반쯤 미쳐서 나간 게 그것 때문이라면서요?"

그 말을 듣고 옆에 있던 다른 고문관이 말한다.

"이봐, 그러니까 거기를 '삼 일 땡'이라고 부르잖아. 아무리 고집이 센 놈들도 그 방에서는 삼 일이면 끝나니까, 빨리 처리해야 할 자들만 잡아넣는 거지. 이상하게 밤만 지나면 다들 나가게 해 달라고 빌면서 술술 분다니까. 정 궁금하면 자네가 직접 확인해 볼래?"

"에이씨, 무슨 그런 소리를 해요?"

애송이 고문관이 겁먹은 얼굴로 정색하자 옆의 다른 고문관이 킥킥거린다. 그러자 방장 사내는 피곤하다는 듯이 낡은 수건을 들고 방을 나선다.

"그만들 떠들어라. 시끄럽다."

그렇게 얼마나 오랜 시간이 흘렀을까. 정신을 차린 보리얀은 주변을 둘러본다. 고문관이 없다. 보리얀은 피가 고여 비릿한 입술을 달싹이며 몸을 조금 움직여보려고 한다. 그러자 온몸 여기저기에서 고통이 몰려온다.

"으윽…."

보리얀은 신음하며 고개를 숙인다. 그녀를 묶고 있는 녹슨 쇠사슬이 철컹거리는 소리를 낸다.

'웝실론?'

보리얀은 마음속으로 웝실론을 불러보지만, 아직까지도 웝실론의 목소리는 들리지 않는다.

'설마… 아직도 잠들어 있는 건가?'

보리얀이 걱정스럽게 생각하는 그때, 생전 들어보지 못한 다른 목소리가 머릿속에 들려온다.

'죽어!'

보리얀은 그 소리에 다시 고개를 들어 지친 눈꺼풀을 뜨고 깜짝 놀란다. 바로 앞에서, 썩어가는 시체가 그녀를 노려보고 있다.

'저, 정신 차리자. 이건 환각일 거야. 시체들은 저 옆에 있잖아, 저기 벽에….'

보리얀은 고개를 돌리려고 하나 몸이 말을 듣지 않는다. 심지어 눈까지 감기지 않는다. 얼음물의 한복판에 있는 것처럼 몸이 부들부들 떨린다. 눈에서 구더기가 나오는 시체가 보리얀에게 얼굴을 들이민다.

'나는 여깄어. 항상 여기 있었어. 너도 여기서 죽어. 죽어야 해!'

그 목소리는 말이라기보다는 일종의 저주로 느껴진다. 보리얀은 허옇게 썩어들어가는 시체의 눈을 응시한다. 그리고 마음속으로 묻는다.

'죽…죽었다며. 왜 계속 여기 있는 거야?'

그러자 시체의 형상이 보리얀의 목을 움켜쥐고 고막을 찢을 것 같은 비명을 지른다.

'아무 데도 갈 수 없어…. 아무 데도 갈 수가 없다고! 너도 죽어야 해! 너도 우리랑 여기에 있어야 해!'

목이 막혀 숨도 쉴 수 없고, 입이 굳어 아무 말도 나오지 않는다. 그러나 시체의 눈을 똑바로 바라보자 이상하게도 마음이 담대해진다. 초점이 없는 그 흐릿한 눈을 들여다보며 그녀는 마음을 가다듬고 차분하게 묻는다.

'내가 죽었으면 좋겠니?'

그러자 시체에서 갑자기 여러 개의 거대한 팔과 다리가 우두둑거리며 나오더니 시커먼 그림자 같은 것이 보리얀의 주변을 감싼다. 시체의 혼령은 그 끔찍한 팔다리들로 보리얀의 몸을 옥죄어 오기 시작한다. 여러 군데에서 들리는 것 같은 괴상한 목소리가 귓가에 웅웅거린다.

'여기 있는 것들은 모두 괴로워야 해. 살아 있는 모든 건 죽어야 해.'

보리얀은 천천히 숨을 내쉰다. 그리고 동물들과 소통했던 것을 떠올리며, 자신의 몸을 감싼 혼령의 눈을 피하지 않고 그 속을 들여다본다. 곧 사무치는 울림이 가슴을 메우기 시작한다. 혼령이 지닌 처절한 억울함과 서글픔이 뒤섞인 눈물이 그녀의 두 눈에도 차오른다.

보리얀은 조심스럽게 그 혼령의 감정을 읽으며 살아생전 그가 어떤 모습이었는지를 찾아간다. 그러자 보리얀의 눈이 혼령의 눈처럼 하얗게 바뀌는 대신, 혼령의 눈이 그녀의 눈처럼 점점 검게 바뀌어 간다. 보리얀은 혼령이 기억하는 모습을 보며 생각한다.

'넌 어렸을 때 참 귀여운 남자아이였구나. 나처럼 루에린이었네. 나이가 들자 노예였던 네 어머니와 헤어져서 이 요새로 팔려 왔고, 예비 병사가 되었지. 가난하고, 힘도 없던 너를 같은 부대에 있던 사람들이 극심히 괴롭혔어. 그 세월 동안 얼마나 힘들었을까…'

보리얀은 점점 혼령의 얼굴에 가까이 다가가서 깊이 묻힌 감정과 기억들을 읽어간다. 그녀의 얼굴이 안타까움으로 일그러진다.

'아무도 네가 죽은 것을 신경 쓰지 않고, 시신을 찾으러 오지도 않았구나. 그리고 심지어 고문관들은 너를 이 방으로 옮겨왔던 거야. 다른 이들에게 공포를 주는 전시품으로…'

보리얀은 자신의 눈동자와 같은 색깔로 변한 그 혼령의 눈을 지그시 바라본다. 그리고 애환이 서린 혼령이 그 하나만 있는 것이 아님을 깨닫는다. 시체의 모습을 한 그 혼령 뒤에는, 다른 끔찍한 모습을 한 혼령들도 일제히 보리얀을 쳐다보고 있었던 것이다.

보리얀은 그들 하나하나와 눈을 마주치고 진심을 담아 입을 달싹여보려고 한다. 그러자 입술이 움직인다. 그녀는 흐르는 눈물을 사이로 입을 떼고 드디어 목소리를 낸다.

"나는 다 느낄 수 있어. 죽어서도 이런 곳에 남게 될 때까지 너무도 힘들었겠구나. 만약 내가 여기서 나갈 수 있다면, 절대로 너희를 이곳에 내버려 두지 않을 거야."

보리얀의 마음이 전해지는지, 신기하게도 그녀를 옥죄고 있던 팔다리와 그림자들이 점점 사그라든다. 몸을 움직일 수 있게 된 보리얀은 상처투성이가 된 손을 천천히 내민다. 그녀의 작은 손이 구더기가 들끓으며 썩어들어가는 혼령의 얼굴을 부드럽게 어루만지자, 꿈틀거리던 벌레들이 마치 죽은 자를 위로하듯 몸을 웅크리고 시체 속으로 들어간다. 따뜻한 어머니의 손길처럼 다가오는 느낌에 혼령의 위협적이던 태도가 점점 누그러진다. 혼령은 한동안 보리얀을 쳐다보더니, 그녀에게서 어떤 그리운 존재를 느낀 것처럼 이내 환희에 잠긴 표정으로 읊조린다.

'어…. 엄마다.'

곧이어 흉측스러운 시체의 형상을 했던 혼령의 모습이 점점 작아지며 깡마른 루에린 소년으로 변한다. 보리얀의 도움으로 되찾은 기억 속에 있던 본연의 모습으로 돌아간 것이다. 보리얀은 이내 팔을 벌려 자신을 둘러싼 혼령들을 모두 안아준다. 말로는 전할 수 없는 위안과 따뜻함이 그들에게 닿으며, 시커먼 그림자 같았던 혼령들이 하나둘씩 밝은 빛으로 차오른다. 끔찍했던 혼령들의 모습은 각자 다 다른 특성을 가진 사람의 형상으로 변하기 시작한다. 진흙탕 바닥 위에서 서로 부둥켜안고 있는 그들은 마치 켜켜이 쌓인 밝은 꽃잎들 같다. 그 중심에 서 있는 보리얀은 자신의 몸이 점점 편해지는 것을 느낀다. 그리고 자기도 모르는 사이 깊은 잠에 빠져든다.

한편, 요새의 꼭대기에서는 지오투스 앞에 쭈그리고 앉아 있던 피트레온이 천천히 무릎을 펴며 일어선다.

"아이고 다리야. 그러니까 그 보리얀이라는 여자 병사는 지금 지하 감옥에서 고문을 당하고 있겠다, 이 소리군. 카슘이 완전히 잘못 짚었구먼. 가만, 그럼 이거 잘하면 그놈을…."

피트레온은 눈이 반짝이며 생각한다.

'가만있어 보자. 그럼 그 여자애가 그 감옥에서 조금만 버텨준다면 훌라르
님의 분노가 극대화될 수 있겠군. 좋았어. 오늘 거긴 가지 않도록 해야겠다.'

무언가 골똘히 생각하는 피트레온을 바라보며 지오투스가 말한다.

"피트레온 님, 믿고 부탁드릴 일이 있습니다."

"뭔데 그런가?"

"조금 있으면 정찰 특수병대가 꾸려질 것입니다. 그럼 이번 정찰 때, 제가
가장 힘든 배에 탈 수 있도록 도와주십시오."

"왜?"

"아마 이 일로 저는 카슘 관리 장교님 눈 밖에 났을 겁니다. 그래도 만약 어
려운 정찰에서 살아 돌아온다면, 현재 직위 정도는 지킬 수 있습니다. 설령
정찰에서 죽더라도 이렇게 감옥에 계속 있는 것보다는 낫겠지요."

"그럼 자네 대신 병사장 자리는 누가 맡는단 말이야?"

"제가 추천하는 이를 앉혀주십시오."

"뭐? 내가 왜 그런 골치 아픈 짓을 해야 하는 건데, 응?"

"윗분들이 가만히 앉아서 자기 살길만을 궁리할 때, 누군가는 괴물을 죽일
병사들을 키워야 하니까요."

"……."

피트레온은 잠시 찔리는 표정으로 지오투스의 얼굴을 바라보다가 결국 졌
다는 듯이 입을 연다.

"에이, 진짜. 자네가 추천한다는 병사가 누군데?"

그러자 지오투스가 그에게 누군가의 이름을 속삭인다.

그날 새벽, 보리얀은 자신을 부르는 윕실론의 목소리에 다시 정신을 차린다.

'자기? 보리얀 자기야?'

'으응, 윕실론, 깨어난 거야?'

윕실론은 보리얀이 샤테이드의 마취침을 맞았을 때, 급한 마음에 서둘러서 그 독을 몽땅 빨아들이다가 지금에서야 깨어났다고 말한다. 윕실론은 속상하다는 듯이 징징댄다.

'미안해, 자기야. 윕실론은 죽지 않지만 기절은 하거든. 아니, 그런데 도대체 어떤 몰지각한 에린의 후손이 우리 자기를 이 모양으로 만들어 놓은 거야? 이런 천하에 몹쓸 투케삐쩨르 같은 놈들….'

윕실론은 '투케삐쩨르'가 얼마나 끔찍한 심해 생물인지를 늘어놓으며 길길이 날뛴다.

'근데 자기야, 왜 동물들은 안 부른 거야? 자기를 때린 놈한테 독전갈이라도 확 풀어놓지!'

'사실 맞을 때마다 그 생각을 했어. 하지만 그렇게 해선 여기서 나갈 수가 없잖아. 내가 자칫 마녀로 몰리기라도 하면 상황은 더 나빠질 게 뻔하니까. 그러니 일단 끝까지 버티는 수밖에….'

그것을 들은 윕실론은 씩씩거리며 몇 마디를 더 하다가 보리얀을 살펴보며 묻는다.

'에휴우…. 근데 우리 자기는 어떻게 이렇게 차분하지, 응?'

보리얀은 잠시 생각에 잠기더니 천천히 대답한다.

'혼령들의 얘기를 듣고 많은 생각이 들었어. 내가 이 요새에서 지금껏 화만 내고 있었다는 걸 알게 됐거든. 내가 겪는 일들에만 열중한 나머지 다른 것들을 볼 수 없었던 거야. 그런데 이제 비로소 보게 된 것 같아.'

'뭐를 말이야?'

'이 세상을. 내가 알던 것보다 더 많은 슬픔과 고통으로 가득한…'

보리얀이 옆에 매달려 있는 시체들을 물끄러미 바라보며 생각으로 말을 잇는다.

'그래서 이젠 더 이상 화가 나지 않아.'

다음날, 고문관 사내는 감옥으로 들어오며 흠칫 놀란다. 보리얀의 표정이 평온해 보이기 때문이다. 고문관은 당황한 기색으로 이런저런 말을 하며 다시 그녀를 협박하고 회유하기 시작하지만, 그녀는 아무 말을 하지 않는다. 이어서 첫날보다도 모진 고문이 시작된다. 하지만 보리얀의 눈에서는 그 어떠한 분노나 공포를 찾아볼 수 없다. 그녀는 마치 고문관을 관찰하듯 그를 가만히 지켜볼 뿐이다.

밤이 되자 영혼들이 다시 보리얀을 찾아온다. 그들의 모습은 전날과 많이 달라져 있다. 이제 이 감옥을 떠나겠다는 이들도 있고, 떠나고는 싶으나 아직 어떻게 떠날 수 있는지 모르겠다는 이들도 있다. 보리얀은 그들의 이야기를 들어주며 죽음이 모든 것의 끝이 아니라는 것을 점점 깨닫는다. 웝실론은 그것을 이미 알고 있었는지 영혼들을 두려워하지 않는다. 대신 밤이 깊어지자 이제 수다를 그만 떨고 보리얀을 놔두라며 그들을 타이른다.

영혼들도 잠잠해진 이른 새벽, 밤을 새운 보리얀은 자신이 살아온 세상에 대한 부분들을 짚어보며 깊은 생각에 잠긴다. 그녀의 생각은 곧 다시 보게 될 고문관에서부터 시작해서 이 사건의 배후에 있을 사람들, 그 사람들을 품고 있는 자라트라 요새, 요새가 자리하고 있는 아누다르가야, 이 거대한 섬의 역사를 담고 있는 비밀의 책, 그리고 아직까지도 비밀에 싸인 그 나머지 내용에까지 닿는다. 안타깝게도 이런 상황 속에서는 진실에 가까이 간다는 것조차 불가능해 보인다. 하지만 그녀는 쇠사슬에 묶인 손에 천천히 주먹을 쥐어보며 생각한다.

'지금은 바르벨루스에서 너무 멀리 있지만, 이상하게도 그런 느낌이 들어. 언젠가 난 반드시 진실을 알게 될 거야.'

고문이 계속된다.

다음 날도, 그다음 날도 보리얀의 입에서는 아무 말도 나오지 않는다. 하지만 그녀의 몸은 점점 고문을 견디기 힘든 정도로 상해간다. 도저히 안 되겠다고 생각한 고문관은 지쳤는지, 바닥에 나무 물통을 뒤집어 놓고 앉아서 이마를 훔치며 한숨을 내쉰다. 한동안 감옥 안에는 정적이 흐른다. 그런데 지금껏 며칠간 아무 말도 하지 않던 보리얀이 가까스로 입을 떼고 작은 목소리로 말한다.

"미안해요."

그러자 사내는 흠칫 놀란 눈으로 무슨 소리냐는 듯 그녀를 올려다본다. 보리얀은 피범벅이 된 눈꺼풀을 들어 그를 바라본다.

"내가 거짓 자백을 해야 당신도 좀 편할 텐데…. 안타깝게도 그럴 수가 없어요."

"무슨 개수작이야?"

사내가 거칠게 묻자 보리얀은 진지하게 그의 두 눈을 마주 본다. 무섭게 치뜬 사내의 눈동자에는 불안함이 서려 있다. 보리얀은 입을 달싹이며 천천히 말한다.

"솔직하게 말하자면, 당신을 많이 미워했어요. 그런데 곰곰이 생각해 보니 그럴 이유가 없더라고요. 당신은 이미 여기 없으니까."

"뭐야?"

"저기, 저 친구들처럼."

보리얀은 힘겹게 손가락을 펴서 벽에 걸린 시체들을 가리킨다. 사내는 그것을 보며 섬뜩함을 느낀다. 보리얀은 차분한 목소리로 말을 잇는다.

"밤새 그런 생각이 들었어요. 우린 모두 이 요새에 갇혀 있는데 따지고 보면 당신이 이 감옥의 최장기 죄수가 아닐까…. 이 요새는 이미 당신의 삶과 영혼을 빼앗아 버렸고, 도구로 삼아서 감옥의 바닥에 던져 넣었잖아요."

"……."

사내는 아무 말 없이 숨을 몰아쉬며 시체들을 쳐다본다. 그가 숨을 쉴 때마다 코와 입을 덮고 있는 낡은 헝겊 조각이 그를 옥죄이듯 찰싹거리며 달라붙는다. 결국 답답함을 견딜 수 없는지, 그는 얼굴을 가리고 있던 헝겊을 벗어 던진다. 그러자 처음으로 보리얀의 두 눈에는 그의 얼굴 전체의 모습이 들어온다. 그것은 특별하게 사납지도 포악하지도 않은, 그저 지쳐 보이는 평범한 사내의 얼굴일 뿐이다.

"이곳에서 얼마나 일했어요?"

"…칠 년."

"오래 참으셨군요."

보리얀은 사내의 흔들리는 눈동자를 바라본다. 비록 피투성이가 되었을지언정, 그녀의 눈빛은 맑고 고요하다. 사내는 아무 말도 하지 못하고 그 자리에 우두커니 서 있다. 그를 바라보던 보리얀이 부드럽게 말한다.

"그럼 이제 다시 당신의 일을 하세요. 나는 내가 해야 할 일을 계속할게요."

"네가 할 일?"

"모진 고문에도 끝까지 내 영혼과 사랑하는 사람들을 지켜야죠."

보리얀이 엷게 미소 지으면서 말한다.

"진흙 속에서 피는 연꽃처럼."

그녀는 고문을 받는 내내 생각에서 놓지 않았던 글귀를 떠올린다. 일렁이는 촛불 사이로 비쳤던, 병사장실의 현판에 새겨진 그 문장이 머릿속에 선명하다.

'진흙 속에서 피는 연꽃처럼.'

한편, 지하 감옥의 입구 계단의 어둠 속에서는 누군가 비밀스럽게 그 광경을 지켜보고 있다. 긴 망토의 모자를 깊이 눌러 쓴 그의 뒤에는 피트레온이 서 있다. 피트레온은 보리얀의 모습이 보기 힘들다는 듯 얼굴을 찡그린다.

앞에 서 있는 키가 훤칠한 사내는 한동안 알 수 없는 표정으로 서 있더니, 이내 소리 없이 발걸음을 옮긴다. 그는 분노가 가득 담긴 짙은 자주색 눈동자를 번뜩이며 피트레온에게 말한다.

"카슘에게 가지."

— 6장 —

﹛ 되살아난 불꽃은 타오르고 ﹜

아마도 꿈속인지, 보리얀은 시간조차 가늠할 수 없는 밝은 공간에 서 있다.

깡마른 루에린 소년의 모습을 한 혼령이 그녀에게 다가오며 말한다.

"너도 거길 떠났으니, 나도 이제 여길 떠날 거야."

"그렇구나. 넌 이제 어디로 갈 건데?"

"가고 싶은 곳이면 어디든지."

소년의 혼령은 활짝 웃더니 보리얀이 차고 있는 가죽 주머니 목걸이를 가리킨다.

"이거 신기한 물건이다. 잘 간직하고 있어."

"그럴게. 네가 자유로워졌다니 기뻐. 잘 가."

소년의 혼령이 그녀에게서 점점 멀어지며 말한다.

"이제 눈을 떠 봐. 누가 널 기다리고 있어."

보리얀의 눈꺼풀이 서서히 열린다. 밝은 햇빛이 쏟아져 들어오며 그녀의 짙은 흑갈색 눈동자가 초점을 되찾는다. 태양이 환하게 비추어 드는 것을 보니 한낮인 것 같다. 보리얀의 온몸은 흰 천들로 칭칭 감겨 있다. 고개를 천천히 돌리자 피 묻은 수건들이 주변에 널려 있는 게 눈에 들어온다. 큰 물동이에는 젖은 천들이 걸려 있다.

"으윽…."

정신이 들면서 통증이 밀려오는 한편, 보리얀의 마음속에서 윕실론의 목소리가 들려온다.

'오오, 보리얀 자기야, 정신이 들었구나?'

'응, 윕실론….'

보리얀은 조금 더 고개를 들어 자신이 어디에 있는지를 본다. 햇빛이 밝은 것으로 보아 절대로 지하 감옥은 아닌 것 같다. 비어 있는 다른 침대들, 이 층으로 된 방의 구조, 계단 벽에 걸려 있는 현판… 이곳은 병사장실이다.

그때 누군가 보리얀 쪽으로 저벅저벅 걸어온다.

"어? 드디어 깨어났군!"

한쪽 눈을 가리고 있는 검은 머리 사내가 얼굴을 쑥 들이민다.

"사타니크?"

보리얀이 사타니크의 활짝 웃는 얼굴을 쳐다보며 몸을 일으키려고 하자, 그는 손을 내젓는다.

"워, 워. 아직 더 누워 있어. 온천물을 적신 천을 붙여놓아서 겉은 얼추 아물었을 거야. 그런데 워낙 내상이 심해서 아직 움직이지 않는 게 좋아."

"어떻게…. 어떻게 네가 여기 있는 거야?"

보리얀의 어리둥절한 표정에 사타니크는 일어서서 자신의 새 갑옷을 보여준다.

"보다시피, 내가 우리 부대 병사장이 되었거든."

"뭐라고?"

보리얀은 믿기지 않는다는 얼굴로 사타니크를 바라본다. 사타니크는 씩 웃고 다시 그녀의 앞에 앉는다.

"지오투스 병사장님이 남쪽으로 가는 정찰 특수병대에 합류하셨어. 그러면서 아마 나를 대리 병사장으로 추천하신 것 같더군. 그렇지 않고서야 내가 이 자리에 있을 리가 없지 않겠어? 지금 점심시간이라, 잠깐 시간이 있는 틈에 네 상태를 좀 살피러 온 거다."

"특수병대? 그럼 벌써 모두 정찰 지역으로 떠난 거야?"

사타니크는 잠시 딱한 표정을 짓더니 고개를 끄덕인다.

"네가 고문당하고 여기 누워 있었던 시간까지, 벌써 일주일이 넘었다."

보리얀은 맥이 풀려서 두 눈을 감는다. 이어서 사타니크는 지오투스 병사장이 아니었다면 자신이 특수병대에 합류해서 갈 뻔했다고 말하며, 보리얀의 표정을 살피더니 루딘에 대해서도 입을 연다.

"네 애인 말이다…."

사타니크는 루딘이 스루딘의 배에 타게 된 것을 전한다. 루딘은 보리얀을 걱정하며 끝까지 떠나려 하지 않았지만, 결국 명령을 따라 승선할 수밖에 없었다고 한다.

차분히 듣던 보리얀은 고개를 끄덕이며 중얼거린다.

"다행이네."

담담하게 말을 하지만 그녀의 두 눈에는 눈물방울이 맺힌다. 그것을 지켜보던 사타니크는 옆에 있는 천 조각으로 보리얀의 눈가를 닦아준다.

"상처에 눈물 닿으면 쓰라려. 울지 마라."

보리얀은 천천히 고개를 돌려 그를 바라본다.

"그런데…. 지금까지 날 간호한 게 너라고?"

"하하 그래, 내가 널 살렸다. 대리 병사장으로 승급하자마자 처음으로 맡은 임무가 네 간호라니. 난 여태껏 몰랐는데, 여기 규율상 병사장이 자기 부대의 중상자들을 직접 치료해야 한다더군."

보리얀은 그 말을 듣고 자기 몸에 정성껏 감겨 있는 천들을 살펴본다. 한눈에 보더라도, 그가 단순히 주어진 일 이상으로 그녀를 간호해 주었다는 것을 알 수 있다. 보리얀이 감동한 듯한 표정을 짓자 사타니크는 괜히 뻐근하다는 듯이 한쪽 어깨를 돌리며 말을 잇는다.

"말도 마라. 밤마다 여기서부터 청결실까지 널 들고 간 다음 온천물에 담가놓고, 새벽 일찍 널 다시 데려와서 여기 눕혀놓고…. 시간 날 때마다 정신이 들었나 확인하면서 이렇게 온천수 적신 천으로 감싸 매고, 갈아 주고. 어휴, 여기저기 쑤시고 난리다, 아주."

보리얀은 중얼거리는 사타니크를 보고 엷은 미소를 짓는다.

"고마워."

사타니크는 멋쩍어하며 고개를 돌리고, 보리얀은 그런 그를 가만히 바라본다. 잠시 둘 사이에 침묵이 흐른다.

따뜻한 눈길로 사타니크를 바라보던 보리얀이 묻는다.

"너, 그때 참 많이 아팠지?"

사타니크는 무슨 말이냐는 듯 보리얀을 돌아본다.

"채찍 고문…. 진짜 고통스럽던데, 대단하다. 난 그렇게 견디지는 못했을 거야."

보리얀의 말에 놀란 표정의 사타니크가 그걸 어떻게 아느냐는 듯 눈을 껌벅이자, 그녀는 눈짓으로 그의 등을 가리키며 말한다.

"네 등의 자국."

"……."

사타니크는 한동안 아무 말도 하지 않더니, 조금 어색하게 보리얀의 눈을 피하며 작은 소리로 중얼거린다.

"아니, 이 엉큼한 계집애가 내 등짝은 또 언제 봐가지고…"

그러자 보리얀은 피식 웃는다.

"글쎄, 아마 네가 내 가슴 훔쳐본 만큼은 봤을걸."

"뭐, 뭐야?"

사타니크가 화악 붉어진 얼굴로 다시 보리얀을 쳐다보자 그녀가 빙그레 웃는다.

"승급 축하한다고. 기꺼이 우리 부대 병사장님으로 인정해 주지."

"하여튼, 입만 살아가지고…. 죽다 살아나니까 아주 무서운 게 없지, 응? 병사장한테도 말끝마다 반말이고 말이야."

"그래? 그럼 이제부터 형이라고 부를까?"

"……?"

그 말에 사타니크는 흠칫 놀란 얼굴로 보리얀을 쳐다본다. 보리얀은 사타니크에게 그 단어가 어떤 의미인지 알고 있었지만 태연하게 덧붙인다.

"왜, 병사장을 형님으로 두면 나야 좋지. 걱정 마. 공적인 자리에선 꼭 병사장님이라고 부를 테니까."

"······."

보리얀을 쳐다보는 사타니크의 눈동자가 흔들린다. 사타니크는 그녀의 눈빛이 사뭇 달라져 있음을 느낀다. 예전 첫 대결 때 보았던 격렬한 분노 대신, 그보다도 강한 고요함이 자리 잡고 있다. 평온함이 흐르는 보리얀의 눈동자 속에서 가슴 깊숙한 곳을 울리는 힘이 느껴진다. 그렇게 가만히 그녀를 마주 보던 사타니크가 거의 혼잣말처럼 작은 소리로 말한다.

"그럼 어디 한번 불러나 보던지."

보리얀은 온화한 미소를 짓고 다정한 목소리로 말한다.

"고마워, 사타니크 형."

따뜻한 오후의 햇살이 사타니크와 보리얀이 있는 병사장실의 풍경을 비춘다. 항상 어두운 밤에만 취침실로 들어왔기에, 동굴에서는 처음 느껴보는 밝음과 아늑함이 그들을 감싼다. 두 사람은 한동안 웃으며 서로를 마주 본다. 마치 이제서야 서로의 진실한 모습을 제대로 본다는 듯이.

한편 바르벨루스에 있는 한 대저택에서는 훌라르가 고급 실내복 차림으로 창가에 기대어 앉아 있다. 앞에 있는 고풍스러운 탁자에는 과일 바구니가 있고, 각종 과일 위에 헤사티오 열매 하나가 놓여 있다. 훌라르는 그것을 쳐다보며 무엇인가를 곰곰이 생각하고 있는 눈치다. 검붉은 마그마 같은 그의 두 눈동자가 빛난다.

잠시 후 그는 조금 떨어진 곳에서 걱정스럽게 자신을 쳐다보는 하인을 부른다.

"세네칼 선생, 잠시 이리 좀 와보시겠소."

문 앞에서 훌라르를 지켜보고 있던 나이 지긋한 시종 하나가 다가오며 주변을 살피고서는 작은 소리로 말한다.

"아이고, 훌라르 님. 댁에서만이라도 제발 존대하지 마시라니까요. 다른 하인들이 듣겠습니다."

"선생을 어떻게 부르던 내 마음 아니겠소. 신경 쓰지 마시오."

"에휴. 누가 말리겠습니까. 그런데…. 그자를 어떻게 할지 정하신 겁니까?"

훌라르는 천천히 고개를 끄덕인다.

"여러 생각이 들었소. 그런데 아무리 생각해 봐도 결론은 하나였지. 지금이 기회요. 더 늦기 전에 없애야겠소."

그러자 세네칼은 예상했다는 듯 두 눈을 감고 깊은 한숨을 내쉰다.

"저는 오래 전서부터 훌라르 님을 봐왔습니다. 그런데 이렇게 장성하셨어도, 어릴 때 제가 돌보았던 그 꼬마의 모습이 아직도 느껴지네요. 특히 화가 나 있는 모습이 똑같거든요."

훌라르는 세네칼을 바라보며 미소를 짓고는 고개를 끄덕인다.

"그래…. 안타깝게도 내 마음은 별로 자라지를 못했지. 그런데 이건 단순히 화가 나서가 아니오. 물론 그놈의 아버지가 틀림없이 보복하려 할 테니, 당연히 타격에는 대비해야 할 거요. 하지만 그놈이 사라져야 한다는 판단을 내린 데에는 크게 두 가지 이유가 있소."

훌라르는 자리에서 일어서서 창밖을 바라보며 말을 잇는다.

"첫째, 드디어 내 계획을 실현시킬 기회가 왔기 때문이오. 지금껏 카숌의 심기를 거스른 자, 특히 수준급의 인재들은 다들 죽어 나갔지. 그 쥐새끼 같은 놈은 잘난 사람들만 보면 그냥 눈이 뒤집히거든. 아직 투르나 피트레온은 모르고 있었겠지만 사실 난 조용히 그를 갈아치울 기회를 보고 있었소. 이제 그자가 도를 넘는 실수를 했으니 행동을 취해야지.”

“그 작자가 볼썽사납다는 것은 모두가 다 압니다만, 어떻게 몰아내시게요? 그자의 아버지가 지금껏 그를 요새에 앉혀놓은 것 아닙니까?”

“물론 어려운 일이오. 하지만 아무리 대단하고 비밀스러운 아버지의 뒷배가 있더라도 자라트라 요새의 군법을 이기지는 못하지. 이번에 새로운 책임 선장들을 카슘 밑으로 배정하면서, 분명 바얀이 위험해질 것이라는 예상은 했소. 카슘은 루에린을 혐오하니까. 하지만 일단 스루딘이 카슘의 표적이 되지 않도록 하는 게 중요했기에 그런 결정을 한 것이었소.”

세네칼은 훌라르의 계획이 무엇인지 아직 완전히 눈치채지는 못한 표정이다. 훌라르는 그를 지그시 바라보며 말을 잇는다.

“카슘이 바얀에게 도를 넘는 행동을 하려고 할 때 덜미를 잡고, 게라트의 일까지 함께 물어서 징계할 계획이었던 거요. 스루딘을 관리 장교로 대신 앉힐 생각이었기 때문이오.”

“스루딘이라…. 왜 바얀이 아니라 스루딘입니까?”

“루에린 바얀이 그 자리에 오른다면 그를 가만히 내버려 둘 사람이 몇이나 있겠소? 지금껏 관찰한 바를 따라 생각해 보았을 때, 스루딘은 에실린이고 영민한 데다 융통성도 있으니 관리 장교로서 더 적합하다고 판단했소.”

“그럼 바얀은 계속 책임 선장의 자리에 두려고 하신 것이었군요? 스루딘의 보호 아래 안전하게….”

훌라르는 천천히 고개를 끄덕인다.

"보리얀이 낙오만 한다면, 바얀 일가에게는 요새를 벗어난 안전한 터전을 마련해 주려고 했소. 불명예는 견뎌야 하겠지만, 그것이 사람들의 시선에서 자유로울 수 있는 방법일 테니까. 그래서 일찍이 샬리타도 설득하기 위해 그 감독관 여자까지 활용했건만 일이 전혀 예상을 벗어났소. 그 새 카슘이 보리 얀을 그렇게 만들었을 줄은…."

분노가 치밀어 오르는지, 창틀을 잡은 훌라르의 두 손이 부들거린다. 세네 칼은 차분한 목소리로 묻는다.

"그래서 원하시던 덜미는 잡으셨습니까?"

훌라르는 그 말에 한쪽 입꼬리를 조금 올린다. 그리고 탁자 위에 있는 서류 중 민간인 처소의 감독관이 보낸 서신을 들어 보이며 말한다.

"카슘의 공모자에게 협박을 좀 해서, 그가 불명예스러운 짓을 하려 했다는 증거를 입수했소. 그리고 피트레온이 카슘의 시종도 증인으로 확보해 놓은 상태요."

세네칼은 훌라르가 들고 있는 종이를 면밀히 살핀다. 카슘이 거짓 탈영을 꾸며 보리얀과 바얀, 투르까지 모함하려 한 점, 그리고 계획이 틀어지자 보리 얀을 납치하려고 한 것 등까지 비밀리에 내린 명령이 적혀 있고, 자신은 카슘 의 뜻을 따를 수밖에 없었다며 선처를 호소하는 내용이 담겨있다. 훌라르는 종이를 다시 내려놓고 한숨을 쉬며 말한다.

"이 증거를 입수하자마자 카슘을 감옥에 넣어 놨으니, 그놈이 또 무슨 수작 을 부리기 전에 바로 처리하는 것이 좋겠소. 두 책임 선장이 정찰에서 돌아왔 을 때 카슘이 계속 상관으로 있다면 위험해질 것이 뻔하니까."

"스루딘도 정찰을 나갔다고 하지 않으셨습니까? 그럼 당분간 관리 장교의 자리가 공석이 될 텐데….”

"다행히 그는 상선들을 지키러 갔다니 좀 안전할 거요. 물론 이 요새에 들어온 지 얼마 안 된 스루딘이 승급하기에는 아직 이르지. 하지만 잘만 돌아온다면 이것저것 공을 붙여서 관리 장교의 자리에 앉힐 명분을 만들 수 있을 것이오. 그전까지는 투르에게 빈자리를 봐 달라고 부탁할 생각이고.”

"알겠습니다. 그럼 카슘의 밑으로 바얀과 스루딘을 집어넣으신 게, 그저 보리얀 때문만은 아니었던 거군요. 그래서 피트레온과 투르도 모르게 이 일을 진행하셨던 겁니까?”

훌라르는 미소를 짓고 세네칼만이 들을 수 있는 목소리로 조용히 말한다.

"피트레온과 투르는 내가 아는 것을 모르잖소. 그러니까 카슘을 두려워할 필요 없이 싫어하기만 하면 되니까 차라리 마음이 편하겠지. 나는 그자가 제카르슘이 숨겨놓은 자식이라는 걸 알기에 목을 내놓고 살고 있으니….”

그 말에 세네칼은 천천히 고개를 끄덕인다. 그리고 서글픈 목소리로 중얼거린다.

"아누다르가야는 더 이상 신성한 땅이 아닙니다. 그저 타락의 땅일 뿐이지요. 자칭 신성한 자들로 불리는 최고 권력자인 무니안들을 보십시오. 임명을 받을 때 사적인 가족을 꾸리지 않기로 서약을 하고 들어오지만, 그것을 지키는 이들이 과연 몇이나 있겠습니까?”

"그들이 조용하나 있으면 말도 안 하겠소. 자신들의 죄를 덮기 위해 가만히 있는 다른 사람들에게 누명을 씌워 죽이고 다니니 문제지.”

고개를 끄덕이는 세네칼의 이마에 깊은 주름이 잡힌다.

"훌라르 님의 심정은 충분히 이해합니다. 제카르슘이 예전에 이 집안에 한 짓을 생각하면…. 하지만 그는 여전히 무니안입니다. 정말, 괜찮으시겠습니까?"

"해보기로 마음먹었소. 내 두 번째 이유 때문에."

훌라르는 잠시 자신이 서 있는 방을 둘러본다. 그리고 담담한 목소리로 말을 잇는다.

"이 집에서 모두가 죽고 혼자가 된 후, 난 지금껏 조용히 사는 법을 배웠소. 선생께서 가르쳐 주신 대로 잘 살아왔지. 그런데 고문을 당해 피떡이 된 그 애를 보았던 그때, 마치 정신이 다시 드는 것 같았단 말이오."

세네칼은 묵묵히 훌라르를 쳐다볼 뿐 아무 말도 하지 않는다. 훌라르는 그때 보았던 보리얀의 모습을 떠올린다.

"그 애가 차분한 얼굴로 고문관에게 그러더군. '이제 다시 당신의 일을 하세요. 나는 내가 해야 할 일을 계속할게요.' 그 목소리가 어찌나 평화롭고 온화하던지 소름이 끼칠 정도였지. 한 대 세게 얻어맞은 것 같은 느낌에, 순간 이런 생각이 들었다오. 그래. 이제부터 나도 내 일을 해야겠구나…."

세네칼은 고개를 숙이며 살짝 미소 짓는다.

"훌라르 님께서는 예전부터 그러셨죠. 겉보기에는 도도하고 차가우실지 몰라도, 의미 있는 것들을 지키는 데에는 불꽃과도 같은 열의가 있으셨어요. 그런 훌라르 님을 제자로 맞이할 수 있어서 참 행운이었습니다. 억울하게 누명을 쓰고서 노예로 팔려 갈 뻔한 저를 이렇게 거두어 주셨으니까요."

"하하, 불꽃 같은 열의가 있는 것은 선생도 마찬가지 아니시오? 그러니까 슈라문들의 눈 밖에 날 만한 것들도 거리낌 없이 가르치는 바람에 그 봉변을 당하셨지. 그렇지 않았다면 선생도 그저 수행자들의 도시에서 온 박학다식한 사람으로 평범하게 사셨을 것 아니겠소. 하여튼, 위험한 일을 사서 하는 건 선생이 먼저 알려주신 거요. 그다음에야 나더러 자기처럼 되지 말라고 누누이 당부하셨지만."

"허허허. 맞습니다. 그러고 보니 제자나 스승이나 서로 뭐라 할 게 없군요."

미소를 짓던 세네칼이 다시 훌라르의 얼굴을 살핀다.

"그런데 훌라르 님께서 그렇게 그 보리얀이라는 애의 태도에 동요되신 것을 보면, 그 애가 꽤 대단한가 봅니다?"

훌라르는 빙긋 미소 짓는다.

"처음 볼 때부터 그 앤 기대 이상이었소. 신기하게도 난 보자마자 알 수 있었거든. 그 눈빛, 말투, 몸짓. 그 애는 내가 될 수 없었던 모든 것이었으니까."

"예? 무슨 말씀이신지요?"

매끈한 사내의 모습을 한 훌라르의 얼굴에 마치 짓궂은 소년과 같은 표정이 떠오른다.

"사실 그 애를 조금 괴롭혀주고 싶었거든. 많이는 아니고, 아주 조금만. 그저 세상이 녹록지 않다는 걸 좀 알려주고 싶었을 뿐이오. 그 애는 마치 모든 것을 잃기 전, 콧대가 높았던 나를 보는 것 같았으니까. 하지만 나와는 다르게 꺾이지 않고 자란 모습이었달까? 한 마디로 질투가 좀 났다고 표현할 수도 있겠지. 그래서 인정하는 바요. 나는 선생이 아는 그 어린 모습에서 자라지를 못했다고…. 어떤 면은."

세네칼이 아무 말 없이 훌라르를 쳐다보자 훌라르는 피식 웃는다.

"내가 원래 질투가 좀 많잖소. 아무튼 그 덕에 선생도 여기 계신 줄 아시오. 선생이 노예로 전락하였다는 소문을 들었을 때, 다른 사람들이 채가기 전에 얼른 데려왔으니."

세네칼은 빙긋 웃는다.

"뭐, 올바른 방향의 질투는 누군가에게 도움이 될 수도 있겠지요."

훌라르는 미소를 짓고 손을 맞비비며 눈을 반짝인다.

"자, 이제 카슘을 붙잡아두고 있을 피트레온에게 좋은 소식을 전해줘야겠소. 가장 빠른 서신 새를 준비해 주면 좋겠는데."

그러자 세네칼은 허리춤에 차고 있던 작은 가죽 가방을 바로 열어서 종이와 쓸 것을 꺼낸다.

"뭐라고 적을까요?"

"그놈을 오늘 밤까지 잘 감시하라고 전해주시오. 그럼 내일 아침 비샤다가 죄수를 찾아갈 것이라고."

세네칼은 적다 말고 놀란 얼굴로 묻는다.

"비샤다요? 그럼 직접 거기로 가셔서 그를 공개 처형하시겠다는 겁니까?"

"물론 이런저런 핑계를 대고 감옥에서 그냥 죽일 수도 있지. 하지만 독살이나 암살은 뒤가 구린 법이거든. 차라리 그놈에게 불명예를 안겨주며 공개적으로 처리하는 것이 낫소. 그것이 합당하기도 하지만, 제카르슘이 예상하지 못하는 단 한 가지 방법일 테니 말이오."

"하긴, 그는 이미 소식통을 통해 카슘이 감옥에 있다는 것을 알아챘을 겁니다. 벌써 모든 사항에 촉각을 곤두세우고 있겠지요. 이럴 때 자칫해서 독살 시도니 뭐니 해서 발각된다면, 상황이 훌라르 님께 불리하게 역전될 건 분명합니다."

"맞는 말이오. 그래서 훤한 대낮에 처리하려는 거요. 그것도 모두가 보는 앞에서. 아, 그리고 투르에게도 서신을 넣어주시오. 당분간 그가 좀 바빠질 것 같으니 마음의 준비를 하라고."

세네칼은 고개를 끄덕이며 달필인 그의 솜씨를 발휘한다. 이어서 서신을 다 작성한 후, 그는 걱정스러운 얼굴로 묻는다.

"저…. 그런데 도대체 어떻게 감당하려고 그러시는 겁니까? 그 또한 계획이 있으십니까?"

그러자 훌라르는 대답 대신 뜻 모를 미소를 짓고, 탁자에 있는 과일 바구니에 다가간다. 그는 기다란 손가락을 뻗어 과일 중 큼직하니 잘 익은 헤사티오 열매를 하나 집어 든다.

"어젯밤에 바르벨루스의 공중 정원을 다녀왔소. 이게 그 전설적인 나무의 주인이 준 선물이라오. 참 맛있게 익었지? 하지만 안타깝게도 내 것은 아니라더군. 하하…. 슈라문씩이나 되어서 배달 일이나 하게 생겼지 뭐요."

"예?"

훌라르는 쉿, 하며 미소를 짓는다.

"일단 두고 보시오. 나도 믿는 구석이 있지 않겠소."

그날 저녁, 성의 꼭대기 감옥에서는 카슘이 갈라지는 목소리로 고래고래 소리를 지른다.

"이것 봐요, 피트레온 씨! 지금 엄청난 실수를 저지르고 있는 겁니다! 제 말 좀 들어보라니까요!"

하지만 그의 앞에 앉아 있는 피트레온은 평온한 표정으로 꾸벅꾸벅 졸고 있다. 자세히 보니 그는 천 조각을 찢어 양쪽 귀를 틀어막고 있다. 감옥을 지키는 예비 병사 중에는 피샤트가 남몰래 미소를 지으며 서 있다.

"아이고…."

카슘은 마침내 지쳤는지 바닥에 털썩 주저앉는다. 그는 하도 소리를 질러서 쉰 소리가 나는 목으로 헐떡거린다. 그런 그의 눈에 피샤트의 모습이 들어오자 카슘은 그를 노려보며 외친다.

"더러운 루에린 주제에 감히 자라트라 요새에 들어오다니! 이 기분 나쁜 놈. 내가 여기서 나가는 순간 네 놈의 목부터 칠 것이다."

카슘은 마치 분풀이를 하듯 그에게 온갖 저주스러운 욕설을 퍼붓는다. 주변의 병사들은 난처한 표정으로 카슘과 피샤트를 번갈아 쳐다본다. 그러자 결국 피트레온이 부스스 일어나서 피샤트에게 말한다.

"상관하지 마. 자네가 잘생겨서 그래."

"예?"

피샤트가 조금 당황한 얼굴로 묻자 피트레온은 손을 훼훼 젓는다.

"내 경험상 카슘은 잘생긴 사람을 별로 안 좋아하거든. 그게 저자가 나를 별로 경계하지 않는 이유라네. 괜찮아. 루에린이든 뭐든, 병사가 잘만 싸우면 됐지. 저딴 말에 상처받지 말고 그냥 칭찬이라고 생각하게."

카슘은 그 말을 듣고 꽥 소리를 지른다.

"지금 예비 병사 앞에서 감히 관리 장교 험담을 하시는 겁니까, 예?"

그러자 피트레온은 한심하다는 얼굴로 카슘에게 다가간다.

"뭔가 잘못 알고 있군. 지금 자네는 죄수야. 관리 장교직은 박탈당했다고 도대체 몇 번을 말해? 기억력에 문제 있나? 이제 그만 좀 시끄럽게 굴어. 안 그러면 지하 고문실에다 쳐넣을 테니까."

"……."

카슘은 씩씩거리며 피트레온을 노려보고, 피트레온은 아무 상관 없다는 듯 다시 자리에 가서 앉는다. 병사들은 피트레온에게 밤이 늦었으니 숙소로 안내해 주겠다고 한다. 하지만 그는 만족스러운 얼굴로 거절한다.

"아냐, 아냐. 저자를 감시하는 게 내가 맡은 중요한 임무인데, 오늘 같은 날은 내가 꼭 여기 있어야지. 자네들은 내 걱정하지 말게. 힘들면 교대하고. 아, 혹시 간식거리라도 좀 있나? 저녁을 안 먹었더니 좀 출출해서 그러네."

예비 병사들은 그에게 빵과 술을 조금 내온다. 드릴 것이 없어 죄송하다는 그들에게, 피트레온은 괜찮다며 빙긋 웃는다. 그는 빵이 딱딱해서 좀 놀란 듯 보이나 그냥저냥 입에 맞는다는 듯 우물거리고 잘도 먹는다. 그것도 하루 종일 굶은 카슘을 약 올리듯 쳐다보며 맛있게 먹는다. 그 꼴을 쳐다보는 카슘은 이를 바득바득 간다.

그때, 예비 병사 하나가 피트레온의 시종에게 서신을 전달한다. 서신을 받아든 시종이 피트레온에게 작게 중얼거린다.

"훌라르 님입니다."

그 말에 피트레온은 자세를 고쳐 앉고 서신을 펼쳐본다. 그런데 그것을 읽는 그의 표정이 점점 놀란 듯이 굳는다. 그는 몇 번이고 서신을 꼼꼼히 읽는다.

"…그렇군."

중얼거리던 피트레온은 서신을 접어 옷깃 속에 잘 넣는다. 그리고 사뭇 다른 표정으로 다시 카슘을 쳐다본다. 뭔가 복잡해진 얼굴로 자신을 쳐다보는 피트레온을 보고 카슘은 회심의 미소를 지으며 생각한다.

'역시, 아버지께서 손을 쓰신 거야. 내일 풀려나면 저것들을 다 가만히 두나 봐라.'

바르벨루스에 있는 훌라르는 자신의 집 앞 정원에서 별이 뜬 하늘을 바라보고 있다. 그는 한참 미동도 없이 별들을 응시하다가 정원의 탁 트인 공터로 발걸음을 옮긴다. 그리고 목에 걸려 있는 금색 호각을 분다. 날카로운 소리가 고요한 밤하늘을 가르자 곧이어 거대한 날갯짓 소리가 들린다.

"퍼득, 퍼득."

어딘가에서 다리가 세 개 달린 거대한 새가 새카만 날개를 접으면서 그의 앞에 사뿐히 내려앉는다. 훌라르는 가만히 새의 목덜미를 쓰다듬으며 미소를 짓는다. 이어서 그 거대한 새의 몸에 자신의 머리를 기대고, 눈을 감으며 중얼거린다.

"드디어 때가 됐다, 비샤다. 자라트라 요새로 가자."

훌라르가 비샤다에 올라타자, 그 거대한 새는 마치 기다렸다는 듯 날개를 활짝 펼치고 하늘 높이 날아오른다. 칠흑 같은 깃털 속에 숨겨져 있던 오색찬란한 빛깔의 무늬가 별들 사이에서 현란하게 빛난다. 밤하늘을 수놓고 있는 별들 사이를 가로질러, 비샤다는 자라트라 요새가 있는 방향으로 힘껏 날아간다. 마치 훌라르 만큼이나 이 순간을 기다려 왔다는 듯이.

한편, 병사장실에서는 많이 회복된 보리얀과 사타니크가 마주 앉아 있다. 병사들의 훈련 지도를 마치고 돌아온 사타니크는 그녀에게 그날의 훈련에서 있었던 일들을 얘기해 준다. 병사들이 사타니크를 곧잘 따른다는 말에 보리얀이 활짝 웃는다.

"당연하지. 우리 부대에서 가장 무서운 사람이 사타니크 형인데, 이제 병사장이 됐으니. 나도 부대 복귀하면 엄청 굴릴 거지? 좀 살살 해줘야 해, 응?"

"하하. 글쎄, 하는 것 봐서. 얼른 나아라. 그래야 훈련 때 제대로 손 좀 봐주지."

사타니크는 빙긋 웃으며 보리얀을 천천히 일으켜 세운다.

"지금쯤이면 병사들 청결 시간도 거의 다 끝났을 거다. 가자. 온천에 한번 푹 담그고 나면 내일은 한결 더 좋아질 거야."

보리얀은 고개를 끄덕이고 그를 따라서 방을 나선다. 사타니크는 천천히 걷는 그녀를 바라보더니 곧 멈춰 선다.

"왜?"

"왜긴 왜야. 업혀라."

보리얀은 씨익 웃고 사타니크에게 냉큼 업힌다.

"어휴. 부상자가 이렇게 무거워? 너 뼈가 전보다 더 단단해진 거 아니냐?"

"생각을 많이 해서 그래. 이게 다 내 머리 무게라고, 형."

"하하. 지금 너한테 남는 게 시간이니 오죽하겠냐."

사타니크는 입으로는 싫은 소리를 하면서도 끝까지 보리얀을 데리고 청결실로 간다. 청결실에는 아직 남아 있는 병사들이 몇 있지만 빈 웅덩이들이 많이 보인다.

그는 붕대를 두르고 있는 보리얀을 조심스럽게 들어서 천천히 물에 내려놓는다. 따뜻한 물에 닿자, 보리얀은 몸이 풀린다는 듯이 숨을 깊게 내쉰다.

"으아, 좋다. 이제 좀 살겠네."

"이제 돌아가서는 생각 그만하고 잠 좀 자라. 가만히 있어 봐. 무거워진 네 머리에도 좀 부어줘야겠다."

사타니크는 그녀의 머리에 천천히 물을 부어준다. 그러자 보리얀은 기분이 좋은 듯 가만히 두 눈을 감는다. 잠시 동안 물 흐르는 소리만 들린다.

이어서 보리얀이 낮은 소리로 말한다.

"있잖아, 아까 형이 오기 전에 서신을 받았어. 예비 병사가 가져다주더라."

"서신? 혹시 네 애인이냐?"

"아니."

"그럼, 네 아버지?"

"음…. 어떤 높으신 분이야. 아마 카슙 관리 장교를 잡아 가두신 분인 것 같아."

"뭐, 뭐야? 잠깐, 관리 장교를 가둘 정도면…."

사타니크는 잠시 손가락을 접으며 계급을 중얼중얼 세더니 더욱 놀란 표정을 짓는다.

"야, 그럼 무슨 슈라문 정도 된다는 거냐?"

보리얀이 천천히 고개를 끄덕이자, 사타니크는 애써 놀란 기색을 숨기고 얼버무린다.

"하하, 참. 하긴 아버지가 책임 선장에, 아버지 친구도 책임 선장에, 뭐 넌 좋은 출신을 타고났으니 높은 분 하나쯤은 알고 있겠지. 크흠."

"사실 그런 건 아닌데."

"근데, 그렇게 높으신 분이 너한테 왜 서신을? 무슨 내용인데?"

"이제 버틸 만큼 버텼으니 자라트라 요새에서 나오는 게 어떻겠냐고."

"……."

그러자 사타니크는 아무 말 없이 한쪽 눈을 깜박이며 입을 다물지 못한다. 그는 이 내용을 도통 어떻게 받아들여야 할지 모르겠다는 표정이다. 보리얀은 걱정하지 말라는 듯 말한다.

"괜찮아. 협박이나 명령 같은 건 전혀 아니었어. 나와 내 가족의 안위를 생각해서 그렇게 하면 좋겠다는 말투였거든. 내가 낙오해야 하는 이유에 대해서도 잘 적혀 있었어. 꽤 신경 쓴 것 같이 보이더라고."

"그래?"

보리얀의 표정을 살피던 사타니크는 괜히 떠보는 듯 묻는다.

"뭐, 그렇게 고문도 당했는데, 너도 당연히 이 요새가 더 이상 꼴도 보기 싫겠지. 게다가 낙오해서 나가더라도 슈라문님의 뒷배가 있으니 걱정도 없잖아. 당장 나가고 싶겠군. 안 그러냐?"

"아니."

"아니라고? 왜?"

"가족을 두고 어딜 가."

"아이고, 알겠다. 네 아버지랑 애인이 보고 싶어서 못 나간다, 이거군?"

그러자 보리얀은 사타니크를 바라보고 웃는다.

"에이. 형 두고 내가 어딜 가냐고."

그 말을 들은 사타니크는 고개를 절레절레 저으며, 도저히 못 당하겠다는 듯이 중얼거린다.

"어휴, 이 닭살 돋는 계집애…."

보리얀은 그런 사타니크를 보고 후후 웃는다.

"난 여기 남을 거야. 언젠간 여길 거쳐서 꼭 가야 할 곳이 있거든."

"가야 할 곳? 어디?"

"바르벨루스."

"……?"

사타니크는 황당한 표정으로 보리얀을 쳐다본다. 보리얀은 머리끝까지 물

깊숙이 몸을 담근다. 물속에서 그녀의 몸을 감고 있는 흰 천이 너울거린다. 사타니크는 보리얀의 말뜻을 생각하며 그녀를 가만히 바라본다. 보리얀은 마치 잠들어 있는 사람처럼 두 눈을 감고 물속에서 아무런 미동도 하지 않는다. 그녀의 입가에서 공기 방울들만이 조금씩 흘러나올 뿐이다. 잠시 후 보리얀은 고요한 물속에서 천천히 눈을 뜬다. 그 모습이 마치 죽음에서 되살아난 사람처럼 보여서 조금 섬뜩하기까지 하다. 이어서 그녀는 마치 첫 숨을 들이쉬는 사람처럼 물방울을 흩뿌리며 수면 위로 올라온다. 그런데 보리얀의 팔에 예전에 이 청결 장소에 풀어주었던 독사, 티폰이 감겨 있다.

"으, 깜짝이야!"

사타니크가 놀라서 기겁하자, 뱀은 새초롬한 얼굴로 갸우뚱거리며 그를 쳐다본다. 보리얀은 티폰을 보다가 웃으며 말한다.

"아, 얘가 오랜만에 내가 보고 싶었나 봐. 겁주려 한 건 아니었다고 전해달래. 그리고 예전에 내가 형 머리채 잡고 싸웠을 때 놀라게 해서 미안했다네."

그러자 사타니크는 떨떠름한 표정으로 뱀에게서 조금 떨어져서 중얼거린다.

"뭐 언제적 일을…. 그, 물지만 않으면 된다고 좀 전해라."

"응, 안 물기로 약속했어."

보리얀은 조금 겁먹은듯한 사타니크의 얼굴을 보며 픔, 웃는다. 그러자 사타니크도 웃긴다는 듯 씩 미소 지으며, 보리얀의 머리에 다시 장난스럽게 물을 끼얹는다. 물방울이 퍼지자 티폰은 보리얀의 몸을 감싸고 돌며 신나게 몸통을 흔든다. 보리얀의 얼굴에도 미소가 퍼진다. 그녀는 따뜻한 물을 온몸으로 받으며 다짐한다.

'그래. 이제부터 이 요새를 나의 터전으로 만들겠어.'

다음 날 아침, 맑은 햇빛이 구름 사이를 가르며 빛난다. 드넓은 훈련장에 자라트라 요새의 모든 병사가 정렬되어 있다. 각 부대의 병사장 가운데 자기 부대원들 앞에 서 있는 사타니크의 모습도 보인다. 보리얀은 아직 병사장실에 남아 있기에 그 자리에 없다.

한 병사가 옆에 서 있던 토치에게 묻는다.

"왜 아침부터 모이라고 하는 거지? 이런 적은 거의 없지 않나?"

"이렇게 모두가 모이는 건 보통 관리 장교님하고 관련된 일 아니면 없지. 새로운 취임식이나, 아니면…."

토치가 말끝을 흐리자 패치가 이어받는다.

"드물게 심판이 있거나."

병사들은 긴장한 얼굴로 단상 위를 바라본다. 자라트라 요새의 문양이 새겨진 휘장들이 늘어뜨려져 있는 위로 낙오자의 북이 세워져 있다. 그 옆으로는 세 개의 의자가 준비되어 있다. 곧이어 카슘을 제외한 관리 장교들 셋이 차례로 올라와 그 의자에 앉고, 정찰을 나가지 않은 책임 선장들이 그들 뒤에 선다.

"어, 관리 장교님들이다!"

"우와…. 저렇게 다 모이신 건 진짜 처음 보네."

병사들이 서로 수군거리는 그때, 밧줄에 몸이 묶인 채 산발한 모습의 카슘이 등장한다. 좋은 옷과 장신구를 다 뺀 그의 모습은 아주 초라하기 그지없다. 카슘은 치욕스럽다는 듯 씩씩거리며, 자신을 바라보는 모두를 죽일 듯이 노려본다.

요새 안에서는 병사장실의 창문을 통해 카슘을 지켜보고 있는 또 한 사람이 있다. 창밖으로 훈련장의 광경을 바라보는 보리얀의 눈빛은 차분하면서도 고요하다. 그녀의 앞에는 비밀리에 찾아온 훌라르가 앉아 있다. 발악하는 카슘의 모습을 보며 보리얀이 그에게 묻는다.

"저 사람이 관리 장교겠군요. 이 모든 일을 꾸민…."

훌라르가 고개를 끄덕이며 조용히 말한다.

"이제 지켜봐라, 저 자에게 무슨 일이 일어나는지."

보리얀은 말없이 창밖을 응시한다. 낙오의 북 옆에는 집행인 두 명이 서 있다. 포박된 카슘 뒤에서는 그의 시종과 민간인 처소의 감독관이 벌벌 떨고 있다. 이어서 피트레온이 그들을 지나 단상의 앞쪽으로 걸어 나온다. 그는 공문서처럼 보이는 종이를 펼쳐 들고 우렁찬 목소리로 그 내용을 읽는다.

"죄인 카슘은 들어라! 죄인은 민간인들과 외부인들을 이용하여 특정 파견사, 책임 선장, 그리고 일반 병사까지 모함하고 고문하여 죽이려 했다. 또한 이전에도 비슷한 수법으로 무고한 이들을 죽이거나 고문했으며, 그 모든 사악한 행동들의 죄질이 매우 나쁘다. 이는 명백히 자라트라 요새의 명예를 더럽힌 것이며, 이에 정의로운 군법에 따라 합당한 벌을 내리려 한다. 증인들, 위의 내용이 모두 사실임을 인정하는가?"

그러자 카슘의 시종과 민간인 처소의 감독관이 벌벌 떨며 피트레온의 말이 사실임을 인정하고, 자신에게 어떤 명령이 떨어졌는지도 낱낱이 말한다. 특히 민간인 처소의 감독관은 훌쩍이며 눈물까지 보인다. 그 모든 것을 들은 병사들 사이에서는 야유가 터져 나온다. 카슘은 그들에게 뭐라고 소리를 지르나, 곧 집행관 둘이 그의 튀어나온 입을 틀어막는다. 이어서 피트레온은 증거물들을 모두 제시하고 큰소리로 외친다.

"자! 이로써 위 죄목들이 모두 입증되었으니, 이제 자라트라 요새에 있는 모든 이들은 들어라. 신성하고 명예로운 아누다르가야의 이름으로, 불명예 죄수 카슘을 공개 처형한다!"

"……!"

카슘의 눈이 휘둥그레진다. 처형이라는 말에 놀란 병사들이 웅성거리는 소리가 들리다가, 곧 여기저기서 환호성이 터져 나온다. 그중 카슘에게 개인적으로 당한 것이 있던 병사장들과 병사들은 특히 큰 소리로 외친다.

"신성한 아누다르가야의 이름으로!"

"자라트라 요새의 정의를 위하여!"

카슘은 충격을 받은 얼굴로 두 눈을 부릅뜨고 피트레온을 쳐다본다. 피트레온은 그를 거들떠보지도 않고 단상에서 내려간다. 곧 집행관 하나가 카슘을 제외한 모든 이들을 단상에서 내려오게 하더니, 커다란 나무 상자들을 높게 쌓아 놓고 그 위에 카슘을 올린다. 모든 시선이 카슘에게 쏠린다. 다들 사형이 어떻게 진행될지 모르는 표정으로 그를 응시하고 있다.

"둥둥둥!"

다른 집행관이 북을 울린다. 그러자 웅성거리던 병사들의 소리가 잠잠해진다. 카슘은 공포로 숨을 헐떡이며 사방을 살핀다. 그의 이마에는 시퍼런 핏줄이 선다. 감정이 격해지자 머릿속이 다시 윙윙거리며 들려오는 목소리로 가득 찬다.

'실패작!'

'괴물!'

'부모도 버린 놈!'

밧줄에 몸이 묶여 있기에 귀를 막을 수도 없다. 카슘은 진땀을 빼며 부들거린다. 부릅 치뜬 두 눈의 흰자위가 희번덕거린다. 북소리가 점점 고조되자, 동굴 뒤쪽의 숲 저편에서 펄럭거리는 날갯짓 소리가 들려온다. 곧이어 병사들은 하늘이 갑자기 어두워지는 것을 느낀다. 그들은 무심코 고개를 들어 올리고는 기겁한다.

"저, 저게 뭐야?!"

다리가 세 개 달린 거대한 새가 맹렬한 속도로 그들 위를 지나서 카슘을 향해 접근하고 있다. 새카만 두 날개를 펼치고 자신에게 다가오는 그 커다란 새를 응시하며, 죽음을 예견한 카슘은 심장이 멎은 것 같은 얼굴로 그 자리에 얼어붙는다.

'아버지…! 아버지가 정말 나를 이렇게 버리시는 건가?'

그는 입이 틀어막힌 채로 비명을 지르며 아버지의 얼굴을 떠올린다. 하지만 가물가물한 그 모습은 끝내 제대로 기억나지 않는다. 비샤다는 세 개의 발을 펼쳐 단숨에 카슘을 낚아채고 태양이 떠 있는 저편으로 날아간다. 카슘이 발을 허우적거리는 바람에 그 아래의 나무 상자들이 나동그라지고, 병사들은 아무 말 없이 휘둥그레진 눈으로 그 광경을 바라본다.

날카로운 발톱으로 카슘을 파고들며 그의 피를 공중에 뿌리던 새는, 어느새 수심이 깊어지는 저 멀리까지 날아간다. 얼마 지나지 않아서 카슘의 외마디 비명이 푸른 하늘 아래에 메아리친다.

"으아아악!"

보리얀은 눈부시게 빛나는 물결 위로 카슘의 상체와 하체가 분리되는 것을 똑똑히 본다. 카슘을 붙잡고 있던 비샤다의 발들이 그를 비틀며 찢어놓아 세 동강을 낸 것이다. 새빨간 술처럼 줄줄줄 쏟아지는 피가 물에 흩뿌려지고, 머리를 잃은 두 동강 난 몸통은 깊은 물 속으로 풍덩 떨어진다. 카슘의 머리만을 쥐고 해변을 휘익 한 바퀴 돌던 비샤다는 곧 방향을 틀어 다시 단상 쪽으로 날아온다. 암흑의 칼날 같은 날렵한 두 날개가 해변 쪽에서 일직선으로 날아오자 병사들은 자신도 모르게 몸을 낮춘다. 그들은 겁에 질려서 경외스러운 표정으로 그 커다란 새를 쳐다본다. 단상 위를 낮게 날던 비샤다는 흩어진 나무 상자 위로 카슘의 머리를 떨어뜨린다. 카슘의 머리는 데구루루 구르며 새빨간 핏자국을 남긴다. 단상 위를 빙빙 도는 비샤다에 다들 넋이 나가 있을 때, 피트레온이 집행관을 툭 치며 말한다.

"어이, 정신 차리게. 다시 북 울려야지."

집행관은 그 말을 듣고 아차 하는 얼굴로 다시 북을 울린다.

"둥둥둥!"

북소리에 비샤다는 다시 병사들의 머리 위를 쉬익 지나서 숲속으로 자취를 감춘다. 비샤다가 사라지고도 모든 이들은 한동안 감히 움직이지 못한다. 피트레온은 다시 한번 자라트라의 명예에 대해 연설을 하고, 그의 옆에 서 있던 집행관은 카슘의 머리를 들어 올린다. 그러자 굳어 있던 사람들이 다시 하나둘 박수를 치기 시작한다. 이어서 병사들은 뜨겁게 열광하며 소리를 지른다. 정의가 실현되는 생생한 현장에, 사기가 오른 그들의 목소리가 온 요새를 울린다.

"어때?"

눈 하나 깜짝하지 않고 그 광경을 지켜보는 보리얀에게 훌라르가 묻는다. 보리얀은 곰곰이 생각에 잠기더니 차분하게 대답한다.

"…이제 알겠어요."

그녀는 고개를 돌려 훌라르를 바라보며 나직한 목소리로 말한다.

"아저씨, 저는 슈라문이 되어야겠어요."

훌라르는 놀란 눈으로 보리얀에게 되묻는다.

"그게 무슨 말이야?"

"일반 병사, 병사장, 책임 선장, 관리 장교 혹은 파견사…. 그다음이 슈라문. 맞죠?"

"그, 그렇지."

훌라르는 대답하며 보리얀의 표정을 살핀다. 그녀는 뭔가 굳게 다짐한 얼굴로 카슘의 머리가 남긴 핏자국을 바라본다. 훌라르는 불길한 예감에 조심스레 묻는다.

"어제 내가 보낸 서신에 대해 생각은 해봤니? 네가 마음만 먹는다면 바로 이 요새를 떠날 수도 있어. 낙오는 나중 문제라고 치고 일단 치료라도 더 잘 받을 수 있을 테니, 저 새를 타고 나와 함께 가자."

그러자 보리얀이 천천히 고개를 젓는다. 그녀의 단호한 얼굴을 본 훌라르는 어두운 표정으로 한숨을 쉬고, 두 손을 이마에 얹는다. 그는 거의 달래는 듯한 부드러운 말투로 말한다.

"그래, 내가 늦게 온 건 미안하다. 너를 더 잘 지켰어야 했지. 그런데 넌 도대체 왜 여기 남아 있고 싶어 하는 거니? 명예 때문에?"

보리얀은 다시 고개를 젓는다. 훌라르는 혼란스러운 얼굴로 그녀를 쳐다본다. 보리얀은 잠시 그를 응시하더니 창문가에 기대고 있던 몸을 일으킨다.

"이제부터 정말 저를 지켜주실 수 있나요?"

"그럼."

"저 관리 장교를 처단하신 것처럼, 큰 결정을 내리실 일이 생기더라도요?"

그는 진심으로 약속하듯 고개를 끄덕인다. 하지만 차마 카슘의 밑에 그녀의 일행을 배정했던 것이 자신이었다고는 말하지 못한다. 그는 보리얀의 눈빛을 살피며 묻는다.

"근데 너, 안 본 사이 많이 달라진 것 같네."

"그래요?"

보리얀은 미소를 지으며 천천히 훌라르의 앞에 앉더니 그에게 한쪽 손을 내민다. 훌라르는 붕대가 감겨 있는 그녀의 손을 바라본다. 녹슨 쇠사슬을 차고 있던 탓에 짓무른 손목과 상처투성이가 된 살갗이 보인다. 잘리사야 섬의 무도회에서 봤을 때보다 훨씬 망가져 있는 그녀의 손을 보며, 그는 안타까운 마음 사이로 고개를 드는 죄책감을 애써 숨긴다. 보리얀이 빙긋 웃으며 훌라르에게 말한다.

"한 번 잡아보시면 알 텐데. 달라진 점."

보리얀의 온화한 미소를 보고, 훌라르는 자기도 모르게 그녀의 손을 향해 자신의 길고 매끄러운 손을 뻗는다. 그러자 보리얀은 그의 손을 부드럽게 쥐고 꽈악 힘을 준다. 훌라르는 보리얀의 손힘에 깜짝 놀라서 둥그레진 눈으로 그녀를 바라본다.

"어때요? 다 나으면 더 세어질 수도 있어요."

보리얀이 웃으면서 말한다. 그녀는 다시 힘을 풀고 말을 잇는다.

"이 정도면 병사장도 가능하겠죠? 제가 여기서 평가도 꽤 높거든요."

훌라르는 아프다는 듯 얼굴을 조금 찌푸린다. 하지만 그녀의 손을 놓지는 않고 묻는다.

"병사장을 해서 뭐 하려고?"

"일단 책임 선장을 하고, 그다음에는 관리 장교가 되어야죠."

훌라르가 당황한 얼굴로 보리얀을 쳐다보자 보리얀은 그의 두 눈을 똑바로 응시한다.

"언젠가는 아저씨처럼 슈라문이 될 거예요."

보리얀은 훌라르의 손을 다시 꼭 잡으며 묻는다.

"도와주실 거죠?"

"……."

훌라르는 어처구니없는 말에 대답을 하지 못하지만, 자기를 응시하는 보리얀의 눈동자에서 고요히 타오르는 무언가를 느낀다.

"뭐가 됐든, 이제 아무도 널 건들진 못할 거다."

보리얀은 고맙다는 듯이 미소 지으며 훌라르를 바라본다. 이렇게 밝은 빛에서 그의 얼굴을 제대로 보는 것은 처음이다. 훌라르의 얼굴에는 성숙한 사내의 모습 이면에 생각보다 앳된 느낌이 남아 있다. 보리얀은 그의 눈동자를 바라보며 강렬한 눈빛 뒤에 깊은 슬픔이 서려 있음을 느낀다.

보리얀이 천천히 그의 손을 놓으려 하는데 무슨 일인지 훌라르가 그녀의 손을 놓아주지 않는다. 그는 엉망이 된 보리얀의 손을 다시 가만히 쳐다본다. 그리고 품에서 무언가를 꺼내더니, 그녀의 손 위에 그것을 가만히 올려놓는다. 보리얀은 자신의 손에 들린 것을 바라보고는 놀란 듯 숨을 몰아쉰다.

"어 헤사티오 열매? 이거, 내가 제일 좋아하는 건데!"

훌라르는 갑자기 소녀같이 변한 보리얀의 표정을 보고 씩 웃는다.

"누가 널 갖다주라고 나한테 배달 일을 다 시키더구나."

"누가요? 여기는 서쪽 호수보다 더워서 헤사티오 나무가 귀할 텐데…."

그러자 훌라르는 흘러내린 보리얀의 머리칼을 살짝 치워주며 말한다.

"있어. 나보다 높은 사람."

보리얀은 기쁜 얼굴로 헤사타오 열매를 반으로 쪼개어, 한쪽을 훌라르에게 건넨다. 그러자 훌라르는 괜찮다는 듯 손사래를 치며 보리얀에게 말한다.

"됐다. 너 혼자 다 먹어. 여기서 그게 구하기 쉬운 것도 아니고."

그러자 보리얀이 빙그레 웃는다.

"배달 값이에요. 받으세요."

훌라르는 그 말에 피식 웃으며 결국 보리얀이 건네는 것을 받아든다. 보리얀은 헤사티오 열매를 한 입 베어 물고 행복하다는 듯 빙그레 웃는다. 그 모습을 보며 훌라르는 자기도 모르게 덩달아 미소를 짓는다. 그러자 보리얀이 말한다.

"이렇게 귀한 것까지 나누어 가질 수 있는 사이가 되면, 한 편이 되는 거예요."

"한 편?"

"음…. 이제 아저씨와 나는 한배를 탔다는 뜻이에요."

"하하, 그래. 그런데 가만 보니 날 계속 아저씨라고 부르는군. 무례한 건 여전하구나. 나, 생각보다 너랑 그렇게 나이 차이 안 난다."

하지만 보리얀은 그것을 별로 신경 쓰지 않는 눈치다. 그녀는 그저 활짝 웃는 얼굴로 손에 든 열매를 다시 한 입 베어 문다. 작은 헤사티오 열매 반쪽에도 세상을 다 가진듯한 보리얀의 표정을 보며 훌라르는 피식 웃는다. 그리고 이 여자애의 속에는 도대체 얼마나 다양한 모습들이 있는 건지, 대단하다 싶으면서도 참 궁금하다는 눈빛으로 그녀를 쳐다본다. 그는 한편으로는 귀엽다는 듯 빙긋 웃는다.

'루에린 여자로 슈라문이 되고 싶다고…. 꿈도 참 야무지군.'

하루가 흐르고 또 다음날이 찾아온다. 새벽별이 뜬 중앙 호수 아누다르타 위, 배 여섯 척이 잔잔한 물결을 헤치고 중앙 섬 동쪽으로 향한다. 자라트라 요새의 문양이 새겨진 가장 큰 배의 갑판 위에는 루딘이 서 있다. 난간을 잡고 서 있는 그의 구불거리는 은빛 머리가 새벽바람에 흩날린다. 커다란 두 은회색 눈동자에는 푸르스름한 하늘 위, 점점 희미해지는 하얀 그믐달이 비친다.

가만히 갑판 난간에 몸을 기대고 달을 바라보는 루딘에게, 옆에 있던 스루딘이 말을 건넨다.

"곧 있으면 병사들이 다 깰 거다."

"……."

"널 억지로 데려온 것 때문에 아직도 화가 났냐? 한마디도 안 할 거야?"

루딘은 그를 돌아보고 낮은 소리로 말한다.

"보리얀이 잡혀갔다는 걸 듣고 나서 한 번도 그 애를 보지 못했어요. 도대체 무슨 일이 일어난 건지도 모르겠고요. 그 애가 바얀 선장님의 정찰 부대에 들어가게 된 건지, 아니면 아직도 어디에 붙잡혀 있는지, 괜찮기는 한지 소식만이라도 좀 알고 싶은데…."

스루딘은 슬픔과 걱정이 가득 담긴 루딘의 커다란 두 눈을 바라보고 한숨을 쉰다.

"자나 깨나 그 애 걱정만 하는구나."

루딘은 고개를 떨구고 애써 스루딘의 눈을 피한다. 숙이고 있는 그의 얼굴에서 눈물 한두 방울이 갑판 바닥에 떨어진다. 그걸 본 스루딘은 가만히 루딘에게 다가가서 그를 안아준다. 루딘은 스루딘을 부여잡고 눈물을 참으며 마음을 진정시키려 한다. 스루딘이 그의 등을 토닥거리며 이렇게 중얼거린다.

"녀석. 이렇게 다 커가지고, 하는 짓은 어떻게 아기 때랑 똑같냐. 그 큰 눈에 눈물은 많은데 안 울려고 꾹꾹 참고."

"……."

스루딘은 미소를 지으며, 어느새 자신보다 키가 커진 루딘의 어깨에 손을 얹는다.

"보리얀은 좋은 애지. 그리고 강한 애잖냐. 걱정 마라. 뭐가 됐든 이겨낼 거다."

숨을 내쉬며 감정을 추스른 루딘은 고개를 끄덕인다. 그리고 다시 듬직한 얼굴로 스루딘을 바라본다. 스루딘은 그런 자신의 아들을 쳐다보며 웃는 얼굴로 덧붙인다.

"그래도 짝사랑은 하지 마라. 참 쓸데없는 짓이거든. 날 봐라. 내가 널 걱정해 준다고, 네가 어디 신경이나 쓰냐?"

그 말에 루딘은 작게 웃음을 터트린다.

"제가 아버지 생각을 왜 안 하겠어요. 그저…. 아버지께서 저를 보호하려고 하시는 것처럼, 저도 보리얀에게 마음이 쓰이는 거예요. 아마도 그 애가 아니었다면 제가 지금껏 이 요새에서 이렇게 조용히 있지도 않았을걸요. 제 성격 아시잖아요."

그러자 스루딘이 너털웃음을 터트린다.

  "하하. 그래. 나도 너만 여기에 없었으면 그 카슘이라는 놈 수염을 다 뽑아 놓든, 내 밑에 있는 병사들 모두를 탈출시키고 도망을 가든, 뭐라도 했을 거다. 너도 내 성질 알지 않냐."

  아버지와 아들은 서로를 바라보며 미소 짓는다. 이어서 스루딘이 조용한 목소리로 말한다.

  "곧 미다스 궁 근처의 항구에 도착하면 자라트라 요새로 서신을 보낼 수 있을 거다. 그때 보리얀이 어떻게 되었는지 한번 알아보자꾸나. 혹시 모르지. 바얀의 배를 타지 않았다면 직접 소식을 들을 수도 있을지."

  "네. 바얀 선장님께서도 부디 무사히 돌아오셔야 할 텐데요…."

  루딘이 걱정스러운 낯으로 말하자 스루딘이 담담하게 대답한다.

  "난 바얀을 믿는다. 그는 지원이 더 열악했던 잘리사야 섬에서도 살아남은 사람이잖니. 그러니, 너도 보리얀을 믿어봐라."

  루딘이 천천히 고개를 끄덕인다.

  아직 새벽이 찾아오지 않은 자라트라 요새에는 은빛 달이 환하게 빛나고 있다. 저 멀리서 풀벌레 소리가 가끔씩 들려오는 병사장실에는 촛불 하나가 고요히 타들어 가고 있다. 보리얀은 작은 창문가에 앉아 촛불을 바라본다. 늦게까지 그녀를 간호하던 사타니크는 주변의 침대에서 잠들어 버렸다. 모처럼 편안해 보이는 그를 바라보며, 보리얀은 아까 낮에 잠깐 병문안을 왔던 토치와 패치의 이야기를 떠올린다.

  그들은 사타니크를 믿고 따르는 병사들이 많다고 입을 모았다. 또한 그만의 독특한 훈련 방법이 다른 병사장들에게도 조명되고 있는데, 이는 사타니크가 오랜 실전 경험에 기반하여 다양한 훈련 방법을 시도하고 있기 때문이라고 덧붙였다. 게다가 토치는 몰래 이런 얘기도 해주었다. 사타니크가 스스로 보리얀을 돌보는 것을 나름 뿌듯해하고, 그녀가 자신을 형으로 부른다는 것을 은근히 자랑하고 다닌다고 말이다. 무자비한 고문에도 굴하지 않았던 보리얀을 많은 병사가 우러러보고 있는 모양이었다.

보리얀은 아버지가 자신에게 주었던 가죽 목걸이 주머니를 만지작거리며 정찰 배에 오른 사람들을 하나하나 생각한다. 그리고 루딘을 떠올리며 중얼거린다.

"내가 새들에게 부탁한 서신이 잘 도착해야 할 텐데…."

7장

{ 그들의 세상에 금이 가다 }

"으아아! 죽여버릴 테다!"

바르벨루스 탑의 맨 꼭대기 층에서 제카르슘의 목소리가 쩌렁쩌렁 울린다. 와장창하는 소리가 나며 그의 방 안에는 탁자가 뒤집힌다. 그와 조금 떨어진 곳에는 사색이 된 하급 슈라문이 어쩔 줄 모르고 서 있다. 분에 겨워서 씩씩대는 제카르슘의 손에는 자라트라에서 온 서신이 들려 있다. 제카르슘은 서신을 구기며 손을 파르르 떤다.

"감히! 이 마에린 놈이 겁도 없이!"

제카르슘은 이글거리는 눈으로 방을 나선다. 탑의 맨 꼭대기에 위치한 무니안들의 거처를 여럿 지나, 그는 유려한 장식이 돋보이는 방 앞에 멈추어 선다. 그리고 그 문 앞에 있던 하급 슈라문에게 내뱉듯이 소리친다.

"어서 고해라!"

"소, 솔리디몬 님, 제카르슘 님께서 오셨습니다."

겁을 먹은 듯한 하급 슈라문의 목소리에 문이 천천히 열린다. 제카르슘은 성난 발걸음을 옮기며 거대한 방 안으로 들어선다. 먹구름이 잔뜩 낀 회색 하늘이 마주 보이는 창가에 긴 머리의 무니안이 서 있다. 제카르슙은 그에게 부들거리는 입술로 말한다.

"솔리디몬 님, 이제 도저히 못 참습니다. 그놈을 죽이는 걸 허락해 주시지요."

"……."

솔리디몬은 차가운 시선으로 제카르슙을 돌아본다.

"쯧쯧. 한심한 놈. 여러 번 일렀건만 여전히 경거망동하는구나. 또 그 마에린 놈이냐?"

"그놈이 제가 심어놓은 관리 장교를 죽였습니다. 지금 자라트라에서 무슨 일을 꾸미는 게 분명합니다. 그대로 두었다가는 위험…."

"짝!"

솔리디몬의 손바닥이 급하게 말하는 제카르슙의 얼굴을 후려친다. 제카르슙은 순간 입을 다물고 붉게 달아오른 뺨을 감싸며 그를 쳐다본다. 솔리디몬은 서슬 퍼런 시선으로 제카르슙을 보며 나직하게 말한다.

"내 앞에서 두 가지는 반드시 지키라고 했을 텐데. 첫 번째, 감정에 휘둘려서 말을 내뱉지 말 것. 두 번째, 거짓말하지 말 것. 예나 지금이나 기본이 되어 있지 않으니…."

솔리디몬은 차분하게 정돈된 긴 머리를 넘기며 유유히 탁자 근처에 놓인 의자에 앉는다. 그리고 우아한 손짓으로 옆의 다른 의자를 가리키며 부드럽게 말한다.

"앉아라."

제카르슙은 주춤거리다가 솔리디몬이 가리키는 곳에 다가가 앉는다. 솔리디몬은 잔을 들어서 손수 마실 것을 따라 제카르슙의 앞에 내민다. 그리고 그를 응시하며 나긋하게 말한다.

"자, 이제 다시 말해보거라. 솔직하게."

"……."

제카르슙은 감히 그의 눈을 마주치지 못한다. 솔리디몬은 그를 보며 차가운 미소를 짓는다.

"네가 나 몰래 숨겨두었던 아들…. 그것 때문이냐? 그놈을 죽이고 싶은 이유가?"

"예?"

화들짝 놀란 제카르슙을 거들떠보지도 않고, 솔리디몬은 자신의 잔에 마실 것을 채운다.

"쯧쯧. 내가 모를 줄 알았더냐. 그 마에린 놈이 이번에 관리 장교 하나를 처형 했다고 소문이 파다하던데, 그동안 내가 눈감아준 네 아들놈이 이제야 죽은 게야. 그렇지?"

제카르슙은 입이 마르는지 입술을 달싹거린다.

"잘, 잘못했습니다. 숨기려 한 것이 아니라…."

"그러게 처음부터 내 말을 들었으면 좋았지 않았느냐. 이제야 그 죗값을 받는다고 생각해라. 내 말을 따라서 네 아들이 핏덩이였을 때 직접 처리했으면 이런 난잡한 일은 없었을 것이다. 한심한 놈."

솔로디몬은 잔을 입가에 가져다 대며 잘 익은 붉은 술의 향을 음미한다. 그리고 그의 옆에서 떨고 있는 제카르슙을 슬쩍 바라본다.

"나는 아비도 어미도 없는 너를 거두어 이 자리에까지 올려주었다. 네가 그 천한 계집을 가지고 싶다고 할 때도 허락해 줬지. 그런데 그년에게 아이를 배게 한 것도 모자라, 그 애를 몰래 살려두기까지 한 건 네놈이다. 이 배은망덕한 것."

"……."

제카르슘은 고개를 들지 못한다. 솔리디몬은 그를 이해할 수 없다는 듯이 피식 웃음을 흘린다.

"어차피 네놈의 사생아를 죽일 자는 많을 테니 그냥 두었다만, 평생 네 약점이 될 만한 흠을 왜 지금까지 살려두려 애쓴 것이냐? 쓸모가 하나도 없으니 애초에 살 가치가 없는 존재가 아니었더냐?"

"그게…. 그래도 자식인데 어찌 제 손으로…."

마치 복잡한 감정에 휩싸여 있는 제카르슘을 구경이라도 하듯, 솔리디몬은 그를 빤히 쳐다본다. 소름 끼치는 침묵이 흐르는 가운데 솔리디몬은 의자를 조금 뒤로 빼더니 제카르슘에게 몸을 기울인다. 그리고 식은땀으로 젖은 제카르슘의 아래턱을 잡아들며 말한다.

"이렇게 세월의 주름이 앉을 동안, 넌 정말 내 말을 하나도 듣질 않았구나. 그 한심한 머리로 한번 떠올려 보거라. '사람을 배신하는 건 사람이다. 하지만 권력은 그 누구도 배신하지 않는다.' 기억하느냐?"

노인의 얼굴을 한 제카르슘은 마치 어린아이가 된 것처럼 고개를 끄덕이며 더듬거린다.

"그, 그것이 제가 이 탑의 일부가 되어야 하는 이유라고 하셨잖습니까. 무니안이 되어 솔리디몬 님의 품으로 들어오겠느냐고 물으시며…."

"그래. 넌 재산을 가질 수도, 자식을 가질 수도 없는 무니안이 되느니 슈라문으로 사는 게 훨씬 낫겠다는 소리를 해 댔지. 그래서 내가 뭐라고 했느냐?"

"가족이라는 관념을 깨라고 하셨지요. 개인적인 것에 대한 옹졸한 관념을 깨면 세상을 가질 수 있다고…. 그것이 부이던, 여인이던, 제가 원하는 것은 뭐든지 가질 수 있다고 하셨습니다. 다만 그것이 드러나지 않을 뿐이라고요. 솔리디몬 님의 품에서는 그 모든 게 가능하다 하셨는데, 그건 솔리디몬 님께서 곧…."

"그래, 내가 곧 탑이기 때문이다."

솔리디몬은 우악스럽게 쥔 제카르숨의 턱을 천천히 창가로 돌린다. 제카르숨의 시선이 먹구름이 가득한 하늘에 닿자, 솔리디몬은 그의 귀 가까이에서 낮게 말한다.

"탑에게 반기를 드는 자는 탑에서 떨어지기 마련이다. 이 높은 곳에서 추락할 때, 네 곁에 누가 있겠느냐? 그저 천 길 낭떠러지 아래에서 차가운 땅바닥이 네놈의 머리통이 깨지기를 기다리고 있을 뿐이다. 우매한 군중들은 네가 흩뿌리는 피를 구경하려 개떼처럼 달려들겠지. 남는 건 쓸쓸하게 남겨진 네놈의 시체뿐이다. 이렇게 피로 더럽혀진…."

솔리디몬이 소름 끼치는 목소리로 말하며, 한 손으로 잔을 들더니 천천히 기울여서 제카르숨의 머리 위로 붓는다. 부들거리는 제카르숨의 은색 머리와 흰옷이 붉게 물든다. 그의 턱밑으로 줄줄 흐르는 술이 솔리디몬의 창백한 손가락을 적신다. 솔리디몬은 젖은 손가락을 제카르숨의 옷깃에 슥슥 닦으며 이렇게 말을 잇는다.

"…알겠느냐? 그게 탑을 배신하는 대가다."

"……."

제카르숨은 아무 말 없이 창가를 바라보며 바싹 마른 입술을 부르르 떤다. 솔리디몬은 천천히 자리에서 일어서서 창가로 걸어간다. 그리고 창밖을 응시한 채 뒷짐을 지며 조용히 말한다.

"널 봐주는 것은 이번이 마지막이다. 그러니 더는 사사로운 감정 때문에 나를 실망시키지 마라. 네가 예전에 그 마에린 가문를 불태운 것, 그리고 지금 마지막으로 남은 그놈을 죽이려고 하는 것도 결국 미천하고 사사로운 감정 때문이니까."

"억울합니다. 저는 그저 솔리디몬 님의 뜻을 따라 그 마에린들을 완전히 몰아내려고 한 것인데, 그게 어찌 사사롭기만 하단 말입니까? 예전에 그 집안을 불태우는 걸 허락해 주신 것도 솔리디몬 님 아니십니까?"

제카르슘의 말에 솔리디몬은 휙 뒤를 돌아 벼락같은 목소리로 소리친다.

"똑똑히 들어라! 그때 내가 허락했던 이유는 그 가문의 수장 칼라르가 죽은 직후였기에 그들이 힘이 약해졌기 때문이다. 네놈이 그 망할 사생아를 들키는 바람에 빨리 처리해야 했지 않느냐! 네가 정녕 훌라르 놈을 죽이고 싶었으면 그때 확실히 죽였어야지!"

큰 소리에 조금 주눅이 든 제카르슘은 움찔한다. 그러자 순식간에 다시 평온한 표정으로 돌아온 솔리디몬이 나직하게 말한다.

"…그러니 이번 일은 네 어리석음에 대한 죗값을 치르는 것이라고 생각해라. 지금 훌라르를 건드리면 내 손에 네놈의 목이 날아갈 것이다. 전설의 라델린이 특별히 관리하는 놈이니, 그를 치면 라델린에게 도전장을 내미는 것이야. 라델린과는 맞서지 않는 게 현명하다."

"……."

애써 불만스러운 표정을 감추는 제카르슘의 얼굴을 보고 솔리디몬이 덧붙인다.

"쯧쯧, 한심한 놈. 이제 그만 나가라. 꼴도 보기 싫으니."

붉은 술을 뚝뚝 흘리는 제카르슘은 자리에서 일어나 천천히 방문을 나선다. 그의 두 눈에는 치욕스러움과 끓어오르는 분노가 가득하다. 문이 열리자 밖에 있던 슈라문들은 그의 몰골을 보고 깜짝 놀라지만, 감히 아무런 말도 꺼내지 못한다. 솔리디몬은 방을 나가는 제카르슘의 뒷모습을 끝까지 노려본다. 그리고 다시 문이 닫히자 생각에 잠긴다.

'흐음. 아무리 생각해도 저놈은 글렀어. 지금까지는 사냥개로 유용하게 썼다만, 예언이 가리키는 새로운 에실린 군주가 될 그릇은 아니다. 그럼 어쩔 수 없이 남은 답은…'

잠시 생각에 잠기던 솔리디몬이 하급 슈라문을 부른다. 그는 쏜살같이 달려오는 하급 슈라문에게 묻는다.

"아르테스 님은 지금 어디 있는가?"

"이 시간 때에는 중앙 도서관에 계신 것으로 알고 있습니다."

"그래? 채비해라. 그쪽으로 가야겠다."

"예. 가마를 준비하겠습니다."

부들거리며 자기 방으로 돌아온 제카르슘은 이를 갈며 창가로 다가간다. 그의 주름진 눈가에는 비참함과 수치스러움, 서러움과 분노가 뒤엉킨 눈물이 차오른다.

'그토록…. 그토록 오랜 세월 동안 내 모든 것을 바쳤거늘!'

그는 방의 창문을 확 열어젖힌다. 솔리디몬을 위해 저질렀던 무수한 일들이 그의 머릿속에 스쳐 지나간다. 평생의 구원자로 생각하고 따른 존재였기에, 언젠가는 인정받기를 바라고 또 바랐다. 하지만 가슴 깊숙한 곳에서는 이미 오래전부터 뼈저리게 느끼고 있었다. 솔리디몬에게 사람이란 그저 효용 가치에 따라 분류되는 도구에 지나지 않는다는 것을. 그리고 그는 자신의 도구를 그 누구보다도 능숙하게 다루는 자였다. 살아남기 위해 기댈 구석이 필요했던 제카르슘은 그것을 알면서도 기꺼이 그의 도구로 자신의 쓰임을 다해 왔다. 그 옛날부터 지금까지.

"으으으!"

분노에 신음하는 제카르슘은 부들부들 떨며 눈엣가시 같은 훌라르의 얼굴을 떠올린다. 수치스러운 과거의 잔존물이자 자신의 비밀을 아는 유일한 상급 슈라문….

친부모가 훌라르의 가문 아래에서 일하던 하급 슈라문이었다는 사실은 씻을 수 없는 얼룩처럼 늘 그를 따라다녔다. 돈으로 하급 슈라문의 자리를 샀던 제카르슘의 아버지는 언제나 이를 부득부득 갈며 귀에 딱지가 앉도록 씨근거렸다.

"마에린 주제에 에실린인 내 위에 있다니. 두고 봐라! 언젠가는 저 꼴 보기 싫은 가문을 내 손으로 없애 버릴 테다!"

하지만 그 가문을 처단하기는커녕, 불명예스럽게도 부정 축재한 것이 들통났던 아버지는 당시 그 가문을 대표했던 칼라르에 의해 바르벨루스에서 쫓겨날 위험에 처했다. 그러자 그는 자신이 살 궁리를 모색하기 위해 어느 에실린 상급 슈라문의 양자로 제카르슘을 팔아버리듯 보내버렸다. 자식이 없던 그들에게 아들을 내어주는 대가로 자리를 지키려 했던 것이다. 그는 가기 싫다고 버둥거리던 어린 제카르슘에게 소리쳤다.

"가기 싫다니, 제정신이냐? 네가 그 가문의 양자로 들어가야 내가 계속 바르벨루스에 머무를 수 있다고 몇 번을 말해! 너 같은 자식이야 또 낳으면 되지만, 슈라문 자리는 다시 얻을 수 없다. 너도 살다 보면 이해할 게야. 무슨 짓을 해서라도 강해져야 한다는 걸. 약한 것은 죽으니까!"

하지만 진짜 문제는 어머니였다. 그녀는 제카르슘을 보내고 얼마 지나지 않아 훌라르 가문의 사람들을 독살하려 했다. 하지만 계획에 실패하자 그녀는 비참하게 스스로 목숨을 끊었다. 당연히 바르벨루스에는 그 사건에 대한 소문이 파다하게 돌았다. 결국 끝까지 버티던 그의 아버지는 바르벨루스에서 내쳐졌고 제카르슘은 매몰차게 파양 당했다. 그렇게 갈 곳 없던 어린 그의 앞에 나타난 존재가 바로 솔리디몬이었다.

과거를 떠올리는 제카르슘의 눈에 핏발이 선다.

'언제나 내 인생의 가장 큰 걸림돌은 그 마에린 놈들이었어. 언제나⋯'

대를 잇는 끈질긴 악연이 틀림없었다. 자신이 비밀리에 숨긴 아들을 들켰던 존재도 하필 훌라르 놈이었으니. 우악스럽게 쥔 두 주먹이 파르르 떨린다. 불구덩이 속에서도 용케도 살아남은 그 가문의 마지막 애송이. 그놈을 감싸고 돌았던 다른 가문들만 아니었다면, 이미 솔리디몬의 허락 없이 죽이고도 남았을 터였다.

그 와중에 골칫덩어리 아들 카슘은 훌라르를 괴롭히는 장치였다. 훌라르가 가장 견디기 고통스러워 할만한 불편한 비밀을 바로 옆에 붙여놓은 격이었으니. 제카르슘의 존재를 아는 훌라르는 지금껏 카슘을 함부로 하지 못했다. 그렇기에 바로 어제까지도 상상조차 할 수 없었다. 그 마에린 애송이가 겁도 없이 이런 도발을 할 줄은.

'두고 봐라! 이 탑에서 떨어져 머리가 깨져 죽더라도, 그 마에린 놈은 내가 반드시 죽인다!'

무거운 빗줄기가 후두둑 떨어지기 시작한다. 한번 내리기 시작한 빗줄기는 금방 거세어진다. 비바람이 휘몰아치며 활짝 열려버린 창문이 덜거덕거린다. 그 너머로 창가 외벽까지 내려온 거대한 나무의 뿌리들이 보인다. 제카르슘은 그것에 화풀이라도 하듯, 쏟아지는 비를 맞으며 그 잔뿌리들을 뜯어내어 집어 던진다. 그는 공중 정원이 있는 위를 노려보며 씩씩댄다.

"전설의 존재는 무슨! 망할 라델린 놈의 나무!"

이미 비에 젖어서 물을 뚝뚝 떨어뜨리는 제카르슘은 알아차리지 못하나, 뿌리가 떨어져 나간 외벽의 틈으로 빗물이 스멀스멀 새어 들어온다.

탑에 금이 가기 시작한 것이다.

며칠 후, 저녁이 찾아온 자라트라 요새에는 빗줄기가 떨어진다. 축축한 밤 공기가 내려앉은 요새 안은 모처럼 평온하다. 횃불과 촛불에서 흘러나오는 은은한 빛이 병사장실을 채운다. 그 안에서는 보리얀과 사타니크가 고급스러운 과일이 가득 담긴 바구니를 사이에 두고 앉아 있다. 보리얀은 난생 처음 보는 과일을 손에 들고 있는데, 그 껍질이 어찌나 단단한지 도무지 깨지지 않는다. 용을 쓰며 끙끙대는 보리얀의 모습에 사타니크가 혀를 찬다.

"쯧쯧, 힘도 제대로 써야지. 봐, 이렇게 단단한 걸 쪼개는 가장 쉬운 방법은 작은 틈을 만드는 거다."

사타니크는 과일의 꼭지 부분에 작은 칼집을 내고 슬쩍 비튼다. 그러자 단단하던 과일 껍질에 쩍하고 금이 간다. 사타니크가 보란 듯이 과일을 보리얀에게 건넨다.

"뭐든지 금만 가기 시작하면 부수기 쉬워지지. 한번 해봐."

"…그런가."

보리얀은 벌어진 과일 껍질을 물끄러미 쳐다보며 생각에 잠긴다. 잠시 그녀의 표정을 살피던 사타니크는 다시 과일을 집어 들어서 그냥 자신이 마저 깐다. 그러자 부드러운 과육이 속살을 드러낸다. 사타니크는 그것을 보리얀에게 다시 건넨다.

"자, 받아라. 그나저나 네 어머니께는 언제 말씀드릴 거냐? 아직 네가 고문당한 것도 모르고 계실 텐데."

"나중에. 다 낫고."

"맘 아파하실까 봐?"

고개를 끄덕이는 보리얀을 보며 사타니크가 피식 웃는다.

"효녀 났군."

엄마를 생각하는 보리얀의 표정이 조금 어두워지자, 사타니크가 다른 과일을 들어서 한 입 베어 우물거리다가 다시 말을 건넨다.

"근데, 네 아버지랑 애인은 안 보고 싶냐?"

"보고 싶지. 그래도 다들 괜찮은 것 같더라. 걱정하지 마."

사타니크가 무슨 소리냐는 듯이 보리얀을 바라보자 그녀가 빙긋 웃으며 덧붙인다.

"나한테는 나름 비밀 소식통이 있다고. 알지? 나 마녀인 거."

"허어, 나 몰래 무슨 꿍꿍이를 부리고 있는 모양이군. 병사장 몰래 특이 행동을 하면 징계감인데. 뭔지는 모르겠다만 다른 놈들한테 들키지는 마라. 알겠냐?"

사타니크가 씩 웃자 보리얀이 그에게 장난스럽게 말한다.

"알았어. 대신 나 덕분에 형도 이렇게 맛있는 과일 먹잖아. 좀 봐줘."

"그래, 좋다. 내가 언제 이런 고급진 것들을 구경이라도 해보겠냐. 그 상급 슈라문이라는 양반도 참 정성이다. 이렇게 귀한 걸 다 챙겨주고."

"그러게 말이야."

사타니크는 잠시 목소리를 낮추고 보리얀에게 조금 다가가며 묻는다.

"근데 뭘 어쩌고 있는 건데 그 사람들이 무사하다는 걸 안 거냐? 동물들이 그러디? 혹시 새?"

"후후. 들키지 말라며. 궁금한가 보네, 형?"

"아 그러니까…."

그런데 그때, 방문을 두드리는 소리가 들린다. 사타니크는 조금 의심스러운 눈으로 경계하며 중얼거린다.

"누구지, 이 시간에?"

그가 천천히 문으로 다가가자 귀에 익은 목소리가 들린다.

"파견사 피트레온이다. 비밀리에 찾아온 것이니 얼른 문 좀 열어봐라."

사타니크는 조금 놀란 얼굴로 얼른 문을 연다. 빗물에 쫄딱 젖은 피트레온이 반쯤 넋이 나간 표정으로 서 있다.

"아니, 파견사님께서 여긴 어쩐 일이십니까?"

피트레온은 고개를 옆으로 푹 떨구며 한숨을 내쉰다.

"자네가 이번에 새롭게 병사장으로 오른 사타니크지?"

"네, 그렇습니다."

"듣던 대로 우람하군. 자, 나를 좀 따라와야겠네. 우리가 지금 급히 처리해야 할 일이 있어."

"예?"

"아유, 얼른."

피트레온은 사타니크 뒤로 고개를 내밀더니 보리얀에게 슬쩍 인사를 건넨다.

"어, 그래. 일어서지 말고. 아직 몸도 성치 않은데, 잘 쉬고 있어. 잠깐 이 병사장 좀 데려갈 테니."

사타니크는 얼떨결에 피트레온을 따라나서고, 보리얀은 어리둥절한 얼굴로 혼자 남겨진다.

숨죽여 걷는 피트레온을 따라가는 사타니크가 속삭인다.

"지금 어디로 가는 겁니까? 무슨 일을 해야 하는 건데요?"

그러자 피트레온이 앞을 살피며 이렇게 작은 소리로 답한다.

"중요한 임무들이 있어. 하나는 다른 놈들이 손대기 전에, 카슘이 그동안 착복한 것들과 그가 개인적으로 숨기고 있던 자료를 모두 모아서 안전히 옮기는 걸세."

"그건 처형이 있던 날 벌써 일차적으로 정리되지 않았습니까?"

"그때 처리된 건 공식적인 것이고, 아직 비공식적인 것들이 남아 있잖나. 곧 바르벨루스 쪽에서 관리 감독을 한답시고 카슘의 방을 뒤지려는 놈들이 도착할 거야. 투르가 여기로 오면 빠지는 것 없이 제대로 잘 넘겨줘야 할 테니, 서둘러야 해."

"바르벨루스에서 말입니까? 무슨 상관이 있길래…."

"카슘과 연관된 놈들이 어디 한둘이겠나? 나도 자세한 건 모르지만 훌라르 님께서 서두르시는 것을 보면 급하긴 한 거겠지. 안 그러나?"

"그런 것 같습니다만…. 그런데 왜 하필 저를 부르셨습니까?"

"내 생각엔 아무래도 카슘 소속 부대에 있었던 이의 도움이 좀 필요할 것 같아서. 근데 믿음직한 책임 선장 둘이랑 병사장 지오투스는 지금 다 정찰을 가 있으니 원. 근데 자네가 지오투스가 추천한 그 병사장 맞지?"

"네."

피트레온은 그를 보고 썩 마음에 든다는 듯이 혼잣말로 작게 중얼거린다.

"등판을 보니 왜 자넬 추천했는지 알겠어."

"네?"

"아냐, 아냐. 아무튼 그게 우리 임무야."

드디어 관리 장교실로 향하는 계단이 나오자, 피트레온은 미리 한숨을 푹 내쉬더니 낑낑대며 계단을 오른다. 사타니크는 가뿐히 계단을 올라가며 묻는다.

"그럼 다른 임무는요? '임무들'이라고 하지 않으셨습니까?"

"아, 그건 첫 번째 것을 수행하면 자연스럽게 하게 되어 있어. 자, 다른 이들이 보기 전에 얼른 따라오게. 아휴…. 하여튼 훌라르 님은 일은 죄다 나한테만 시키시고."

피트레온이 계단을 오르며 투덜대자 사타니크는 고개를 갸우뚱하며 그의 뒤를 따른다.

한편, 보리얀이 혼자 남아 있는 병사장실에 누군가 조용히 문을 열고 들어온다.

"에잇. 이쪽은 왜 이렇게 비가 자주 오는지 모르겠군."

"…아저씨?"

예상치 못한 인기척에 보리얀은 자리에서 일어선다. 훌라르가 비에 젖은 망토를 벗어들고 병사장실 안으로 들어온다. 그의 짙은 머리칼에서 빗방울이 맺혀 떨어진다. 보리얀은 반가운 얼굴로 다가오자 훌라르가 조금 멈칫한다.

"가까이 오면 젖을 텐데."

"뭐 어때요."

보리얀은 그런 건 상관없다는 듯이 웃으며, 근처에 있던 마른 천을 들고 그에게 다가가 물기를 털어준다. 훌라르는 조금 멋쩍은 듯 미소를 지으며 가만히 있다.

"근데 이 시간에 어쩐 일이세요?"

"어쩐 일이긴. 내 업무 보러 온 거지."

"업무요? 아, 그래서 아까 피트레온 님이…. 혹시 무슨 일 있는 거예요?"

"너 보러 온 건데."

"……"

훌라르는 멀뚱히 서 있는 보리얀의 손을 들어 손목의 상처를 살핀다.

"쯧쯧. 언제 다 나으려나. 아, 내가 준 과일들은 잘 먹고 있나? 그게 몸 회복하는 데에 좋다고 해서 직접 골라서 보냈는데."

"저기 보세요. 엄청 잘 먹고 있어요. 덕분에 벌써 많이 나은 것 같은데요."

보리얀이 과일 바구니를 가리킨다. 훌라르는 대견하다는 듯이 그녀의 머리칼을 한번 쓸어서 넘겨준다. 그러더니 조금 헛기침을 하며 근처 자리에 앉는다.

"피트레온과 그 병사장이 일 처리를 하려면 시간이 좀 걸릴 테니, 조금 있다 갈게. 괜찮겠지?"

"그럼요."

훌라르는 잠시 보리얀의 몸에 감긴 붕대를 바라본다.

"통 마음이 안 놓여서 말이다. 미안하다는 말도 제대로 할 겸 해서."

"에이, 뭐가요. 이렇게 맛있는 것도 많이 챙겨주셨으면서."

보리얀은 전에 까놓은 과일을 들어서 훌라르에게 건넨다. 훌라르는 부드럽게 사양하며 말한다.

"자칫하면 나도 그분께 큰일 날 뻔했다. 네가 그런 일을 겪게 두었으니…."

"대신 배로 갚아주셨잖아요. 이제부터 제가 여기서 잘 살게 도와주실 거고. 그렇죠?"

보리얀이 빙긋 웃자 훌라르는 못 말린다는 듯이 작게 웃음을 터트린다.

"여기서 지내는 건 불편하지 않고? 사내와 단둘이 방을 쓰게 하는 것도 마음에 걸리는데."

"괜찮아요. 지금까지 혼자 있었던 적이 없어서, 오히려 다른 사람과 공간을 나눠 쓰는 게 익숙해요."

"그래?"

"네. 어릴 때는 부모님하고 살았고 여기 와서는 다른 병사들과 방을 같이 쓰면서 친해졌으니…. 생각해 보면 지금 지내는 이곳이 오히려 가장 적막하네요. 든든한 병사장님과 지내서 그래도 다행이지만."

보리얀의 웃는 얼굴을 보는 훌라르의 입가에 쓸쓸한 미소가 걸린다. 그는 과일을 한입 베어 물어 맛있게 먹는 그녀를 바라보며 중얼거린다.

"…그렇구나."

"아저씨는요? 상급 슈라문이시니까 많은 사람이랑 엄청난 대저택에서 살고 계시겠죠?"

"……."

훌라르를 잠시 침묵한다. 무언가 생각하던 그는 이내 담담한 목소리로 말한다.

"음, 네 말대로 많은 시종들과 대저택에 살아야 했지. 그런데도 나는 항상 혼자였어."

"네? 어째서요?"

"그 커다란 집에 내 사람이라고는 스승님뿐이었거든. 그나마도 노예로 팔려갈 뻔했기에 악착같이 지켜냈지. 별로 자랑스러운 얘기는 아니다만…. 어쨌든 그래서 나는 내 사람을 빼앗기는 걸 아주 싫어해. 내 사람이 별로 없어서."

보리얀은 아무 말 없이 훌라르를 바라본다. 엷은 미소를 짓고 있는 훌라르의 머리에서 빗물이 툭 떨어진다. 보리얀은 몸을 앞으로 기울여서 한 손으로 그의 머리에 묻은 물기를 살짝 걷어내 준다. 그리고 그의 앞으로 따뜻하게 타오르는 촛불을 놓아준다. 훌라르가 그녀를 물끄러미 바라보자 보리얀이 다정하게 말한다.

"…추울 것 같아서요."

은은한 촛불이 말없이 앉아 있는 훌라르의 눈동자를 비춘다. 그의 눈에 담기는 보리얀의 모습은 여기저기 붕대를 감고 있는 상처투성이다. 그런 모습으로 해맑게 자신을 바라보고 있는 그녀를 보고 있자니, 다시 죄책감이 고개를 든다. 카슘 밑으로 바얀 일행을 보낼 계획을 세웠을 때 보리얀이 이 지경이 될 줄은 미처 상상하지 못했다.

그는 고개를 조금 떨구고 낮은 목소리로 묻는다.

"넌 아직도 여길 떠날 마음이 없는 거니?"

보리얀이 고개를 끄덕이자 훌라르는 조금 답답하다는 듯이 다시 묻는다.

"도대체 왜? 정말 슈라문이라도 되겠다는 거야?"

"어려울 건 알아요. 그래도 슈라문이 되어서 꼭 해야 할 일이 있어서요."

"흐음. 뭘 하고 싶다는 건지 알면 내가 좀 도울 수 있지 않을까 싶은데."

보리얀은 잠시 생각에 잠기다가 이내 조용한 목소리로 묻는다.

"혹시 중앙 도서관에 가 보셨어요?"

"글쎄, 하도 날 감시하는 눈이 많아서. 내가 거기에 직접 출입할 수는 없어. 대신 아는 사람 몇이 있기는 하지. 왜?"

"꼭 밝히고 싶은 진실이 있거든요. 아마도 거기서 답을 찾을 수 있을 것 같아서요."

"......"

할 말을 잃고 보리얀을 쳐다보는 훌라르는 난감하다는 표정을 짓는다.

"그럼, 중앙 도서관에 가기 위해서 슈라문이 되겠다고?"

"네."

"어휴."

훌라르는 눈을 질끈 감으며 손으로 깍지를 끼고 이마에 가져다 댄다. 이 멋모르는 여자애를 어찌하면 좋단 말인가. 보리얀은 그런 그의 속을 아는지 모르는지, 그에게 가까이 몸을 기울이고 속삭인다.

"제가 굳게 약속했거든요. 진실을 밝혀서 꼭 모크샤의 탄생을 돕기로."

"모크샤? 그게 무슨…. 누구와 그런 약속을 했는데?"

보리얀은 예전에 자신의 어깨에 검은 날개처럼 내려앉았던 까마귀들을 떠올린다. 지금껏 자신이 겪어온 무수한 일들 사이로 부모님과 루딘, 아파라티 할아버지의 얼굴도 스친다. 자신의 형제가 된 동물들까지. 그녀는 담담한 목소리로 대답한다.

"세상에 있는 모든 것들과요."

훌라르는 보리얀의 진지한 얼굴을 보고 그녀가 농담을 던지는 것이 아니라는 걸 눈치챈다.

"흐음. 네가 무슨 생각을 하는지는 모르겠다만 바르벨루스는 절대로 호락호락하지 않아. 상급 슈라문인 나도 항상 목숨을 내놓고 산다고. 그런데 심지어 모크샤라니…."

"아무리 먼 길도 한 걸음부터 가는 거라잖아요. 사실 좀 기뻐요. 드디어 제가 그 첫걸음을 뗀 것 같은 기분이 들거든요."

"그건 또 무슨 소리야?"

"자라트라 요새에서 여자가 인정받는 병사가 되는 것도, 루에린이 바르벨루스에 들어가는 것만큼 쉬운 일은 아니잖아요. 그런데 이제 병사들이 저를 바라보는 시선이 확실히 바뀐 게 느껴져요. 이렇게 한 걸음씩 나아가다 보면 제가 찾으려는 진실에도 닿을 수 있지 않을까요? 언젠가는."

훌라르는 깍지 낀 손을 아래로 떨구며 말도 안 된다는 듯이 중얼거린다.

"휴우, 그렇게 해서 어느 세월에…. 정말 그런 걸 계획이라고 세운 건 아니겠지?"

"안타깝게도 계획이라는 걸 세울 입장이 못 되어서요. 당장 내일 어떤 일이 일어날지도 모르겠으니."

보리얀은 고개를 살며시 뒤로 젖힌다. 어둠 사이로 현판에 새겨진 글귀가 보인다. 그녀는 그것을 물끄러미 바라보며 말을 잇는다.

"고문을 당하면서 느꼈거든요. 정말 내가 언제, 어디서나 죽을 수 있겠구나. 그러니까 언제 세상과 헤어지더라도, 내가 옳다고 생각하는 길을 최선을 다해 가보고 싶어졌어요. 두고 보세요. 저는 이 요새에서 우뚝 설 테니까요."

"......"

"지하 감옥에 있는 동안 몰랐는데, 지오투스 병사장님이 정찰을 떠나며 저한테 짧은 서신을 남겼더라고요. 그동안 저에 대한 평가가 훌륭했으니 꼭 버티고 살아남으라고. 그럼 병사장도 될 수 있을 거라면서."

"영 도움이 안 되는 자로군. 나는 어떻게든 널 데리고 나가려고 이러는데."

"에이, 그렇게 말씀하시면 서운하죠. 납치범들한테서 저를 구해주신 분인데."

"아무리 그래도 난 네가 어떻게 이 세상에 맞서겠다는 건지 모르겠다. 그건 용기 있는 게 아니라 무모한 거야. 네가 아무리 강한 주먹으로 때려도, 세상은 절대 깨지지 않아. 눈도 깜짝하지 않는다고."

보리얀은 걱정스러워하는 훌라르의 눈빛을 응시하며 살며시 미소 짓는다. 그리고 깍지 낀 그의 손을 잡아들며 말한다.

"보세요. 아까 배운 거예요."

그녀는 단단히 맞물린 훌라르의 기다란 손가락들 아래로, 그의 두 손바닥 사이에 자신의 검지부터 천천히 밀어 넣는다. 그렇게 틈을 연 보리얀의 작은 손이 곧 훌라르의 깍지 낀 손 안으로 들어간다. 훌라르의 손가락들이 서로 벌어지며 열리자, 그 안에 있던 보리얀의 손이 드러난다. 보리얀의 까무잡잡한 손이 훌라르의 손을 부드럽게 잡는다. 이어서 보리얀이 조용한 목소리로 말한다.

"가장 단단한 거는 이렇게 작은 금이 가기 시작하면 금방 깨진대요."

"……."

훌라르는 자신의 손을 잡고 있는 보리얀의 까슬한 손을 내려다보며 묻는다.

"깨지는 게 너일 수도 있잖아. 죽는 게 두렵지도 않나?"

"네. 제가 두려워하는 건 따로 있거든요."

"안 될 소리. 빨리 취소해라."

"왜요?"

"얘기한 것 같은데. 나한테는 네가 죽으면 안 된다고. 내 목숨까지 가져갈 생각인가?"

그러자 보리얀이 빙긋 웃는다.

"그럼 제가 이렇게 잘 살아 있나 확인하러, 아저씨께서는 여길 자주 오셔야겠네요."

"하, 내가 오는 게 좋아?"

"그럼요. 맛있는 것도 많이 주시는데."

훌라르는 조금 어이가 없다는 듯이 피식 웃는다. 일렁이는 촛불에 빛나는 보리얀의 눈동자가 영롱한 흑진주 같다. 그녀의 눈빛이 아름답게 느껴지는 것은 짙은 두 눈망울에 담긴 열정 때문일까, 아니면 그녀의 순수함을 지키는 강인한 마음 때문일까. 훌라르는 자신의 손에 보리얀의 손이 전하는 온기를 느끼며 말한다.

"그럼 이제부터 자주 올 거다."

"네, 아저씨."

보리얀이 빙긋 미소 지으면서 고개를 끄덕이자, 훌라르가 웃으며 생각한다.

'…아저씨라니.'

그 시간, 피트레온을 따라서 카숍의 방에 도착한 사타니크는 놀란 얼굴로 중얼거린다.

"어? 파견사님, 정리가 이미 말끔히 되어 있는데요?"

"그래, 그래. 이제 옮기기만 하면 될 거야. 아, 저기 금고에 있는 것들만 좀 정리하고."

어리둥절한 표정으로 멀뚱히 서 있는 사타니크의 어깨를 툭툭 치고 피트레온이 말한다.

"아이고 무릎이야. 잠시 쉬어야겠군."

"아니, 아까 상당히 급박해 보이시길래 얼른 따라왔더니…."

"급박한 상황은 맞았어. 두 번째 임무 때문에. 그게 뭐였는지 이제 좀 감이 오나?"

사타니크가 고개를 젓자, 피트레온은 근처에 있는 의자에 앉아서 다리를 두들기며 말을 잇는다.

"훌라르 님께서 특별히 지시를 내리셨거든. 보리얀 병사랑 따로 얘기 좀 하게 자리를 내라고 말이야. 어차피 처리해야 하는 일도 있고 해서 자넬 데리고 여길 왔네. 어때, 이 정도면 두 임무를 한꺼번에 완수하는 격 아닌가?"

"아, 예…."

사타니크는 기가 막힌다는 듯이 피트레온을 바라본다. 피트레온은 그런 그를 보고 빙긋 웃고, 정리된 상자들을 가리키며 다정한 목소리로 말한다.

"그러니 좀 도와주게. 나 혼자는 이거 못 든단 말일세. 응?"

"……."

저물어가는 밤이 깊어지며 어느덧 비가 그친다. 무거운 구름이 엷어지는 듯하더니 맑은 별빛이 하나둘 드러난다. 아누다르가야의 동쪽에 있는 커다란 황금 궁전에서는 누군가 난간에 기대어 하늘을 쳐다보고 있다. 연한 갈댓빛 머리칼이 물결처럼 굽이치는 아름다운 여인이다. 금실로 수놓인 하늘하늘한 옷자락과 우아한 맵시, 눈부실 정도로 화사하고 투명한 피부가 빛난다. 그녀가 들고 있는 잔을 보아 도톰한 입술을 적신 것은 그 안에서 찰랑거리는 음료인 것 같다. 젊은 여인은 오랜 세월을 거슬러 올라가는 눈빛으로 허공을 응시하며 중얼거린다.

"흠, 차라리 비나 더 내릴 것이지."

잔을 들지 않은 그녀의 다른 손에는 서신이 한 장 들려 있다. 바르벨루스에서 온 것으로 보이는 고급스러운 종이다. 여인은 그것을 물끄러미 들여다보며 생각한다.

'…자라트라에서의 사형이라. 결국 그렇게 죽었다는 것이군.'

그녀의 표정은 어딘가 오묘하다. 딱히 슬퍼 보이지도 않지만 미소 짓고 있지도 않다. 그녀는 살며시 잔을 내려놓은 다음, 얇고 가는 손가락을 들어 서신을 조각조각 찢는다. 그리고 그것을 손 위에 놓고 숨을 가볍게 불어 내쉰다.

"후."

그녀가 종잇조각을 불어 날리자 자잘한 파편들이 파르르 공중에 흩어진다.

뒤에서 그것을 지켜보던 누군가의 음성이 들린다.

"바르벨루스에서 온 서신을 감히 그렇게 다루는 자는 너 하나일 게야."

여인은 그 말을 듣고 비웃듯이 입꼬리를 올린다. 그리고 다시 놓아둔 잔을 집어 들며 몸의 방향을 틀어 뒤를 돌아본다. 그러자 앞에 서 있는 노인이 쓰고 있던 망토의 모자를 천천히 벗어서 뒤로 넘긴다. 언뜻 보이는 그의 소매에 무니안의 문양이 새겨져 있다.

"이런, 용서하십시오. 귀한 손님이 오신댔는데, 제가 정신이 없었군요."

"네가 어디 한 번이라도 무니안들을 정성스럽게 대해본 적이라도 있었더냐. 몹쓸 것."

"호호, 그래도 이렇게 걸음 해주셨으니 감사하군요."

"물건은?"

"급하기도 하셔라. 그 전에 말씀 좀 나눠볼까요?"

여인은 요염하게 의자 쪽으로 걸어가더니 탁자에 잔을 놓고, 한쪽 다리를 꼬고 앉는다. 그 모습을 탐탁지 않게 바라보던 노인은 그녀와 멀찍이 떨어진 곳에 자리를 잡고 앉는다. 여인은 알 수 없는 미소를 지으며 넌지시 묻는다.

"이렇게 또 개인적으로 찾아와 주신 것을 보니, 그 긴 머리를 한 무니안님께서 물건을 넉넉하게 나누어 쓰지 않으시는 모양입니다. 제가 저번에 제카르슙 님에게 넘긴 것만 해도 꽤 많은 양이었는데."

"무례하구나. 솔리디몬 님을 그렇게 함부로 언급하다니."

"아, 그게 그분 성함이었지요. 오랫동안 들어와도 통 낯설어서."

"시간이 없으니 본론부터 얘기하지. 네가 예전에 한 제안을 곰곰이 생각해봤다. 나 말고도 두 명의 무니안들이 동의했는데, 단 조건들이 있다. 하나는 네가 지금처럼 비밀리에 우리에게 직접 물건을 전해줄 것. 그러려면 네가 지금부터 제카르슘에게 건넬 수량을 알아서 조절해야겠지?"

"그럼요. 문제없습니다. 다른 조건은요?"

"아르테스에게 먹이고 있는 독약을 더 강하게 써라. 제카르슘과 솔리디몬 님이 모르게."

그 말을 들은 여인이 노인을 잠시 빤히 쳐다보더니 입꼬리를 조금 올리며 묻는다.

"그럼 처음 제게 요구하신 시일보다 너무 금방 죽어버릴 텐데요? 괜찮으시겠습니까?"

"솔리디몬 님은 어찌 생각하는지 몰라도 우리의 생각은 다르다. 이런 시국에 최고 무니안의 자리에 그렇게 멋모르는 어린 애를 앉혀놓다니, 에실린들의 수치야. 빨리 제거하는 게 옳다."

"흠, 일곱 무니안님 중 전설의 그분과 함께 최고 무니안이신 아르테스 님을 그리 언급하시다니…. 너무 무례하신 것 아닙니까?"

노인이 노려보자 여인은 웃으며 자리에서 일어나 그에게 다가간다.

"호호, 아시죠? 제가 농이 좀 지나치답니다. 용서하세요. 말씀대로 하지요."

그녀는 품에서 작은 주머니를 꺼내 건넨다. 노인은 그것을 받아들고 안을 열어서 물건을 확인한다. 그리고 주머니를 단단히 챙겨 넣고 일어서며 말한다.

"그런데 참 이상하구나. 너를 이렇게 미다스 궁의 주인 자리에 앉혀준 것은 제카르슘인데, 왜 우리에게…."

그러자 여인은 오묘한 미소를 짓는다.

"일에는 개인적인 감정을 섞는 걸 별로 안 좋아하는 편이어서 말입니다."

"흠. 그래. 그게 현명하지."

"그럼 약조해 주신대로, 당분간 미다스 궁에서 바르벨루스로 보내는 황금과 노예 물량을 줄여 주시는 걸로 알고 있겠습니다."

노인은 여인을 한번 흘깃 쳐다보더니 고개를 끄덕이고 일이 끝났다는 듯이 곧바로 실내를 나간다. 여인은 예를 갖추어 인사를 올린다. 방에는 잠시 침묵이 감돈다. 홀로 남은 여인은 천천히 고개를 들고 씨익 미소를 짓는다.

'황금과 노예 물량은 쓸데도 없는 이유였건만…. 늙은 놈들이 연명에 눈이 멀어 미끼를 덥석 무는구나. 그래, 이대로 사이좋게 곱게 갈라지기만 하거라. 그럼 더 바랄 게 없을 테니.'

여인은 회심의 미소를 짓고 시녀를 부른다.

"히신스!"

그러자 조금 앳되어 보이는 한 루에린 시녀가 들어오며 공손하게 답한다.

"네, 즈로이아 님. 밖에서 대기하고 있었습니다."

"안타깝지만 이제 한동안 네 얼굴을 못 보겠구나. 자, 비밀리에 내려가서 우리 자매들에게 이 기쁜 소식을 전하렴."

즈로이아는 히신스에게 무언가를 소곤거린다. 그러자 히신스는 진지한 얼굴로 고개를 끄덕인다.

"알겠습니다. 그대로 전하겠습니다."

히신스가 나가자 즈로이아는 무슨 생각이 들었는지 잠시 바닥을 바라보다가, 탁자에 놓은 잔을 다시 집어 들고 밖이 보이는 난간으로 천천히 걸음을 옮긴다. 한참을 가만히 있던 그녀는 물끄러미 별빛이 빛나는 하늘을 올려다보며 무심하게 중얼거린다.

"…에휴. 다시 비나 올 것이지."

그녀의 발치에 남아 있던 찢어진 서신 조각들이 바람에 뒹굴다가 날아간다.

끝 모를 아래로, 아래로.

☙ 8장 ☙

❴ 마음에 들어오는 사람 ❵

바르벨루스의 거대한 탑 꼭대기에 있는 외진 방 안에 창백한 에실린 여자 아이가 앉아 있다. 커다란 침대에 걸터앉은 아이는 말없이 창문 밖으로 드리워진 우람한 나무뿌리들을 응시한다. 깊은 생각에 빠진 듯한 두 은회색 눈동자에 그늘이 드리워져 있다. 이어서 누군가 다가오는 소리가 들린다.

"아르테스 님, 솔리디몬 님께서 오셨습니다."

'또 왔구나.'

곧 그녀의 허락 없이 문이 열리며, 긴 은빛 머리를 차분히 뒤로 넘긴 솔리디몬이 걸어 들어온다. 아르테스는 긴장한 얼굴로 노인을 마주한다. 노인은 미소를 지으며 그녀의 옆에 앉는다.

"잘 계셨습니까."

"…글쎄요."

"요즘 약을 잘 안 드시려 한다고 들었는데, 무슨 문제라도 있습니까?"

"약이 써서요."

"쯧쯧. 그러시면 안 됩니다. 얼른 몸을 회복하셔야 할 것 아닙니까."

아르테스가 시선을 돌리며 아무 말도 하지 않자, 솔리디몬은 아이의 얼굴을 바라보며 차가운 목소리로 말한다.

"계속 고집을 피우신다면 어쩔 수 없지요. 그래서 제가 예전에 중앙 도서관에서 뭐라고 했습니까. 그렇게 쓴 약을 드시지 않을 수 있는 마지막 기회를 드리겠다고 하지 않았습니까?"

"싫다고 말씀드렸잖아요."

"그럼 아직도 마음을 안 바꾸신 겁니까?"

"예전에 찾아오셨을 때도 말씀드렸지만 저는 그런 케케묵은 예언도 안 믿고, 새로운 에실린 군주 같은 것도 하기 싫어요."

"흠. 계속 그렇게 나온다는 것인가…."

솔리디몬이 얼굴빛을 바꾸며 낮은 목소리로 말한다.

"잘 듣거라, 아르테스. 이래서 내가 네 부모의 숨통을 끊어놓은 것이다. 잡다한 것들에 현혹당해서 세상을 바로 보지 못한 어리석은 놈들이었거든. 어린 너는 좀 다를 줄 알았건만 실망이구나. 네 핏줄에 흐르는 정통성 있는 에실린 가문의 피가 아까울 따름이야. 심지어 저 흉칙한 나무 위에 사는 라델린과 가깝게 지낸다지? 정녕 어리석은 네 부모와 같은 길을 걸을 셈이냐?"

"……."

아르테스는 잠시 붉어지는 눈으로 솔리디몬을 노려보며 읊조린다.

"…누가 어리석은지는 역사가 심판할 일이겠죠."

"하하. 역사라. 그래, 역사를 공부했으면 배우는 것이 있어야지. 추락의 전쟁에 대하여 아느냐? 루에린 샤에드릴은 세상을 파괴하는 대신 스스로 항복하여 떠나버렸다. 에르의 피조물들을 향한 알량한 온정 때문이었지. 하지만 세상이 그를 어떻게 기억하는지 봐라! 남은 이들 사이에서 영웅은 결국 우리 에실린들이 되었고, 그놈은 엄청난 반역자로 역사에 남게 되었지. 정의는 결국 승리하는 자들의 것이기 때문이다!"

솔리디몬은 바들거리는 아르테스의 손을 덥석 잡아든다. 그리고 꼭 쥔 아이의 손을 부드럽게 쓰다듬으면서 이렇게 나직이 말을 잇는다.

"아르테스, 그것이 우리 에실린들이 가장 우수한 에린인 이유란다. 다른 에린들을 제치고 결국 최후의 승리를 거머쥔 이들이 아니냐. 그런 우리의 핏줄로 하나가 된 세상, 그것이 이 탑의 역사를 이어나갈 수 있는 유일한 방법이다. 나는 그 세상을 위해 평생을 바쳐왔다."

"그래서 지금까지 그렇게 많은 가문을 몰락시키신 겁니까?"

"강한 것들이 살아남는 것은 당연한 자연의 이치이고, 가장 성스러운 진리지. 그러니 네 부모처럼 다른 소수 종을 감싸고 돌며 정의로운 자인 양 어리석게 굴지 말 거라. 세상이 어떻게 변하고 있는지에 대해서 호들갑 떨지도 말고. 세상이라는 것이 있는 한, 어차피 탑은 영원하단다. 그 어떠한 새로운 세상이 오더라도 권력이라는 것은 존재하니까. 그래서 탑을 쥐는 자가 곧 정의로운 자인 것이야."

"…그런 세상이라면 균형을 맞추는 모크샤는 필요 없겠군요, 그렇죠?"

"이제야 내 말을 알아듣는구나."

잠시 차가운 정적이 흐른다. 솔리디몬이 아르테스의 손을 다시 쓰다듬으며 서슬 퍼런 목소리로 묻는다.

"자, 그래서 이제 어찌하겠느냐?"

병색으로 허옇게 마른 아르테스의 입술이 파르르 떨린다. 아이는 잠시 솔리디몬을 노려보더니, 그의 손을 뿌리치고 침대에서 일어나 방문 쪽으로 걸어간다. 그리고 손수 문을 활짝 열고 밖에 있는 하급 슈라문들에게 소리친다.

"내 약 어디 있나? 시간 다 되었는데 왜 가져오지 않는 것이야?"

"아, 아르테스 님. 말씀 중이셔서 잠시 대기하고 있었습니다. 여기…."

아르테스는 하급 슈라문의 손에서 약을 빼앗아 든다. 시커먼 약이 그릇에서 철렁거린다. 아르테스는 솔리디몬을 보란 듯이 응시하며 그 자리에서 약을 벌컥벌컥 들이켠다. 그리고 입을 스윽 닦고, 빈 그릇을 그에게 내보이며 말한다.

"말씀 잘 알아들었으니 약이나 잘 챙겨 먹을게요. 어린 애는 어른 말을 잘 들어야 하니까요. 그렇죠?"

"결국 그 약을 택하겠다는 것이냐."

아르테스는 그릇을 옆에 있는 슈라문에게 넘긴다. 그리고 증오가 담긴 눈으로 솔리디몬을 쳐다본다.

"마신다고 해도 죽기밖에 더하겠나요."

"……."

솔리디몬은 한심하다는 듯이 아이를 노려보며 자리에서 일어선다.

"그렇게 또 기회를 날리겠다면 어쩔 수 없지. 너도 더는 쓸모가 없겠구나. 이제 네가 살아서 나를 볼 일은 다시 없을 게야."

솔리디몬은 문가에 있는 아르테스를 걸리적거린다는 듯이 휙 밀치더니, 뒤도 돌아보지 않고 방을 나간다. 문이 쾅 닫히자 방 안에는 다시 차가운 정적이 감돈다. 바닥에 내동댕이쳐진 아르테스는 차오르는 눈물을 소맷자락으로 훔치며 일어선다.

'솔리디몬, 내가 죽더라도 네놈의 손에서 놀아나지는 않을 테다!'

그녀의 머릿속에는 아직도 부모님이 돌아가셨을 때의 혼란이 생생하게 남아 있다. 바르벨루스에서 가장 존경받던 유서 깊은 가문이자, 모크샤의 탄생을 사명으로 삼던 마지막 에실린 가문이 무너지는 순간이었다. 그녀의 가문을 지지하던 세력들은 솔리디몬을 의심하여 한바탕 내란이라도 일으킬 태세였다. 하지만 돌연 솔리디몬이 최고 무니안의 자리를 어린 아르테스에게 양도하는 바람에 모든 이가 혼란에 빠졌다.

굳게 다문 아르테스의 입술이 떨린다.

'살아남아서 부모님의 뜻을 따라야 해. 그게 내가 할 수 있는 최선의 복수야.'

그녀는 천천히 일어나 침대 뒤에 있는 서랍을 연다. 그리고 감춰둔 봉지 안에서 사탕을 하나 꺼내서 입에 넣는다. 달콤함이 입안에 퍼지자 조금 힘이 난다. 아르테스는 사탕 봉지를 고이 접어 넣으려다가, 그것에 찍힌 문양을 보고 이렇게 중얼거린다.

"그런데 나에게 몰래 이런 걸 주다니…. 즈로이아, 진짜 이상한 여자야."

한편, 자라트라 요새에서는 창틈으로 불어 드는 부드러운 바람이 보리얀의 머리카락을 흩날린다. 그녀는 팔에 감겨있던 붕대를 서서히 풀고 빙긋 미소 지으며 중얼거린다.

"벌써 다 나았네. 아저씨가 가져다준 것들 덕분인가?"

훌라르는 정말 자주 들리기로 작정을 한 모양인지, 하루가 멀다 하고 올 때마다 꼬박꼬박 과일을 비롯한 각종 좋은 음식들과 약재를 가져다주었다.

'그런 대단한 상급 슈라문님이 나를 보살펴 준다니…. 도대체 어떤 높으신 분께서 그런 명령을 내리신 걸까? 참 신기한 일이야.'

보리얀은 가볍게 몸을 풀어볼 생각으로 자리에서 일어선다. 그때, 윕실론의 낭랑한 목소리가 그녀의 마음속에 들린다.

'자기야, 정말 벌써 몸을 움직여도 괜찮겠어? 더 쉬어야 하는 거 아니야?'

'괜찮을 거야. 이제 가만히 있는 것보다 조금씩 운동을 하는 게 더 좋을 것 같아. 여기서 나가면 곧 훈련해야 할 테니까, 준비해야지.'

그녀는 그릇 하나에 물을 떠놓고 윕실론더러 그 안에서 쉬고 있으라고 한다. 윕실론은 꼬물거리면서 보리얀의 어깨에서 나온 후 몸을 부르르 털더니 말한다.

'알았어, 자기야. 만약 누가 오면 난 물속에 쏙 숨으면 되니까 걱정 말라고.'

침대 옆에 선 보리얀은 깊게 심호흡을 한다. 복잡한 생각으로 흔들리는 그녀의 시선이 연꽃무늬가 새겨진 현판에 닿는다. 창틈으로 쏟아져 들어오는 햇살이 현판의 글씨 하나하나를 선명하게 비춘다.

보리얀의 뇌리에는 자꾸만 지하 감옥의 모습이 떠오른다. 생각만 해도 몸이 굳는다.

'하아…. 이 마음의 얼룩은 어떻게 하면 지울 수 있을까? 자유롭게 해 주기로 한 그 혼령들과의 약속은 또 어떻게 지킬 수 있을지….'

보리얀은 호흡을 가다듬고 중얼거린다.

"일단은 내가 더 강해지는 수밖에 없어. 방법을 찾아봐야지."

그녀는 눈앞에 그려지는 참혹한 잔상을 지우려 생각을 돌린다. 루딘과는 새들을 통해 서신을 주고받고 있고, 아버지와 스루딘 선장님, 어머니 모두가 무사하니 아직은 걱정할 것이 없다. 사타니크 형과도 가족처럼 가까운 사이가 되었으며 이제는 자신을 든든하게 보살펴주는 멋진 분까지 있으니 모든 게 괜찮아질 것이다. 일부러 좋은 것들을 하나씩 떠올리던 보리얀은 내심 기대하며 생각한다.

'…아저씨가 오늘도 오실까?'

바르벨루스에 있는 훌라르의 대저택에서는 세네칼의 걸음이 분주하다.

"훌라르 님, 서신입니다."

"탑에서 온 것이오?"

끄덕이는 세네칼을 보고 훌라르는 서신을 읽더니 입꼬리를 올린다.

"흠. 미샤틴이 일을 제대로 하고 있군. 중앙 도서관 일인데, 솔리디몬이 그곳의 책들을 정리하고 있다고 하오. 특히 예언서와 금서들 위주로."

"그들도 나름 미래를 준비하는 것이겠지요. 전설의 라델린께서 오신 이후 탑에도 변화가 올 것은 알았지만, 생각보다 진행 속도가 빠르군요."

"그러게 말이오. 일단 미샤틴이 중요한 책들은 비밀리에 빼돌리고 있다고 하니 다행이군."

"제가 직접 가보지는 못했지만, 금서의 칸은 학자들에게 거의 보물창고와도 같다고 들었습니다. 훌라르 님께서 조용히 미샤틴 님을 도우신 것이 훌륭한 한 수였네요. 그 마에린 여인을 중앙 도서관까지 진출시키기까지 고생을 많이 하셨잖습니까."

"나야 뭐 별로 한 것도 없지. 아무튼 대단한 여인이오. 듣자 하니 얕보이지 않으려고 머리카락도 짧게 자르고 들어갔다고 하더군. 덕분에 큰 도움이 되고 있으니, 지금처럼 일을 잘 도와줬으면 하는데…."

"저, 그런데 훌라르 님께서는 이제 어떻게 하실 생각이신지요? 제카르슙이 이대로 가만히 있지는 않을 텐데요."

"그러니 이제 우리도 슬슬 대비를 해야지. 앞으로 많이 바빠질 것인데. 전에 얘기한 대로 중요한 짐들은 미리 차루타스로 옮겨놓았소?"

"네. 언제든지 비밀리에 떠날 수 있게 채비해 놓았습니다."

"…차루타스로 가면 지금처럼 자라트라 요새에 자주 가는 건 어렵겠군."

"그렇겠지요. 아무래도 그 도시에서 비샤다로 이동하시기에는 너무 눈에 띌 테니까요. 이 저택처럼 넓은 자리가 있는 것도 아니고, 사람들도 많다 보니."

"……."

잠시 생각하던 훌라르가 불쑥 말한다.

"그럼 새로운 관리 장교가 앉을 만한 자리는 좀 만들고 가야겠는데."

"그건 투르가 알아서 하지 않겠습니까? 스루딘이 돌아오려면 아직 멀었는데요."

"그래도…."

"혹시 다른 이유가 있는 건 아니시고요? 예를 들어 보리얀이라던지?"

훌라르는 괜히 목청을 가다듬고 자리에서 일어나면서 말한다.

"흠, 아무래도 그 임무가 좀 중요하지. 그분께도 보고를 올려야 하고. 그 애가 다 낫는 거라도 보고 가면 마음이 편할 것 같은데. 차루타스로 향하기 전에 마지막으로 정리해야 하는 일들도 있고 하니, 조금만 나중에 떠납시다."

세세칼의 시선을 느끼는 그는 조금 얼버무리며 걸음을 옮긴다.

"자, 그럼 나는 지금 출발하겠소. 비샤다가 아무리 빠르다고 하더라도 요새까지 날아가는 데는 시간이 필요하니."

망토를 입는 훌라르를 보며 세네칼이 빙긋 미소 짓는다.

"네, 알겠습니다. 좀 서두르셔야겠네요. 병사들 훈련이 끝나기 전에 가셔야 보리얀을 편하게 보실 수 있을 테니. 그렇죠?"

훌라르는 무언가 들킨 듯이 세네칼을 바라본다. 미소 짓고 있는 세네칼의 표정에, 그는 조금 멋쩍은 듯이 덧붙인다.

"크흠. 아, 그리고 여길 완전히 떠나기 전에 아마 아르테스 님은 한번 뵙고 가야 할 거요. 드릴 것도 있고. 그럼 다녀오겠소."

"네, 잘 다녀오십시오."

훌라르는 망토의 모자를 뒤집어쓰고, 탁자 아래에 고급스러운 천으로 싸 둔 바구니를 들고서 문을 나선다. 세네칼은 문을 나서는 훌라르의 뒷모습을 보고 내심 흐뭇한 미소를 짓는다.

잠시 후 밖에서는 비샤다를 부르는 훌라르의 호각 소리가 푸른 하늘을 가른다.

중앙 섬 동쪽의 하늘에는 옅은 뭉게구름 사이로 노을이 지기 시작한다. 미다스 궁 근처의 항구에 도착한 자라트라의 배들이 정박을 마친다. 병사들은 스루딘의 지휘하에 열을 맞추어 배에서 내리는데, 모두 거대한 황금 궁전의 위용에 눈이 휘둥그레진다.

그들을 돌아보며 스루딘이 외친다.

"우리는 미다스 궁에서 물자를 보급받고 동쪽 호수로 가게 될 것이다! 이곳에서 잠시 머물 동안은 노예들로 가득 찬 막사에서 생활해야 한다. 괴물보다 지독한 노예상 놈들을 만나게 될 테니, 다들 정신 바짝 차려야 한다! 알겠나?"

"네, 스루딘 책임 선장님!"

그러자 루딘의 옆에 있던 병사들이 수군거린다.

"…쓰레기 같은 노예상 놈들을 볼 생각에 벌써 피가 거꾸로 솟는 것 같군."

"노예상? 우리가 지키는 상선 중에 노예선도 있을까?"

"그럼. 미다스 궁하면 황금과 노예잖아."

궁의 입구에서는 병사들을 맞이하기 위해 나온 노예상들 서넛이 기다리고 있다. 그들은 스루딘과 형식적인 인사를 나눈 후 병사장과 병사들이 수행할 일들에 대해 간단히 설명한다. 스루딘은 못 미더운 눈으로 그들을 따라 궁 안으로 들어가고, 나머지 병사들은 여섯씩 무리를 지어서 근처에 간이로 세워진 막사들로 향한다.

루딘과 같은 막사를 지정받은 병사가 한숨을 쉬며 중얼거린다.

"막사에는 잡다한 노예들이 많을 텐데, 걱정이 좀 되는군. 폭동이나 분란이 일어나면 고스란히 우리 책임이 될 텐데. 사고가 일어나지 않게 감시해야겠지."

루딘은 가만히 그의 말을 들으며 일곱 번째 막사 앞에 도착한다. 분명 많은 사람이 있을 텐데도 쥐죽은 듯이 조용하다. 이어서 천막을 들추고 들어선 그는 자신의 눈 앞에 펼쳐지는 광경에 걸음을 멈춘다.

폭동을 일으키기는커녕, 일어설 힘도 없어 보이는 사람들이 사슬에 묶여 널찍한 막사에 빼곡히 움츠리고 앉아 있다. 나이와 성별의 구분도 없이 모여 있는 이들은 마치 영혼을 빼앗긴 것처럼 보인다. 얼마나 굶었으면 어린아이들은 힘이 없어서 울지도 않고 지친 듯이 늘어져 있다. 노인과 병자들까지 무작위로 섞여 있는 그들은 퀭한 눈으로 병사들을 쳐다본다. 병사들은 그 참혹한 모습 앞에 말을 잃는다.

"……."

"아, 병사님들이 오셨군."

침묵을 깨는 것은 한쪽 허리에 채찍을 찬 노예상들이다. 그들 중 하나가 피곤한 표정으로 병사들에게 다가와서 주절거린다.

"표정을 보아하니 이런 상황이 처음인 것 같은데, 운이 나쁘시군. 잡다한 것들이 섞여 있는 가장 시궁창 같은 곳에 배정을 받으셨네. 시종이나 하녀가 될 번지르르한 것들을 맡았다면 좀 더 나았을 텐데. 죽어 나가는 것들만 좀 명단에 적어놓으쇼. 이놈들은 어차피 막 쓰고 버려질 참이니 궁에선 몇 죽어도 신경 안 쓸 거요."

"…당신들이 잡은 노예들이오?"

한 에실린 병사가 묻자, 노예상은 머리를 긁적이며 귀찮다는 듯이 고개를 젓는다.

"엄밀히 말해서 우리가 잡지는 않았지. 우린 잡아 온 물건을 솎아놓고 관리만 하는 사람들이고 잡은 건 궁 안에 머무는 노예상들이오. 전달 사항은 미리 받고 왔을 테니 우린 이만 가겠소. 보급 물품은 밖에 놓인 상자를 확인하면 될 거요. 위에 자라트라 문양이 있는 건 병사들 것, 나머지 것들은 저놈들 몫이오."

노예상들은 기다렸다는 듯이 줄줄이 나간다. 병사들은 노예들을 둘러본다. 그 중 루딘의 눈에 띄는 이가 있다. 보리얀 또래로 보이는, 수척한 얼굴을 가진 루에린 여인이다. 순간 머릿속에 스치는 생각이 그를 경직시킨다.

'만약 보리얀도 동쪽 호수에서 태어나서 이런 데 잡혀왔다면…'

루딘은 상상도 하기 끔찍하다는 듯 그녀에게서 눈을 떼고 바닥을 응시한다. 가만히 서 있던 병사들은 명령을 받은 대로 인원수를 세고, 사슬을 점검하고, 죽어가는 이들의 상태를 확인한다. 루딘은 상자들을 확인하려 막사 밖으로 나간다. 그런데 아까 노예상들이 상자 몇 개를 가져가려 하는 것이 보인다.

"어이, 거기! 잠시 서 보시오! 지금 그 상자, 이 막사 앞에 있었던 것이 아니오?"

노예상 중 하나가 뒤를 돌아보며 묻는다.

"그렇긴 한데, 왜 그러시오? 병사들 것도 아닌데."

"왜 그러냐니? 그 안에 있는 건 당연히 저 안에 있는 사람들에게 보급해야 하잖소?"

노예상들은 껄껄 웃으면서 루딘을 쳐다본다.

"에휴…. 새파랗군. 어디 출신이오? 말투를 보아하니, 서쪽 호수?"

루딘은 대답 없이 노예상들 앞에 똑바로 서서 경고하듯 말한다.

"놓고 가시오."

"아니, 원래 관례가 그렇다니까. 어차피 죽을 놈들인데 한 끼 덜 먹인다고 무슨 탈이 나겠소. 오히려 장터에 팔아서 몇 푼이라도 더 버는 게 훨씬 낫지."

"책임 선장님께 징벌받기 싫으면, 당장 내려놓으시오."

"으휴, 하여튼. 딱딱하긴. 진짜 서쪽 호수 출신인가 보군."

마음에 안 든다는 표정으로 루딘을 기분 나쁘게 흘겨보던 노예상이 상자를 휙 내던진다.

"별로 돈 되는 것도 아닌데, 까짓거 그러지 뭐. 자라트라 병사와 싸움이 붙어서 좋을 건 없으니까 조용히 넘어가겠소. 기분 같아선 그 예쁘장한 얼굴에 채찍이라도 갈겨주고 싶다만. 퉤."

노예상의 위협적인 말에도 루딘이 꿈적하지 않자, 상자를 내던진 노예상은 제법이라는 듯이 씩 웃고 비웃음을 흘린다.

"여긴 서쪽 호수가 아니오. 병사라는 신분이 그쪽을 살린 줄 아시오. 젊은 데다 몸도 좋고, 얼굴도 반반한 게 노예였으면 값 꽤나 받았을 텐데. 에실린 노예는 귀하기도 하고. 그치? 하하!"

다른 노예상들도 껄껄 웃으며 상자를 내던지고, 아무 일 아니라는 듯이 유유히 걸어간다. 상자 뚜껑이 열려서 물품들이 바닥에 구른다. 노예상들이 떠나자 혼자가 된 루딘은 묵묵히 그것을 다시 상자에 담고, 하나씩 막사 근처로 옮기며 그늘진 표정으로 생각한다.

'…도대체 동쪽 호수에서는 무슨 일이 일어나고 있는 걸까?'

그 시간, 스루딘은 황금으로 번쩍이는 응접실의 호화로운 식탁 앞에 앉아 있다. 온갖 먹음직스러운 음식이 그를 유혹하듯 눈앞에 놓여 있다. 하지만 스루딘은 이 궁 안에 있는 모든 것을 경계하며 식탁 위를 쳐다보지도 않는다. 커다랗고 둥근 황금 식탁 주변으로는 시종과 시녀들이 서 있다. 그의 앞에는 난생처음 보는 황홀한 아름다움으로 빛나는 여인이 앉아 있다. 스루딘은 조금 미심쩍은 얼굴로 그녀를 살피며 생각한다.

'저 여자가 궁주인가 본데. 머리색을 보니 셰트린인가?'

아름다운 여인은 주변의 시종을 조금 물리며 예쁜 입에 미소를 걸친다.

"먼 길 오시느라고 수고했어요, 스루딘 책임 선장. 음식이 입에 맞으면 좋겠는데."

"환대는 감사하지만, 절 따로 부르신 연유가 무엇입니까?"

거리를 두는 스루딘의 태도에 여인은 묘한 표정을 지으며 답한다.

"인사라도 하면서 친해질까 하고요. 앞으로 우리 인연이 어떻게 될지 모르잖아요?"

"궁주님과의 인연이요?"

스루딘이 조금 당황하며 말하자 여인은 씩 입꼬리를 올리며 부드러운 목소리로 말한다.

"즈로이아라고 부르세요. 지금은 나와 그쪽이 궁주와 책임 선장으로 만났지만, 언제 어디서 또 어떤 사이로 보게 될지 누가 아나요? 사람 일은 모르는 것인데."

"……"

스루딘은 수상쩍다는 표정으로 여인을 쳐다보며 별다른 말을 하지 않는다.

그러자 즈로이아는 흥미롭다는 듯 바라본다.

"흠. 이 정도로 운을 띄우면 다들 금방 입을 열곤 하던데, 서쪽 호수 출신이라서 그런가…. 그럼 단도직입적으로 말씀을 드리죠. 원하는 게 있으면 지금 편하게 말씀하세요. 그게 뭐든 드릴 수 있으니까. 황금? 노예? 여인? 어떤 걸 드릴까요?"

"글쎄요. 그런 노골적인 질문은 처음 받아봐서요. 궁주님이 제게 원하시는 건 뭔데 그러십니까?"

스루딘의 침착한 대답에, 즈로이아는 그에게 시선을 고정한 채 음료를 한 모금 마시면서 되묻는다.

"내가 무얼 바랄 것 같은데요?"

"흠, 글쎄요. 그런 질문도 처음 받아 보는 것이라 잘 모르겠군요. 그나저나 안타깝습니다. 그게 무엇이건 제가 드릴 수는 없을 것 같아서 말입니다."

스루딘은 애써 능청스럽게 말하며 어깨를 으쓱한다. 즈로이아는 그의 태도가 마음에 드는지 빙긋 웃는다.

"호호, 모처럼 자라트라에 좋은 분이 들어온 것 같군요. 부디 오래 사시길 바랍니다."

"감사합니다. 노력해 보지요."

"왠지 당신과 일하는 게 즐거울 것 같네요. 일 처리도 똑바로 잘하실 것 같고."

"과찬이십니다."

"만약 가능하다면, 여기저기 정찰 가는 것보다 차라리 여기서 계속 일하는 게 더 낫지 않겠어요?"

"……?"

스루딘은 무슨 말이냐는 듯이 즈로이아를 쳐다본다.

"제가 그걸 정할 수 있는 입장이 아니어서요. 아시다시피 우리는 명령을 받고 여길 온 것입니다."

"불가능할 것도 없죠. 그쪽 서명과 내 추천서만 있으면, 당신과 부대원들을 내 사병으로 사 올 수도 있거든요. 자라트라를 운영하는 바르벨루스에 값을 지불하고 당신들을 데리고 오는 거죠. 예전에야 무니안님들이 워낙 완강하셔서 어려웠지만 이제는 상황도 좀 달라졌고…. 우리 궁에서도 슬슬 정식 군대를 거느릴 때가 다가오는 것 같아서 말이에요. 자라트라보다 훨씬 자유로운 분위기에서 살 수 있을 텐데. 어때요, 내 제안이?"

"…대단하네요. 여기선 모든 걸 사고파나 봅니다."

"당연하죠. 엄연히 따지면 내가 앉아 있는 이 궁주의 자리도 산 거랍니다. 비싼 값을 치러야 했지만."

즈로이아는 묘한 미소를 지으며 냉소 어린 눈빛으로 말을 잇는다.

"이곳에선 모든 것에 값을 매기거든요. 자, 보세요."

즈로이아가 손뼉을 두 번 짝짝 치자, 응접실의 문이 열리고 깔끔하게 정돈된 옷차림의 젊은 시종 후보들이 열 명 남짓 들어온다. 대부분 긴장한 표정으로 스루딘의 앞에 일렬로 선다. 즈로이아는 씩 웃으면서 그들을 가리킨다.

"이번에 새롭게 시종 후보로 차출된 이들인데, 가장 값비싸고 괜찮은 자들로 뽑아놓았죠. 한 명 골라 보실래요?"

"무슨 뜻입니까?"

"선물로 한 명 드릴까 해서요. 지금 자라트라에서 그쪽을 보필하는 자들보다 훨씬 뛰어날 겁니다."

"괘, 괜찮습니다. 정찰 때에는 시종을 대동하지 않아서요."

"이 한 명당 금액이 얼만지 아시면 놀라실 텐데요. 걱정 말고 고르세요."

"……."

스루딘은 갑작스러운 상황에 잠시 침묵한다. 그는 앞에 있는 시종 후보들을 살핀다. 루딘의 또래이거나, 나이가 조금 더 많은 이들도 있는 것 같다. 스루딘은 불편한 기색을 드러내지 않으려 애쓰며 답한다.

"흐음, 전 아무래도 아까 말씀하신 추천서에 서명하긴 어려울 것 같으니 선물도 정중히 거절하지요."

"이런. 호의를 자꾸 거절하는 것도 무례임을 아실 텐데…."

"거절하는 호의를 계속 베풀어 주시는 것도 무례인 것 같은데요?"

스루딘은 싱긋 웃으면서 즈로이아 쪽으로 몸을 조금 기울이더니 속삭이듯이 말을 잇는다.

"사실 제가 바라는 건 따로 있는데 말씀드려도 될까요?"

"호호, 그럼요."

"그럼 일단 여기 있는 친구들 좀 물려 주십시오. 요새에서 하도 사내들만 보다 보니, 제 병사들조차도 보기가 징글징글 하답니다."

"하, 그럼 여인들로 채워드릴까요?"

"아뇨. 지금 상황을 보시다시피, 여인들은 저를 보기만 하면 계속 부담스러운 호의를 베풀려고 해서요. 저는 혼자가 편하고 좋습니다. 지금 먼 거리를 오느라고 너무 피곤한데 잠이나 푹 잤으면 합니다. 즐거운 자리에 초대해 주셔서 감사하지만 이만 쉬러 가야겠습니다. 그래야 내일부터 일을 잘 진행할 수 있을 테니까요. 그렇죠?"

스루딘은 자리에서 일어나 빙그레 웃으며 예를 갖추고 말한다.

"…그럼 무례하게도 먼저 일어나겠습니다, 궁주님. 만약 저 시종 후보들을 물릴 생각이 아니시라면, 저 친구들에게 제가 남긴 음식이라도 베풀어 주시길 부탁드립니다."

시종 후보들은 놀란 눈빛으로 스루딘을 쳐다본다. 스루딘은 그들에게도 슬쩍 눈인사를 건네고 유유히 자리를 나선다. 즈로이아는 어이가 없다는 듯이 그를 바라보지만, 멈춰 세우지는 않는다. 대신 오묘한 미소를 짓고서 문 쪽으로 걸어가는 그의 뒷모습을 응시하며 중얼거린다.

"흥, 남기기는. 손도 안 댔으면서."

스루딘은 마지막까지 정중히 인사를 하고 열리는 문 사이로 자취를 감춘다. 방은 잠시 침묵에 잠긴다. 즈로이아는 무언가 생각하는 듯하더니, 시종 후보들을 주욱 훑고 그중 하나에게 묻는다.

"네가 어제 차출된 아이들의 대표라지?"

"…네."

"의자를 가져와서 여기 있는 음식을 다른 아이들과 나누어 먹거라."

시종 후보들은 놀란 눈으로 즈로이아를 쳐다본다. 즈로이아는 그들을 바라보고 묻는다.

"왜, 싫으냐?"

"아, 아니요…. 저희가 손을 대도 괜찮겠습니까?"

"그럼 이 귀한 음식을 버리겠느냐?"

시종 후보들은 명령대로 의자를 가져와서 앉지만, 그녀가 보는 앞에서 먹는 것이 눈치가 보이는 모양이다. 즈로이아가 손짓으로 먹으라고 하자 그제야 다들 조심스럽게 음식에 손을 대기 시작한다. 그 모습을 물끄러미 바라보던 즈로이아가 그들에게 묻는다.

"저 책임 선장 말이다. 꽤 괜찮은 것 같지 않느냐? 지조도 있고 재치도 있고."

그러자 시종 후보들이 그녀의 눈치를 보며 살며시 고개를 끄덕인다. 즈로이아는 한숨을 팍 쉬고 의자 뒤로 기대앉으면서 말한다.

"흐음. 왜 괜찮은 작자들은 내 손 안에서 미끄러져 나가는지 모르겠단 말이야. 아무튼 이 일과는 상관없이, 너희 중 한 명은 어차피 자라트라로 가게 될 거다. 거기 관리 장교가 하나 죽어서 시종이 내쳐졌거든."

"……."

시종 후보들은 먹는 것을 멈추고 서로 긴장한 듯이 눈치를 본다. 그걸 보고 즈로이아가 중얼거린다.

"뭐, 다들 자라트라가 좀 꺼려지긴 하겠지. 워낙 열악하고 험악한 곳이니까. 그래도 새롭게 취임하는 관리 장교를 보필하게 될 테니 그렇게까지 나쁘진 않을 게야. 자원할 놈이 있으면 보내주겠다."

정적 속에서 침묵하는 시종 후보들은 아무도 그녀의 눈을 마주치려고 하지 않는다. 그런데 그 조용함 속에서 누군가 마음을 먹은 듯이 고개를 든다. 아까 즈로이아가 시종 후보들의 대표라고 불렀던 청년이다. 즈로이아가 그를 보고 묻는다.

"네가 가겠다고?"

"예."

"다들 가만히 있는 이유는 알고 있을 텐데. 왜지?"

"어차피 누군가를 보필하기 위해 태어난 목숨입니다. 방금 나가신 책임 선장님 같은 분들을 돕는다면, 평생 시종으로 살면서도 보람이 있을 것 같습니다."

즈로이아는 피식 웃으면서 고개를 끄덕이고 묻는다.

"그래? 저 책임 선장이 마음에 드느냐?"

"아까 궁주님께서도 그분의 됨됨이를 알아보시는 것 같으시길래…."

"훗, 요새에는 저런 인물만 있지는 않을 텐데. 아무튼 재밌는 아이구나. 네 이름이 무엇이냐?"

반짝이는 눈을 가진 청년이 작지만 분명한 목소리로 말한다.

"…켄트라입니다."

붉은 노을의 끝자락이 점점 짙푸른 색으로 물든다. 짙은 안개가 드리워진 중앙 호수 남쪽에서는 날렵한 물수리 한 마리가 급하게 하늘을 가로지른다.

"쉬이익―"

홀로 날던 새의 곁으로 다른 물수리들이 하나둘 모여들며 어느새 군단을 이룬다. 바쁘게 날갯짓하는 그들의 저 아래에서 간간이 대포 소리가 들려오며 화염이 번쩍거린다.

"쿠구궁!"

굉음이 들려오는 곳을 확인한 새들은 약속이라도 한 것처럼 동시에 두꺼운 안개를 뚫고 하강한다. 흩어지는 안개 사이로 커다란 배 한 척과 그 주위를 둘러싼 보좌선들의 모습이 드러난다. 괴물과 사투를 벌이는 병사들의 외침 소리 사이로 가장 큰 배에서 바얀의 목소리가 들린다.

"병사장 지오투스, 화약 상황 보고하라!"

"화약은 다섯 통밖에 남지 않았습니다! 이제부터 수행할 작전들을 고려하여 지금은 작살 공격을…. 엇, 책임 선장님! 저기 보십시오!"

순간 물수리들을 발견한 지오투스는 놀라움에 말을 잇지 못하고 하늘을 가리킨다. 지오투스의 손을 따라 시선을 옮긴 바얀 또한 입을 다물지 못한다. 흩어지는 안개 사이로 끝없이 내려오는 물수리 떼가 괴물을 공격하고 있다. 시커멓고 커다란 도롱뇽처럼 생긴 괴물은 거대한 아가리를 벌리고 바얀 호로 다가오려다가, 느닷없는 새들의 등장에 다시 물속으로 자취를 감춘다. 바얀은 그때를 놓치지 않고 명령을 내린다.

"좌현의 수중 대포를 발사하라!"

"예에, 책임 선장님!"

넋이 나간 얼굴로 하늘을 쳐다보던 병사들은 재빨리 명령을 수행한다. 곧이어 괴물이 빠져든 곳의 물속에서 굉음이 들린다.

"쿠궁!"

대포알을 맞은 괴물이 기이한 소리를 내며 다시 물 밖으로 튀어 오른다. 물수리들은 기다렸다는 듯 괴물에게 새까맣게 들러붙어서 맹공격을 퍼붓는다.

"그어어엉!"

괴물이 고통으로 몸부림치며 괴성을 내지른다. 물수리들이 부리로 괴물의 대가리를 덮고 있는 미끈거리는 가죽과 살점을 뜯어내는 사이, 병사들은 괴물의 기다란 몸통을 향해 있는 힘껏 작살을 던진다. 가시가 돋친 형상이 된 괴물의 몸통에서 점액질이 섞인 검푸른 피가 줄줄 새어 나온다. 괴물은 분노에 휩싸여 거대한 아가리를 쩍 벌린다. 바얀은 안개 속에서 사정거리를 계산하고 외친다.

"지금이다! 작전 1단계를 실행하라!"

바얀의 명령을 들은 지오투스가 완전무장하고 기다리고 있는 잠수 대원들을 돌아보며 말한다.

"1단계 실시! 잠수 부대, 준비하라!"

"부우우!"

망루 위에서 커다란 고동 소리가 들리자 사방에서 괴물을 둘러싸고 있던 네 척의 보좌선들이 점점 거리를 좁혀온다. 쇠사슬을 든 잠수 대원들은 재빠르게 물속으로 들어가서 그것들을 각 보좌선의 후미에 정확하게 연결한다. 곧 괴물의 머리는 쇠사슬로 만든 우리 안에 갇힌 형태가 된다.

"우측으로 선회 시작!"

바얀의 외침이 들리자 배들은 점점 반경을 좁혀가며 서로의 꼬리를 물듯 시계방향으로 선회한다. 괴물은 움직이는 배들을 보며 먼저 공격할 대상을 정하지 못하고 머뭇거린다. 물수리들은 그 틈을 타서 괴물의 눈알을 공격한다. 그와 동시에 선회하는 배들 사이에서는 수중 대포가 발사된다.

"끼에에엑!"

공격을 받은 괴물이 마구 몸을 뒤틀자 거대한 파도 때문에 배들이 흔들린다. 시간이 없다고 판단한 바얀은 곧 다시 명령을 내린다.

"모든 배의 갑판 선원들, 작전 2단계를 실행하라!"

지오투스는 그 말을 듣자마자 재빠르게 밧줄을 타고 망루로 올라가서 바얀의 명령을 큰소리로 외친다.

"2단계 실시다! 망루 부대원들 준비!"

망루에 있던 병사들은 한 손에 작살처럼 생긴 커다란 무기를 들고, 다른 손에는 몸을 단단히 감은 기다란 밧줄을 들고서 괴물에게 접근할 준비를 한다.

지오투스가 손짓을 보내자 다시 한번 고둥이 큰 소리로 울린다.

"부우우우"

"이얏!"

고둥 소리를 들은 각 배의 망루 부대원들이 기합과 함께 기둥을 딛고 있던 발을 구른다. 외줄 그네를 타듯 공중을 가로지르는 부대원들은 괴물의 아가리를 향해 정확히 무기를 발사한다. 첨예한 창의 뒤쪽지에서 쇠사슬로 만든 커다란 그물포들이 펼쳐져 괴물의 입속으로 날아든다. 망루 부대원들은 괴물이 반격하기 전에 다시 반동을 이용해 빠르게 배로 돌아온다. 괴물은 목구멍에 창이 꽂히자 고통에 몸부림치며 시커먼 독을 뿜어낸다.

"으아아악!"

밧줄을 타고 망루로 돌아오던 부대원 중 몇몇이 괴물의 독성에 정신을 잃고 안개 속으로 사라진다. 바얀이 갑판에서 부상당한 병사들을 일으켜 세우며 명령을 내린다.

"시간이 없다! 갑판 대원들은 어서 마지막 화약을 준비하라!"

"네, 알겠습니다!"

병사들은 명령에 따라 화약통을 모두 가져와서 그물망에 단단히 싸매 한 덩어리로 묶는다. 모든 준비가 마친 그 순간, 물수리들이 마치 계획을 알고 있는 것처럼 일사불란하게 화약통을 들어 올려 괴물 아가리의 한복판 위로 날아간다. 놀란 눈으로 그것을 보던 바얀은 주위를 향해 명령을 내린다.

"어서 잠수 부대들을 다 복귀시켜라! 배들끼리의 연결을 해체한다! 보좌선들에게 폭발에 대비하라고 알려라!"

"드디어 작전 마지막 단계인 겁니까?"

지오투스의 물음에 바얀은 고개를 끄덕인다. 지오투스는 바로 돌아서서 외친다.

"작전 마지막 단계 실시! 모든 배는 폭발에 대비하라!"

이어서 고동 소리가 멀리 있는 배들에게 신호를 전한다.

"부우우우!"

물속에서 쇠사슬 줄들을 팽팽히 잡고 있던 잠수 대원들은 다시 재빠르게 쇠사슬 줄들을 정리한다. 배들의 연결이 해제되자 각 보좌선의 선장들이 외치는 소리가 들린다.

"잠수 대원들 복귀하라, 어서!"

잠수 대원들이 서둘러 복귀하자 배들은 괴물을 에워싸고 있던 진영을 가로로 길게 바꾼다. 바얀은 차분하게 마음을 가다듬으며, 뱃머리 맨 앞에 설치된 대포를 잡고 화약통을 향해 조준한다. 괴물이 뿜어내는 독성물질 때문에 이미 몇몇 물수리들이 의식을 잃고 물속으로 추락하고 있다.

'한 방에 끝내야 한다.'

바얀은 숨을 참고 불을 붙인 대포를 쏘아 올린다. 그러자 물수리들은 기다렸다는 듯 화약통을 묶은 그물을 놓고서 퍼득거리며 공중으로 흩어진다. 불타는 대포알이 화약통에 적중하자 굉음과 함께 일어나는 엄청난 화염이 괴물의 아가리로 쏟아져 들어간다.

"콰콰콰쾅!"

괴물의 거대한 아가리가 산산이 조각나고 파도가 몰아친다. 일직선으로 대열을 바꾼 배들은 서둘러 후퇴한다. 계속해서 터지는 화약의 힘에 불기둥이 솟구쳐 올라온다. 그렇게 한동안 연달아 일어나는 폭발이 수면 위를 달구더니 점차 고요가 찾아온다.

"아직 긴장을 늦추지 말라."

바얀은 갑판의 난간으로 나아가 수면 위를 확인한다. 병사들은 모두 숨죽이고 물 위를 응시한다. 곧이어 괴물의 사체가 떠오르며 안개가 서서히 걷힌다. 유심히 그 모습을 살피던 바얀은 비로소 안도의 한숨을 내쉬며 지오투스를 쳐다본다.

"안개가 걷히고 있다. 괴물이 죽었으니 몸체에서 수증기를 더 이상 뿜어내지 못하는 게지."

바얀은 수고했다는 듯 지오투스의 어깨에 손을 얹어준다.

"부우우우! 부우우우!"

승리를 알리는 고둥 소리가 울리자 병사들은 그제서야 안도감에 마음껏 환호성을 지른다. 바얀은 각 보좌선들의 부상자와 사망자, 실종자들의 수를 보고 받은 후 일반 병사들과 함께 바얀 호의 부상자들을 옮긴다. 병사들은 그러한 그의 모습을 보고 황송하다는 듯 고개를 숙인다. 지오투스가 바얀을 도우며 묻는다.

"저…. 병사장 지오투스, 책임 선장님께 질문이 있습니다. 아까 왜 대포를 직접 쏘신 겁니까? 무기를 다루는 것은 다른 이들에게 맡겨도 되셨을 텐데요."

"아무리 최선의 작전을 짠다고 하더라도 완벽한 계획은 없다네. 순간의 판단과 운에 따라 괴물을 놓칠 수도 있고, 수많은 병사를 사지로 내몰 수도 있지. 그런 순간에 무거운 책임을 지라고 책임 선장이 있는 것 아니겠나."

지오투스는 미소를 지으며 고개를 끄덕인다. 부상자들을 모두 옮긴 바얀은 허리를 펴고 하늘을 응시한다. 물수리들이 안개가 걷힌 어두운 하늘 위를 빙빙 돌며 어디론가로 날아가고 있다. 터무니없이 부족한 물자로 버티고 있던 상황에서, 그들이 아니었다면 이런 승리를 거두기 어려웠을 것이다. 바얀은 고개를 갸웃한다.

'새들이라…. 정말 이상한 일이군. 도대체 어떻게 된 일이지?'

각기 다른 방향으로 흩어지는 물수리 중 하나가 자라트라 요새가 있는 서쪽으로 날아오른다.

한편 자라트라 요새에서는 병사장실로 향하는 훌라르의 걸음이 바쁘다. 그는 다른 병사들의 눈을 요령껏 피해 걸으며 속으로 투덜거린다.

'에잇, 이 시간이면 그 떡대 좋은 병사장이 돌아왔을 것 같은데….'

병사장실에 도착한 훌라르는 문 앞에 서서 목청을 조금 가다듬는다. 그리고 문을 살짝 두드린다.

"똑똑."

"……."

"음? 못 들었나?"

인기척이 없자 그는 문을 다시 두드린다. 하지만 여전히 돌아오는 대답이 없다.

'그럼 벌써 잠이 들었거나, 방에 없다는 소린데….'

훌라르가 방문의 손잡이를 밀자 문이 열린다. 금방 돌아오려고 했는지, 누군가 문을 열어 놓고 자리를 비운 듯하다. 병사장실 안에 들어선 훌라르는 주변을 둘러보며 생각한다.

'쯧쯧. 보안이 이렇게 허술해서야. 그나저나 왜 아무도 없는 거야? 보리얀

은 어딨지?'

위층과 아래층의 침대들은 모두 비어 있다. 훌라르는 탁자에 바구니를 내려놓고서 보리얀의 침대 가장자리에 슬쩍 앉는다. 그리고 손으로 한번 주변을 만져 보더니 마음에 들지 않는다는 표정으로 중얼거린다.

"아픈 애를 이렇게 딱딱한 짚더미 같은 데에서 자게 해야 한다니…"

침대에서 시선을 돌리던 그의 눈에 벽에 걸린 현판이 들어온다.

'진흙 속에 피는 연꽃처럼? 저 옆에 있는 연꽃무늬, 어딘가 낯익군.'

그는 잠시 생각하다가 곧 걱정스러운 표정으로 중얼거린다.

"그나저나 보리얀은 도대체 어딜 간 걸까. 설마 또 납치된 건 아니겠지? 찾으러 가 봐야 하나?"

그때 병사장실로 가까워지는 발걸음 소리가 들린다. 훌라르는 다시 자리에서 일어나 문 쪽으로 향한다. 그러자 누군가 무심코 문을 열고 들어오다가 앞에 서 있는 그를 보고 놀라서 소리를 지른다.

"으아, 깜짝이야!"

보리얀이 동그래진 눈으로 훌라르를 쳐다본다. 청결실에서 갓 올라온 그녀의 머리카락에서 물방울이 떨어진다.

"이런. 놀라게 하려는 건 아니었는데. 와 보니까 네가 없더라고. 다른 병사장도 없네?"

"아, 네…. 오늘은 야간 훈련 있는 날이거든요."

훌라르는 그녀에게 근처에 있는 마른 천을 건네며 묻는다.

"청결실에 갔다 오는 길인가?"

"네. 온천 덕분에 확실히 상처가 금방 나았어요. 물론 아저씨가 챙겨주시는 약재랑 음식 덕도 있겠지만요.

보리얀은 환한 미소를 짓는다. 그리고 천을 받아들고서 머리를 탈탈 털며 자랑스럽게 말한다.

"오늘은 간단한 운동도 하고, 해변을 따라 달리기도 했어요. 이제부터 슬슬 훈련 강도를 높여보려고요."

"너무 무리하는 것 아닌가? 아직 완전히 낫지도 않았는데."

"지금은 움직이는 게 더 나아요. 안 그러면 우울해져서요."

"쉬엄쉬엄하지. 마음이 낫는데도 시간이 필요한 법이잖아. 그렇게 모진 고초를 겪었는데."

훌라르는 침대에 걸터앉으며, 보리얀더러 자기 옆에 앉으라는 듯 손으로 옆을 살짝 두드린다.

"오늘은 불면증에 좋다는 걸 좀 가지고 왔어. 네가 요새 통 잠을 못 잔다고 해서. 잠을 잘 자야 몸이 금방 좋아지는데."

"우와, 또 엄청난 보따리를 가지고 오셨네요. 이렇게 맨날 받기만 해서 어떡하죠?"

보리얀은 그의 곁에 앉으며 바구니 안에 있는 것들을 보고 작게 탄성을 지른다. 각종 과일과 음식, 약재는 물론이고 처음 보는 푸른색 음료들도 병에 담겨 있다. 훌라르가 그 음료 중에 하나를 들어 보인다.

"시타다라고, 신성한 숲이 있어. 거기에 아누다르가야 최고의 온천이 있거든. 그 온천수에 무슨 꽃잎을 달여서 넣으면 불면증에 탁월한 약이 된다고 하길래 한번 만들어 봤지."

"오, 그래요?"

"자세한 건 나도 잘은 몰라. 세네칼 선생이 적어놓은 것을 따라서 해본 것이라."

"세네칼 선생님이면 아저씨 스승님이죠? 아저씨께서 구하셨다는 분."

"…맞아."

훌라르가 보리얀을 보고 부드럽게 미소 짓는다. 그에게서 병을 받아든 보리얀은 호기심 가득한 표정으로 뚜껑을 열어 향을 맡아본다. 시원하면서도 달큰한 향이 코끝을 스친다.

"와아, 향기롭다."

보리얀이 음료를 몇 모금 마시자 부드러우면서도 끝 맛이 알싸한 느낌이 입안에 감돈다.

"정말 좋아요! 아저씨도 좀 마셔보실래요?"

"하하. 돌아가다가 잠들면 곤란하지. 피로 해소에도 좋다고 하니, 너 다 마셔."

훌라르는 미소 지으며 보리얀을 바라본다. 웃고 있는 그녀의 얼굴에 왠지 그늘이 드리워져 있는 것 같다.

"웃고 있는데도 슬퍼 보이네."

"그게‥. 오늘 중요한 결정을 하느라고 좀 힘들었거든요."

"무슨 일인데?"

"저를 고문했던 사람 있잖아요. 그 사람하고 친구가 되어볼까 해서요."

"친구? 네게 그런 짓을 한 자와 어떻게‥. 그자는 곧 요새에서 내보내려고 했는데?"

"저도 처음에는 그러면 마음이 편안해질 거라고 생각했어요. 하지만 제 머릿속에서 그의 모습이 그런 괴물로만 남는다면, 계속 떠오르는 안 좋은 기억 때문에 편히 잠을 잘 수가 없을 것 같아요. 이 음료를 다 마신다고 해도….”

“……”

“그래서 제가 그 고문관에게 먼저 손을 내밀기로 마음먹었어요. 그 사람을 이해하고 싶어요. 진심으로 용서하고 싶고요. 그렇게 마음속 깊은 곳에서부터 괜찮아져야 할 것 같아요.”

훌라르는 보리얀의 젖은 머리칼 사이로 빛나는 그녀의 눈을 말없이 바라보며 생각한다.

‘언제나 기대 이상이군. 저런 담대한 마음은 어떻게 생겨나는 것일까?’

그는 보리얀의 눈빛이 담고 있는 순수한 힘을 동경하듯 응시하며 중얼거린다.

“잠을 못 자는 게 그 이유였구나. 예전에는 물어봐도 답을 안 하더니.”

“네. 이걸 이겨내지 못한다면 제 안의 모든 게 무너질 것만 같아요. 그래서 마주해야겠어요. 어렵겠지만.”

“흐음. 그렇게 힘든 얘기는 왜 나한테 안 하려고 하는 거지?”

“…아저씨한테 약하게 보이고 싶지 않아서요.”

“왜? 나를 못 믿겠나?”

보리얀이 손사래를 친다.

“아뇨, 아뇨. 그런 거 아니에요. 아저씬 대단하신 분이잖아요. 나쁜 관리 장교를 그렇게 처단할 만큼 두려움도 없으시고. 저를 도와주시는 만큼 잘 이겨내는 모습을 보여드리고 싶어서 그래요.”

“그렇게 생각해 준다니 고맙긴 한데, 내가 보고 싶은 모습은 다른 거야. 나는 네 마음을 있는 그대로 보고 싶거든.”

홀라르가 미소 지으며 보리얀에게 조금 몸을 기울인다. 보리얀의 시선이 그의 두 눈에 닿자, 그는 낮은 목소리로 말을 잇는다.

"말 안 하면 자꾸 궁금해지잖아. 모든 배짱과 용기를 다 가진 것 같은 네가 도대체 무슨 일로 잠을 못 자는지."

그러자 보리얀은 작은 목소리로 중얼거린다.

"들으면 실망하실 텐데."

"글쎄. 아닐 것 같은데? 나도 생각보다 그렇게 대단한 사람이 아니거든. 정말이야."

둘은 잠시 말없이 서로를 마주 본다. 보리얀이 훌라르를 바라보며 침묵을 깬다.

"미블이라고, 서쪽 호수에 사는 조그만 새가 있어요. 그 새는 알에서 깨어나자마자 자기를 품어준 존재를 따라다녀요. 그 존재가 끝까지 자길 보호해 준다고 생각하거든요. 저한테는 아저씨가 그런 존재예요. 곁에 아무도 없을 때 나를 구해준 사람. 그러니까 아저씨는 대단한 사람이 맞아요. 저한테는."

"······."

보리얀은 아무 말 없이 자신을 바라보는 훌라르에게 덧붙인다.

"실은, 제가 모든 사람에게 걱정만 끼치는 것 같아서 견딜 수가 없어요. 아저씨 말씀처럼 제가 일찍이 낙오해야 했을지도 몰라요. 남아야 한다고 생각한 게 착각이었던 것도 같고요. 정찰을 나간 사람들 생각에 잠을 이룰 수가 없고, 엄마한테는 자꾸 죄송한 마음이 들어요. 슈라문이라는 말도 안 되는 목표를 붙잡고 있는 게 우습고, 또…."

그녀는 고개를 숙이고 가만히 중얼거린다.

"무서워요. 앞으로 무슨 일이 벌어질지…."

"죽는 것도 두렵지 않다며. 무서운 게 뭔데?"

"제가 죽는 것 말고, 다른 사람들이 죽는 거요. 제가 사랑하는 사람들을 잃을까 봐 겁이 나요. 괴물의 저주가 있었거든요. 모테라의 저주는 반드시 일어난다는데, 점점 그 시간이 다가오고 있어요. 전 여기서 제대로 된 대비도 못하고 있는데."

"저주?"

보리얀은 잠시 고민하다가 이내 마음속에 묻어두었던 이야기를 꺼낸다. 그리고 홀라르에게 모테라의 저주에 대해 털어놓는다. 홀라르는 그것을 들으며 보리얀이 그 어느 때보다 겁에 질려 있음을 느낀다. 주먹을 꼭 쥔 그녀의 손이 조금 떨린다.

"사실 이게 비밀이었거든요…."

보리얀은 불안한 눈으로 바닥을 바라본다. 홀라르는 잠시 고민하다가, 천천히 한쪽 팔을 뻗어 그녀를 부드럽게 감싸 안는다. 그는 보리얀의 등을 다독여주며 그녀를 진정시킨다.

"자자, 그런 건 믿지 마. 예언이니, 저주니, 다 남들이 지어내는 말들일 뿐이야."

홀라르의 따뜻한 체온이 보리얀에게 전해진다.

"……."

그의 품에서 느껴지는 온기 때문인지 보리얀의 뺨이 조금 붉어진다. 홀라르는 그녀의 반쯤 젖은 머리칼을 쓰다듬는다.

"그런 말은 믿지 마. 정말이야. 내 경험을 말해줄까?"

"…네."

"예전에 내가 차루타스에 내려가서 있었던 일인데, 우스꽝스런 가면으로 얼굴을 가린 어떤 노인이 나에게 점괘를 봐주겠다고 하더군. 세네칼 선생을 기다리고 있었기에 꼼짝없이 그 노인에게 붙잡혔지. 용하다고 소문난 사람이었는데, 나에게 뭐라고 했는지 알아? 기가 막혀서 웃음이 나더군."

"뭐라고 했는데요?"

"나더러 멋진 가족과 행복하게 살 것이라고 했어. 넓은 정원이 가꿔진 바르벨루스의 집에서."

그 말을 듣고 보리얀이 그의 품에서 나와 고개를 들려고 하자, 훌라르가 그녀를 놓아주지 않고 말한다.

"…웃긴 노인이었지. 바르벨루스의 집과 큰 정원 빼고는 맞는 게 하나도 없더군. 내 가족은 다 죽었거든. 그 후로 행복한 적도 없었고. 미래를 봐주겠다는 말은 다 말도 안 되는 소리야. 아무리 용하다는 사람도 그 정도밖에 맞추지를 못했는데, 괴물이야 오죽할까. 게다가 그건 사냥당해서 죽어가는 중이었다며. 무슨 저주라도 못하겠어? 그러니까 절대로 그런 허튼소리에 마음 쓰지 마."

보리얀은 훌라르의 심장이 세게 뛰는 것을 느낀다. 그는 보리얀을 놓지 않은 채, 천천히 고개를 숙여서 그녀의 얼굴을 응시한다. 선명한 선이 매력적인 그의 입술이 보리얀의 눈에 들어온다. 그녀는 그 사이로 흘러나오는 말을 듣는다.

"그 노인은 심지어 내가 제일 두려워하는 것도 맞추지 못했다고."

"……."

이렇게 가까이서 훌라르를 보는 것은 처음이다. 보리얀이 조금 긴장해서 작은 목소리로 묻는다.

"그, 그래요? 아저씨가 제일 두려워하는 게 뭔데요?"

훌라르가 보리얀의 눈을 응시하며 나지막이 말한다.

"불."

그는 미소를 지으며 말을 잇는다.

"그런데 그 노인이 나에게 뭐라고 했는지 알아?"

보리얀은 대답 대신 고개를 젓는다. 훌라르는 그녀와 눈을 맞추며 빙그레 웃는다.

"…물."

예상치 못한 답에 보리얀은 피식 웃음을 터트린다. 그 모습을 본 훌라르도 덩달아 웃는다. 그렇게 둘은 서로를 마주 보고 숨죽여 웃기 시작한다. 한번 피어나기 시작한 웃음꽃은 쉽게 가시지 않는다. 드디어 모테라의 저주에 대한 생각에서 멀어진 듯, 보리얀의 입꼬리가 미소를 되찾는다.

"하하…. 우와, 정말 맥락이 비슷하기는 한데 맞는 게 하나도 없네요."

"그렇다니까. 차라리 그런 쓸데없는 것 말고, 네가 내 삶을 기습할 거라는 걸 좀 알려줬으면 좋았을 텐데."

"왜요? 미리 도망이라도 가시려고요?"

"흠, 이미 늦어버렸으니 그 생각은 접도록 하지."

훌라르는 농담을 던지며 보리얀의 얼굴에 닿은 머리카락을 쓸어 넘겨준다. 따뜻한 그의 눈빛이 처음 만났을 때의 모습과는 너무나도 다르다. 보리얀은 훌라르를 빤히 쳐다본다.

"왜 그렇게 쳐다보지?"

"너무 달라서요. 그때 잘리사야 섬에서 봤던 모습하고."

"그래?"

"네. 솔직히 그때는 좋은 분 같다는 생각은 안 했거든요. 좀 차갑고 무서워 보이셔서."

"그런 얘기는 많이 듣는 편이지."

"그런데 지금은 안 그래요. 이렇게 따뜻하신 분인 줄 몰랐어요. 여러모로 정말 감사한데, 제가 해드릴 수 있는 건 없을까요? 음⋯."

보리얀이 생각에 잠기자 훌라르는 귀엽다는 듯이 웃는다. 머리를 푼 모습을 보니 잘리사야 섬에서의 무도회가 떠오른다. 자신이 선물한 옷을 입고 있던 그 눈부신 자태와 정작 본인은 자신이 얼마나 아름다운지도 모르고 있는 것 같던 그녀의 얼굴도.

훌라르는 자리에서 일어서더니 보리얀에게 손을 내민다. 보리얀이 영문을 모르겠다는 표정을 짓자, 그는 미소 띤 얼굴로 말한다.

"뭔가 해주고 싶다며. 그때처럼 춤이나 한번 춰볼까?"

"춤이요?"

보리얀이 눈을 동그랗게 뜨고 묻자, 훌라르는 무도회를 떠올리며 빙그레 웃는다.

"우리 용감한 아가씨, 춤추는 법 알려줄까?"

"⋯⋯."

그 시간, 미다스 궁 근처의 막사에 있는 루딘은 불침번을 서서 노예들을 지키고 있다. 그의 시선이 보리얀 또래로 보이는 루에린 여인에게로 향한다. 그녀의 해진 옷 사이로는 멍 자국이 비치고, 사슬에 묶여 있는 손목과 발목에는 짓무른 상처가 가득하다. 목이 마른지 그녀는 잔기침을 하며 입술을 달싹인다. 그것을 지켜보던 루딘은 조용히 옆의 물주머니를 들고, 다른 병사들이 깨지 않도록 조심하며 그 여인에게 다가간다.

"…여기."

루딘이 물주머니를 내밀자, 여인은 경계 어린 눈으로 그를 바라본다. 루딘은 괜찮다는 듯 고개를 끄덕인다. 여인은 그제야 물주머니를 받아들고 마시기 시작한다. 루딘이 주변을 살피고 조용히 묻는다.

"저기, 도대체 여긴 어떻게 끌려 온 거야?"

여인은 아무 말 없이 커다란 은회색 눈동자를 가진 청년을 응시한다.

"부모가 도망 노예였습니다. 그래서 노예상들에게 온 가족이 잡혔어요."

"노예는 누가 정하는 건데?"

"동쪽 호수의 원로들이요."

루딘은 이해가 가지 않는다는 듯 그녀에게 조금 더 다가가서 작게 속삭인다.

"아니, 도대체 어떻게 사람을 사고파는 거지? 너는 어디로 팔려 가는 거야?"

"그건 잘 모릅니다. 이 중앙 섬에서 노예 제도를 받아들이는 곳이라면 어디든 가겠지요. 미다스 궁에 머물며 허드렛일을 하거나, 운이 좋으면 바르벨루스나 차루타스로 갈 수도 있겠고요. 자라트라 요새는 시종과 시녀만 있으니, 저같이 천한 신분은 갈 수 없을 테고…. 그 근처의 네카루트 무기소에만 가지 않았으면 좋겠습니다."

여인은 기운 없이 작은 소리로 중얼거린다. 루딘은 안타까운 표정으로 그녀를 바라보다가 조용히 묻는다.

"…동쪽 호수에서 왜 그런 일이 일어나는 거지?"

"곧 아시게 되겠죠. 그 동네로 가면 아마도 '채치트의 선술집'이라는 곳을 들르게 되실 텐데, 그곳에서 많은 걸 들으실 수 있을 거예요."

여인은 힘없이 눈을 감고 마른 입술 사이로 흘리듯이 중얼거린다.

"하아. 죽기 전에 고향에서 그 보물을 보고 싶었는데…. 역시 그냥 떠도는 소문이었으려나."

"보물? 무슨 보물?"

"들어보신 적 없으세요? 세상에서 가장 귀한 진주 말입니다."

"세상에서 가장 귀한 진주?"

대화 소리에 주변의 다른 노예들이 깨어나려고 하자 루딘은 서둘러 일어나서 병사들 곁으로 돌아온다. 근처의 병사 중 하나가 인기척에 눈을 뜬다. 그는 눈을 비비며 루딘에게 말한다.

"흐아암, 사람 참 간사하지. 이런 곳에서도 잠은 오는군. 이제 자네도 눈 좀 붙이지그래. 나머지는 내가 볼게."

"그래. 그럼 난 잠시만 나갔다가 올게."

루딘은 막사 밖으로 나간다. 하늘에는 쏟아질 듯한 은색 별들이 환하게 빛난다. 그는 복잡한 마음으로 막사 입구를 서성이다가 위를 바라본다. 벌써 샛별이 뜨려고 한다.

'…잘 있겠지?'

루딘은 걱정스러운 얼굴로 한숨을 내쉰다. 보리얀을 알고 나서 이렇게 오랫동안 떨어져 본 적이 없었기에 그리움이 고개를 내민다.

그때, 서쪽 하늘에서 새의 울음소리가 들려온다.

"까악!"

푸드덕하는 날갯짓 소리가 점점 가까워지더니 검은 까마귀 한 마리가 그의 어깨에 내려앉는다.

"어?"

루딘은 반가운 얼굴로 까마귀를 쳐다본다. 그리고 검은 새의 다리에 묶여 있는 서신을 보고 얼굴 가득 환한 미소를 짓는다. 그는 주위를 살피고 아무도 없는 것을 확인한 다음, 서둘러 편지를 열어본다.

루딘이 설레는 마음으로 편지를 읽고 있는 그 시간, 자라트라 요새에 있는 보리얀은 어느새 고이 잠들어 있다. 돌아갈 준비를 마친 훌라르는 아직 떠나지 않고 잠든 보리얀을 바라본다.

'선생이 말한 그 음료가 효과가 있나 보네. 잘 자는군.'

훌라르는 보리얀의 숨결을 따라 조금씩 들썩이는 담요를 보며 아까 있었던 일을 떠올린다.

춤추는 법을 알려주겠다는 훌라르의 말에 보리얀은 얼굴이 조금 발그레해졌다.

"아저씨도 참. 제가 춤을 배워서 뭐 하려고요."

"혹시 아나? 때때로 나와 함께 무도회 같은 데에 참석하게 될지. 아직 내가 준 옷은 가지고 있겠지?"

보리얀은 말도 안 된다는 듯 손사래를 쳤다.

"에이, 그런 옷만 입는다고 되나요. 어떻게 제가 무도회 같은 데서 아저씨와 춤을 추겠어요. 상상이 안 되는데."

"왜 상상이 안 되는데?"

"저는 뱃사람이고, 그런 것과는 거리가 멀잖아요. 아저씨랑은 안 어울려도 너무 안 어울려서…."

"흠, 섭섭한걸."

훌라르가 조금 서운하다는 듯 고개를 돌리자 그녀는 자기 말을 무마하듯 말끝을 흐렸다.

"아니, 아저씨는 한눈에 봐도 그런 것에 익숙한 환경에서 살아오셨고, 상급 슈라문이시고 그러니까…."

"일단 내 손을 잡아 봐."

보리얀은 마지못해 그의 손을 잡고, 훌라르는 기다렸다는 듯이 한 팔로 그녀의 허리를 감싸 안았다. 이번에는 전보다 좀 더 가깝게. 그리고 보리얀의 걸음을 천천히 이끌며 말했다.

"나중에라도 네가 정말 바르벨루스에 들어가고 싶다면 그들의 문화를 알아야지. 그래야 네가 수행할 일에도 지장이 없지 않겠어? 그런 것 정도는 내가 도와줄 수 있을 것 같은데."

"아, 그런가요?"

보리얀은 또 그 말을 곧이곧대로 듣고 눈을 반짝였다. 그런 모습이 귀엽다는 듯, 훌라르는 그녀와 얼굴을 마주하고 빙긋 웃었다. 순수함으로 빛나는 보리얀 눈을 바라보니 왠지 가슴이 뛰었다. 제대로 된 복장도, 음악도 없이 추는 춤이었지만 모든 게 완벽했다. 처음 보았을 때만 해도 어린 티가 났던 그녀였는데, 언제 이렇게 어엿한 여인이 된 것일까.

훌라르는 잠든 보리얀을 물끄러미 바라본다. 그녀는 그를 엄청난 사람으로 여기고 있는 게 분명했다. 자신과는 어울리지도 않는 상대라고 생각할 만큼.

'모르는 소리. 내가 어떤 사람인지 알면 너야말로 실망할걸.'

훌라르는 씁쓸한 미소를 지으며 생각한다. 그리고 보리얀에게 속삭이듯이 중얼거린다.

"…난 우리가 어울렸으면 좋겠는데."

고요한 달빛이 잠든 보리얀의 이마를 비춘다. 훌라르는 침대의 머리맡에 천천히 턱을 괴고 그녀의 짙은 속눈썹을 바라본다. 부드러운 시선은 보리얀의 귀여운 코를 지나 통통한 입술로 향한다. 그는 조심스럽게 그녀의 흑갈색 머리카락을 손끝으로 어루만진다.

'곧 가야 하는데.'

새벽이 찾아왔으니 그 떡대 좋은 병사장이 돌아오기 전에 자리를 떠나야 할 것이다. 하지만 왠지 발걸음이 잘 떨어지지 않는다. 차루타스로 가면 지금처럼 자주 보지 못할 것이라는 생각에 벌써 아쉬운 마음이 든다. 보리얀을 낙오시키려고 했던 계획과는 별개로 이젠 정말 그녀를 요새에 남겨두고 싶지 않다.

마음 같아서는 인사라도 잘하고 가고 싶지만, 그렇다고 잠든 보리얀을 깨우기에는 평온한 그녀의 모습이 너무 아름답다.

'아…아름답다고?'

보리얀의 머릿결에 닿아 있던 훌라르의 손끝이 움찔한다. 지금껏 모든 이들을 차가운 시선으로 바라보았던 그에게는 놀랍게 다가오는 느낌이다. 하지만 그녀를 바라보고 있는 지금, 부인할 수 없을 만큼 생생히 느껴지는 감정에 눈을 뗄 수가 없다.

"……."

가만히 미소 지으며 보리얀을 바라보던 훌라르는 점점 그녀의 이마 쪽으로 입술을 기울인다. 그녀가 깨지 않도록 천천히. 자신의 뜨거운 입술이 보리얀의 이마에 살짝 닿자, 그는 가만히 두 눈을 감는다. 가슴이 떨려오지만 보리얀은 모를 것이다. 모처럼 좋은 꿈을 꾸고 있을 테니까.

그런데 그때, 잠에서 덜 깬 보리얀의 목소리가 들린다.

"…아저씨?"

훌라르는 놀라서 두 눈을 번쩍 뜬다.

보리얀의 눈동자와 마주친 그의 짙은 자주색 눈동자가 흔들린다.

겔리시온 II

- 피로 세운 탑 -

초판 1쇄 발행 2022. 10. 11.

지은이 이주영
펴낸이 김병호
펴낸곳 가넷북스

편집진행 김수현
디자인 김민지

등록 2019년 4월 3일 제2019-000040호
주소 서울시 성동구 연무장5길 9-16, 301호 (성수동2가, 블루스톤타워)
대표전화 070-7857-9719 | **경영지원** 02-3409-9719 | **팩스** 070-7610-9820

•가넷북스는 여러분의 다양한 아이디어와 원고 투고를 설레는 마음으로 기다리고 있습니다.

이메일 barunbooks21@naver.com | **원고투고** barunbooks21@naver.com
홈페이지 www.barunbooks.com | **공식 블로그** blog.naver.com/barunbooks7
공식 포스트 post.naver.com/barunbooks7 | **페이스북** facebook.com/barunbooks7

ⓒ 이주영, 2022
ISBN 979-11-978872-4-6 04810 / 979-11-978872-2-2(전4권) 04810